Der Milliardär geht aufs Ganze

DIE SINCLAIRS, BUCH 5

J. S. SCOTT

Der Milliardär geht aufs Ganze ~ Julian
Die Sinclairs, Buch 5

Copyright © 2018 J.S. Scott

Englischer Originaltitel: »The Billionaire Takes All
(The Sinclairs Book 5)«

Deutsche Übersetzung: Ute Heinzel für Daniela Mansfield
Translations 2018

eBook:
ISBN: 978-1-946660-59-6

Taschenbuch:
ISBN: 978-1-946660-60-2

Titelbild entworfen von: Laura Klynstra

Ich widme dieses Buch meinen Geschwistern Beth, Sandie und Terry. Es ist nicht leicht gewesen, seit wir Mom verloren haben, doch ich bin so dankbar, dass wir dazu in der Lage waren, die traurige Zeit gemeinsam zu überwinden. Danke für alles, was ihr tut, um mich zu unterstützen. Ich liebe euch alle.

Inhalt

Prolog

Einige Jahre zuvor …

»**M**ann, du bist echt ein Arschloch!«
Julian Sinclair zeigte seinem jüngeren Bruder Xander für seine negative Bemerkung den Mittelfinger. »Im Gegensatz zu dir kann ich mir nicht den Luxus erlauben, Mom und Dad jetzt zu besuchen. Ich versuche gerade, mir eine Karriere aufzubauen!«

War es so falsch von Julian zu wollen, dass seine Eltern stolz auf ihren mittleren Sohn sein konnten? Doch damit das eintrat, musste er in Los Angeles bleiben und arbeiten. Julians Bruder Micah besaß bereits ein erfolgreiches Unternehmen, das er selbst gegründet hatte. Als Ältester hatte Micah sich in der Welt selbst einen Namen gemacht, und das obwohl er – genau wie seine beiden Brüder – den Milliardärs-Status geerbt hatte, nachdem sein Vater sich zur Ruhe gesetzt hatte.

Xander, der Jüngste, war bereits ein Superstar in der Musikbranche.

Julian wollte nur die Möglichkeit haben, sich selbst zu beweisen, ohne zu enthüllen, dass er zu der Milliardärsfamilie der Sinclairs gehörte. Seit Jahren riss er sich in Hollywood den Arsch auf und lebte sein Leben als Schauspieler mit ungewisser Zukunft, um motiviert zu bleiben.

»Es ist ihr Hochzeitstag, Mann«, sagte Xander. »Außerdem hast du sie schon … wie lange nicht mehr gesehen? Seit deinem College-Abschluss vor fünf oder sechs Jahren? Du hast ihnen gesagt, dass du zu ihrer Feier kommen würdest.«

Es war *wirklich* schon lange her gewesen. Und es stimmte, er hatte seinen Eltern versprochen, bei der Feier ihres Hochzeitstages anwesend zu sein, aber das war schon Monate her und lange bevor er die Hauptrolle in einem Film ergattert hatte, der ihm alles bedeutete. »Ich werde sie anrufen. Das tue ich immer.«

Von seinem Platz auf einem wackeligen Stuhl, auf dem er in Julians spärlich möbliertem Apartment rittlings Platz genommen hatte, warf Xander seinem Bruder einen bösen Blick zu. »Sie vermissen dich. Micah kann ebenfalls nicht kommen, aber er hat sie für eine Woche besucht, bevor er sich wieder um sein Geschäft kümmern musste. Ich kann dich mitnehmen, wenn ich morgen hinfliege. Es sind doch nur ein paar Tage.«

»Ich werde sie nicht besuchen, verdammt noch mal!«, knurrte Julian wütend und sah Xander böse an, bevor er sein Drehbuch auf den alten Tisch warf. Es war offensichtlich, dass er so lange nicht daran würde arbeiten können, bis er seinen nervigen jüngeren Bruder losgeworden war.

Dieser Film konnte für seine Karriere enorm wichtig sein. Er konnte es sich jetzt auf keinen Fall leisten wegzufahren, auch wenn es nur für wenige Tage war.

Wenn er erst einmal den Durchbruch in der Filmindustrie geschafft hatte, würde Julian es wiedergutmachen und seine Eltern jeden Monat besuchen. Er vermisste sie ja auch. »Wenn ich sie das nächste Mal sehe, dann will ich *jemand sein*«, sagte Julian zu Xander, als er sich auf seinem Stuhl zurücklehnte und sich frustriert mit einer Hand durch sein zerzaustes Haar fuhr.

»Du kapierst es einfach nicht«, entgegnete Xander traurig. »Du *bist* jemand. Du bist ihr Sohn. Sie werden dich immer lieben, ganz egal ob du extrem erfolgreich bist oder nicht. Eltern sind eben so.

Dad bewundert dich dafür, dass du nicht dein Geld benutzt, um dir den Erfolg zu kaufen. Er und Mom sind jetzt schon unheimlich stolz auf dich. Sie möchten dich einfach nur persönlich sehen.«

»Ich habe keine Zeit«, sagte Julian verstimmt. »Es kann warten. Dieser Film, an dem ich gerade arbeite, ist mir sehr wichtig. Ich habe endlich eine Hauptrolle bekommen. Das könnte mein großer Durchbruch werden.« Es existierte noch ein weiterer Grund, warum dieser Film so wichtig für ihn war, doch er hatte ihn noch niemandem in seiner Familie offenbart und würde es auch nicht tun. Nicht, solange er den Film nicht erfolgreich machen konnte.

Als Xander seine Karriere als Musiker begonnen hatte, war er beinahe sofort *entdeckt* worden. Julian hatte nicht eine Sekunde lang geglaubt, dass das nur geschehen war, weil sein Bruder ein Sinclair war. Xander besaß Talent. Hatte es immer schon besessen. Doch die Tatsache, dass ihre Familie zu den reichsten der Welt gehörte, war sicherlich ebenfalls eine große Hilfe, um Türen zu öffnen und Verbindungen zu knüpfen. Stur wie er war weigerte sich Julian jedoch, den Namen Sinclair zu nutzen, um für sich einen Vorteil daraus zu ziehen.

Er hatte verdammt viel Glück gehabt, diese Rolle bekommen zu haben, und er wollte es auf keinen Fall vermasseln.

»Mom und Dad werden nicht jünger, Kumpel. Was denkst du, wie viel Zeit dir noch mit ihnen bleibt?«, gab Xander zu bedenken. »Zum Glück sind sie beide noch gesund und aktiv. Aber sie werden nicht für immer hier sein.«

»Dad spielt immer noch Tennis und Golf und Mom stellt sogar noch jüngere Frauen in den Schatten, weil sie so gut in Form ist. Die beiden gehen nirgendwohin. Ich kann es kaum erwarten, bis dieser Film abgedreht ist«, sagte Julian stur.

Er wurde langsam wütend auf seinen kleinen Bruder, weil dieser versuchte, ihm ein schlechtes Gewissen zu machen und ihn so dazu zu bringen, morgen mit ihm zu seinen Eltern zu fliegen.

In Anbetracht der Tatsache, dass Xander ein bekannter Musiker war, sah er mit seinen schwarzen Stiefeln, der Jeans und einem schwarzen T-Shirt unter der Lederjacke sehr entspannt aus. Er schien sich wegen seiner Konzerte, Tourtermine, Musikaufnahmen und dem Rest seines durchaus anstrengenden Lebens keine großen Gedanken zu machen. Und für Xander kam seine Familie *immer* … aber auch wirklich immer an erster Stelle. Der Erfolg schien Julians jüngeren Bruder so gut wie gar nicht verändert zu haben.

Weil er und Xander nur etwa fünfundzwanzig Kilometer voneinander entfernt wohnten, war es jedoch auch leider so, dass Julian regelmäßige Besuche von seinem jüngeren Bruder erhielt. Micah, der seinen Hauptgeschäftssitz an der Ostküste hatte, kam nur vorbei, wenn er geschäftlich in der Stadt zu tun hatte, weshalb Julians Interaktion mit seinem älteren Bruder eher sporadisch war.

Es war nicht so, dass sich Julian nicht für seine Familie interessierte, doch weil sein Leben so komplett anders war, hatte er das Gefühl, dass niemand seine Probleme wirklich verstehen konnte. Von seinen Geschwistern daran erinnert zu werden, dass er eigentlich im Besitz eines Wertpapierdepots von Milliarden von Dollar war, das sein Vater seinen Kindern überschrieben hatte, als er in den Ruhestand getreten war, könnte Julian dazu bringen, aufzugeben und sein Geld und seine Verbindungen in der Branche zu nutzen. Es wäre so viel einfacher, doch es wäre nicht das Gleiche, als wenn er es ganz alleine schaffen würde.

Xander stand auf und zog den Stuhl unter seinem Hintern hervor. Mit Leichtigkeit hob er ihn an der Lehne an und stellte ihn wieder an seinen Platz. »Ich gebe es auf. Ich habe versprochen, alles zu tun, was in meiner Macht steht, um dich davon zu überzeugen, mit mir mitzukommen, aber ich kann dir einfach nicht klarmachen, dass du dich deinen Eltern gegenüber wie ein egoistisches Arschloch verhältst, obwohl diese dich lieben, unabhängig davon, was du erreicht hast.«

Julian war jetzt richtig wütend und erhob sich ebenfalls. »Es ist ja nun nicht so, als würde ich auf meinem Arsch sitzen und nichts tun. Meine Karriere bedeutet mir etwas, verdammt!«

»Das weiß ich. Meine Karriere ist mir ebenfalls wichtig. Doch du setzt völlig falsche Prioritäten, Julian. Wir können uns glücklich schätzen, solch großartige Eltern zu haben. Wir sind alle mit sehr vielen Privilegien aufgewachsen und im Gegensatz zu unseren Cousins sind Mom und Dad fantastisch und haben uns immer unterstützt, ganz egal was unsere persönlichen Träume und Ziele waren. Ich bin nie zu beschäftigt, um sie zu besuchen, denn ich *will* Zeit mit ihnen verbringen.«

»Natürlich, du warst ja schon immer ihr Lieblingssohn«, sagte Julian abfällig und baute sich vor seinem Bruder auf.

Xander schlug Julian mit beiden Händen auf die Brust, um ihn wegzustoßen. »Blödsinn! Du weißt ganz genau, dass sie nie irgendeinen von uns bevorzugt haben. Du willst doch nur die Tatsache rechtfertigen, dass du ein Arschloch bist. Von mir aus. Wenn du dich dadurch besser fühlst. Vergiss nur nicht, dass es dir vielleicht eines Tages leidtun wird, dass du sie nicht öfter besucht hast.«

Julian zuckte zusammen, als Xander sein Apartment verließ und die Tür laut hinter sich zuschlug.

»Auf den scheiße ich doch«, fluchte er, als er zurück zum Tisch ging und das Drehbuch in die Hand nahm. »Ich mache es bei Mom und Dad wieder gut, wenn der Film abgedreht ist.«

Er würde sich irgendwann auch bei Xander für seine abfällig geäußerten Worte entschuldigen. Julian musste ehrlich zugeben, dass seine Eltern *wirklich* keines von ihren Kindern bevorzugt haben. Doch der Altersunterschied zwischen ihm und seinen Brüdern war nicht groß und Micah war in Geschäftsdingen immer schon sehr gut gewesen. Darüber hinaus hatte er ein Talent für sehr viele Extremsportarten. Und Xander hatte bereits als kleiner Junge ein außergewöhnliches musikalisches Talent gezeigt.

Nur ich versuche immer noch, meinen Platz in dieser Welt zu finden.

Es war nicht so, dass Julian nicht die gleiche Aufmerksamkeit erhalten hätte. Er war nur … *anders* gewesen. Er war ein Kind gewesen, das Bücher und Filme gemocht hatte. Ziemlich langweilig, wenn man seine Interessen mit Micahs und Xanders Talenten verglich. Doch seine Mutter hatte mit ihm immer über die Bücher gesprochen, die er gelesen hatte, und sein Vater war mit ihm regelmäßig ins Kino gegangen und hatte mit ihm die Filme angeschaut, die er hatte sehen wollen.

Seine Eltern oder Brüder trugen keine Schuld an seiner Unzufriedenheit. Er wollte einfach nur auf seine eigene Art besonders sein und deswegen musste er es schaffen, ohne sein Sinclair-Vermögen oder seine Verbindungen einzusetzen.

Als er sich wenig später seinem Manuskript widmete, hatte er Xanders Worte bereits vergessen.

Erst bei der Beerdigung seiner Eltern fiel ihm wieder ein, was Xander gesagt hatte. Sie waren beide tot und sein jüngerer Bruder kämpfte im Krankenhaus um sein Leben.

Julian hatte falsch gelegen. Er hatte nie die Chance gehabt, *irgendetwas* bei seinen Eltern wiedergutzumachen, und Xander hatte Recht behalten.

Julian war von so viel Kummer erfüllt und wollte nur die Zeit zurückdrehen und die Dinge in seinem Erwachsenenleben anders machen, doch es war ihm nicht möglich.

Manchmal gab es einfach keine Wiederholungen oder zweiten Chancen. Das Leben war kein Film und auch keine Broadway-Show, bei denen man mehrere Versuche hatte und proben konnte, bei denen es eine Generalprobe und am ersten Abend eine hoffentlich perfekte Vorstellung oder nach Wochen und Monaten der Vorbereitung einen sensationellen, fertigen Film geben würde.

Das Leben war endlich und unvorhersehbar.

Leider war Julian erwachsen geworden und hatte diese Lektion zu spät gelernt.

Heute ...

» E ssen fertig!«
Kristin Moore zuckte zusammen, als Ned, Koch im *Shamrock's Bar and Grill*, hörbar einen weiteren Teller am Ausgabefenster abstellte. Der schlecht gelaunte alte Mann machte zwar seine Arbeit, doch er sorgte auch dafür, dass es bloß niemandem entging, wie unzufrieden er über die Tatsache war, hinter anstatt vor der Bar zu stehen. Ned war ein Trinker und Kristin wusste nie, ob er am nächsten Tag seinen Dienst antreten würde. Heute war einer dieser Tage, an denen sie sich wünschte, dass Ned mitsamt seiner beschissenen Einstellung zu Hause geblieben wäre.

Mein Glückstag! Er hat sich dazu entschieden, zur Arbeit zu kommen.

Sie zapfte zwei Bier und schloss den Zapfhahn, nachdem sie beide geeisten Gläser gefüllt hatte. Im *Shamrock's* gab es großartige Biere. Das war eine Sache, die sie über die Kneipe sagen konnte. Sie arbeiteten mit örtlichen Brauereien zusammen, etwas mit dem ihr Vater begonnen hatte, seit er die Bar vor einigen Jahrzehnten eröffnet hatte. Wann immer es ging, versuchten sich die kleinen Unternehmen in Amesport gegenseitig zu unterstützen.

Nachdem sie schnell die Getränke serviert hatte, nahm sie den Teller, den Ned beinahe zertrümmert hatte, und besah sich den traurigen Zustand des Tagesgerichts. Anstatt auf beiden Seiten leicht gebräunt zu sein, sah das Reuben Sandwich aufgeweicht aus und die Zwiebelringe darauf waren verbrannt.

Dad muss Ned feuern, bevor seine nicht vorhandenen Kochkünste das Geschäft ruinieren.

Das Problem war jedoch, dass ihr Vater abgelenkt war, denn er sorgte sich um so viele andere Dinge, dass er keine Zeit hatte, sich darüber Gedanken zu machen, einen anderen Koch einzustellen.

Kristin hätte die Arbeit in der Küche übernehmen können, doch das hätte bedeutet, dass Ned sich um die Bar hätte kümmern müssen, und das wäre keine gute Idee gewesen. Er würde mehr trinken als die Gäste.

Sie musste sich zusammenreißen, um nicht dem unhygienischen Drang nachzugeben, die Zutaten auf dem Teller anders zu platzieren, und brachte das Essen an einen der Tische. Ned bereitete schon seit Monaten schlechtes Essen zu. Weil im *Shamrock's* heute viel los war, hoffte sie jedoch, dass sein Essen besser *schmeckte*, als es aussah.

Bitte bestellt Nachtisch!

Sie lächelte den Mann mittleren Alters an, als sie ihm das Essen servierte und hoffte, dass er hungrig genug war, um den speziellen Nachtisch des Tages zu probieren.

Kristin hatte den Käsekuchen mit wilden Blaubeeren unter Zuhilfenahme einiger der fantastischen Produkte, die ihre Freundin Mara herstellte, selbst gebacken und wusste, dass er gut schmeckte. Das Rezept stammte von ihrer Mutter und sie machte den Kuchen bereits seit Jahren.

Mit einem Blick auf die Uhr stellte Kristin fest, dass es erst siebzehn Uhr war.

Noch vier Stunden!

Nach einem vollen Arbeitstag als medizinische Assistentin in der Praxis von Dr. Sarah Sinclair war sie bereits erschöpft. Die Zeit bis zum Schließen des *Shamrock's* erschien wie eine Ewigkeit.

Sie war müde.

Ihr taten die Füße weh.

Sie saß bis Küchenschluss mit einem missmutigen Koch fest.

Und zur Abwechslung war die Kneipe einmal wirklich gut besucht. Es war Freitagabend und das gesamte Wochenende würde sehr geschäftig werden, weil in Amesport ein Kunstfestival stattfand. Die gesamte Main Street war für den Verkehr gesperrt worden und sowohl Künstler als auch Verkäufer würden ihre Stände aufbauen, um am frühen Morgen ihre Kunstwerke zu präsentieren.

So wie es aussah, hatten sich alle Künstler dazu entschlossen, früher anzureisen.

Amesport für diese Veranstaltung zu gewinnen war ein Versuch, den Touristen auch nach dem Ende des Sommers einen Besucheranreiz in dem Küstenstädtchen in Maine zu bieten. Glücklicherweise sah es so aus, als würde der Schnee noch etwas auf sich warten lassen. Es war zwar kalt, doch das Festival sollte guten Zulauf erfahren. Sollte das Wetter noch umschlagen, so hatte die Stadt mit dem Amesporter Jugendzentrum einen Ort gewählt, in dem die Veranstaltung trotzdem stattfinden konnte. Man konnte nie wissen, denn auf einen ungewöhnlich warmen Herbst war ein früher Winter gefolgt.

Amesport benötigte auch in der Nebensaison dringend einige Veranstaltungen, denn so viele Unternehmen zählten in den Sommermonaten auf ein gutes Geschäft mit den Touristen. Grady Sinclair, einer der zahlreichen Sinclair-Milliardäre, die sich in Amesport niedergelassen hatten, tat alles in seiner Macht Stehende, um seiner Ehefrau Emily dabei zu helfen, der Nebensaison etwas mehr Leben einzuhauchen.

»Essen fertig!«

Kristin zuckte erneut zusammen, als die Teller auf den Stahltresen geschleudert wurden. *Meine Güte!* Sie sollte sich zwar mittlerweile an Neds laute, nörglerische Stimme und seine Vorliebe, die Teller eher zu zerschmettern, als sie für die Gäste in einem guten Zustand zu belassen, gewöhnt haben, doch sie erschrak noch immer bei jedem geräuschvollen, störenden Gebrüll, das der Mann von sich gab, bevor er das Essen lautstark abstellte. Vielleicht deshalb, weil seine Ankündigung laut genug war, sodass die Nachbarn sie verstehen konnten, sie jedoch stand genau vor ihm an der Bar.

Es war nicht so, dass er schreien *musste*. Sie befand sich nur anderthalb Meter von dem schlecht gelaunten Koch entfernt.

Hab Geduld. Hab Geduld. Hab Geduld.

Sie versuchte, ihr heißblütiges, irisches Temperament zu zügeln, genau wie ihr Vater es getan hatte. Kristins Meinung nach war ihre Mutter beinahe eine Heilige und ihr war bewusst, dass sie ihrem Vater sehr viel ähnlicher war: nicht sehr leicht aus der Ruhe zu bringen, doch wenn sie ihre Geduld verlor, dann wurde sie richtig wütend.

Und gerade jetzt, wo so viel los war und ihr Nervenkostüm dünner und dünner wurde, tat Ned alles dafür, um den Vulkan zum Ausbruch zu bringen.

»Du brauchst die Bestellung nicht so laut auszurufen«, teilte Kristin dem grantigen Koch mit, als sie sich die Teller auf die Arme lud.

Ned sah auf und blitzte sie an. »Doch, das muss ich. Für mich ist es der einzige Weg, diesen Abend zu überstehen. Ich hasse diesen Job! In Boston gab es wenigstens ein paar hübsche Kellnerinnen in kurzen Röcken, die ich mir anschauen konnte. In *diesem* Drecksloch existiert sowas ja nicht.«

Kristin starrte ihn an und ihr Mund öffnete und schloss sich wie bei einem Fisch auf dem Trockenen. Was zum Teufel sollte sie darauf erwidern? Ihr Temperament geriet langsam aber sicher außer Kontrolle, zwar nicht deswegen, weil er angedeutet hatte, dass sie nicht gerade einen attraktiven Anblick bot, sondern weil ihr Vater Ned eine Chance gegeben hatte, obwohl er nur sehr wenige Referenzen vorzuweisen hatte.

Es bestand kein Zweifel daran, dass dieser sture Idiot alle seine vorherigen Jobs wegen seiner Alkoholprobleme verloren hatte. Ihr

Vater hatte darauf vertraut, dass Ned mit diesem Job wieder auf den richtigen Weg kommen würde.

Das war jedoch nicht geschehen.

Kristin wusste, dass er bereits wegen Alkohol am Steuer in Amesport verhaftet worden war, und es war offensichtlich, dass er keine Absichten hatte, das Trinken aufzugeben.

Aus medizinischer Sicht betrachtet hatte er die rote Nase und blutunterlaufenen Augen eines Langzeitalkoholikers, den gleichen triefäugigen Blick eines Mannes, der einer Flasche einfach nicht fernbleiben konnte.

Ned tat ihr leid, doch sie war trotzdem wütend auf ihn.

Alkoholismus war eine Krankheit, doch ihr Vater hatte Ned beim Wort genommen, als dieser gesagt hatte, er würde daran arbeiten, trocken zu bleiben. Dennoch hatte er sich kein bisschen angestrengt. Ihr Vater und er waren Freunde aus Marinezeiten und als Ned angerufen hatte, hatte ihr Vater ausgeholfen … wie immer. Dale Moore hatte seinen Freund darin unterstützt, eine kostengünstige Unterkunft zu finden, und ihm einen Job gegeben, ohne viele Fragen zu stellen. Im Gegenzug hatte Ned die Freundschaft zu ihrem Vater und dessen Gutmütigkeit ausgenutzt und nicht einmal versucht, sich Hilfe zu holen oder zu einem Treffen der Anonymen Alkoholiker zu gehen.

Ohne ein weiteres Wort zu sagen, brachte sie die Teller an die Tische. Als sie zurückkehrte, zischte sie Ned leise zu: »Schrei einfach nicht so rum, okay? Für die Gäste ist es unangenehm.« *Und für mich!*

Sie hörte, wie er nicht allzu leise fluchte, bevor sie ihm den Rücken zukehrte und unter großer Konzentration begann, einige Cocktails zu mixen. Sie hatte keine Probleme an der Bar, doch mit Cocktails, die sie nicht kannte, war sie nicht besonders schnell. Die meisten der Gäste kamen, um Bier oder einfache alkoholische Getränke zu konsumieren. Im Sommer verschlug es einen Großteil der Touristen in das *Shamrock's*, um die Biere der kleinen Brauereien zu kosten.

»Mai Tai«, murmelte sie und griff stirnrunzelnd nach dem Spickzettel, den sie für die komplizierteren Getränke immer bereithielt.

《 T. A. Scott 》

»Ich mache das schon, Fräulein«, teilte ihr eine freundliche Stimme selbstbewusst mit, als sie das Glas auf dem Tresen abstellte.

Sie schaute auf und blickte in das freundlichste Gesicht, das sie seit Langem gesehen hatte. Vor ihr stand ein Mann, der etwa im Alter ihres Vaters war, ihr zuzwinkerte und sie sanft zur Seite schob.

Merkwürdigerweise sah er aus, als würde er besser hinter die Bar passen als sie, und diese Tatsache ließ sie eine Weile stumm bleiben, während sie versuchte herauszufinden, warum er hier war.

Während er sich an die Arbeit machte, fing er an zu erzählen. »Es ist nicht leicht, einen guten Mai Tai herzustellen. Jeder kann die verschiedenen Zutaten zusammenwerfen, doch das geschieht nicht immer auf die richtige Art und Weise.« Der unbekannte Mann fing an, mit Gläsern und Flaschen zu jonglieren, und goss nacheinander verschiedene Sorten Alkohol in einen Mixbecher. »Der Cocktail sollte nicht gelb oder rot sein. Ein guter Mai Tai ist flüssig und sonnenfarben.«

Kristin war sich bewusst, dass sie einschreiten und fragen sollte, was um alles in der Welt dieser Fremde hinter der Bar ihres Vaters zu suchen hatte, doch sie war zu fasziniert von seiner unterhaltsamen Art der Getränkezubereitung. Es war offensichtlich, dass dieser Typ wusste, wie man einen Drink mixte. Und tatsächlich war es so, dass er sich hinter der Bar besser auskannte als irgendjemand anderes.

Endlich öffnete sie ihren Mund, während er damit beschäftigt war, den Cocktail zu garnieren. »Wer sind Sie? Und warum stehen Sie hinter meinem Tresen?«

Er legte sich eine Hand auf die Brust. »Jetzt ist es mein Tresen. Und so wie es aussah, hast du die Hilfe gut gebrauchen können.«

Kristin blickte sich panisch um und fragte sich, ob der Mann eventuell verrückt sein könnte. Wegen des Festivals waren viele Besucher in die Stadt gekommen. Es war offensichtlich, dass er nicht aus Amesport stammte. Der Mann trug eine kurze Hose, die ihm bis zum Knie reichte, ein T-Shirt und Flip-Flops – eine ziemlich gewagte Kleiderkombination, wenn man bedachte, dass es im Nordosten beinahe schon Winter war.

Ihr Blick suchte und fand ein Paar wundervolle blaue Augen, das sie monatelang in ihren feuchten Träumen verfolgt hatte, ein Kerl so unfassbar attraktiv, dass ihr Herzschlag einige Sekunden lang aussetzte.

Es spielte keine Rolle, dass sie ihn kannte oder dass sie sich nicht gerade gut ausstehen konnten. Ohne dass sie es zu kontrollieren vermochte, reagierte ihr Körper jedes Mal, wenn sie ihn sah.

Julian Sinclair!

Er lehnte am Tresen und grinste sie an, während er ihr mit seinen viel zu blauen Augen einen spitzbübischen Blick zuwarf. »Er wird dich für eine Weile vertreten. Wir müssen an einer Hochzeitsfeier teilnehmen.«

Kristin wurde urplötzlich traurig, als sie sich daran erinnerte, dass sie bei Micahs und Tessas Hochzeit nicht dabei sein würde. Sie und Tessa, eine Olympiasiegerin aus Amesport, die vor Jahren auf tragische Weise ihr Gehör verloren hatte, waren gute Freundinnen geworden. Da ihre beste Freundin Mara nun mit einem der wohlhabenden Sinclair-Männer verheiratet war, hatte Kristin langsam die gesamte Familie kennengelernt und sie in ihr Herz geschlossen … nun, *mit Ausnahme* von Julian vielleicht. Die meiste Zeit ging er ihr einfach nur auf die Nerven.

Tessa würde Julians älteren Bruder Micah Sinclair heiraten. Kristin war einer der wenigen Menschen, die nicht zur Familie gehörten und trotzdem zu der Hochzeit in Las Vegas eingeladen worden waren, und auch wenn Micah alle Kosten übernahm, konnte Kristin weder ihre Eltern noch die Bar alleine lassen.

Seit dem Nachmittag, als Sarah die Praxis früher verlassen hatte, um mit ihrem Mann nach Las Vegas zu fliegen, war sie bedrückt gewesen.

»Ich werde nicht gehen«, teilte sie Julian mit einem verwirrten Gesichtsausdruck mit. »Ich habe Tessa bereits gesagt, dass ich nicht dabei sein kann.«

»Und ob du dabei sein wirst«, entgegnete Julian zuversichtlich. »Ich bin hier, um dich abzuholen. Tessa wäre enttäuscht, wenn du nicht dort wärst.«

Kristin war mehr als nur ein klein wenig von *sich selbst* enttäuscht. Sie war noch nie in Las Vegas gewesen und hätte Tessas Glück nach so vielen Jahren der Enttäuschung sehr gerne beiwohnen wollen.

»Ich kann nicht dorthin fliegen«, sagte sie, nun schon mit etwas mehr Nachdruck, und warf Julian einen warnenden Blick zu, der ihm bedeuten sollte, besser keinen Streit mit ihr anzufangen.

Ihn direkt anzusehen war ein Fehler. Dieser Mann war heiß genug, um die Gletscher in Grönland zum Schmelzen zu bringen. Kein Wunder, dass er als Schauspieler so gefragt war. Mit seinem kunstvoll zerzausten, blonden Haar und den himmelblauen Augen, die von Wimpern umrandet waren, für die so manche Frau über Leichen gehen würde, war er nicht nur unfassbar attraktiv, er besaß außerdem einen so durchtrainierten und muskulösen Körper, dass Kristin sich ziemlich sicher war, nicht ein einziges Gramm Fett an ihm finden zu können.

Kein Mann sollte so sündig perfekt aussehen wie Julian Sinclair. Und das *wirklich* Unfaire an ihm war, dass er ebenso talentiert wie attraktiv war. Da er bereits einen Oscar gewonnen und mit seinem zweiten Film einen weiteren Kassenschlager gelandet hatte, gehörte er vermutlich zu den bekanntesten Stars in Hollywood. Darüber hinaus war er als Mitglied der angesehenen Sinclair-Familie auch noch stinkreich.

Doch leider war er ebenfalls ein riesengroßes Arschloch. Hochnäsig. Herumkommandierend. Arrogant. Er hatte sich zu sehr daran gewöhnt, das zu bekommen, was er haben wollte.

Bei ihren letzten Begegnungen *hatte* sie zwar *ab und zu* eine andere, nettere Seite von Julian gesehen, doch im Großen und Ganzen war und blieb er ein Idiot und sie konnte ihn nicht ausstehen.

»Dein Gepäck befindet sich im Auto und mein Flugzeug ist startklar. Mara hat mit Hilfe deiner Mutter eine Tasche gepackt. So wie es aussieht, sind deine Eltern mehr als bereit, jemanden für dich einspringen zu lassen. Sie wollen, dass du gehst. Sie freuen sich für dich, dass du mal für ein Wochenende rauskommst.«

Meine Eltern wissen, dass ich die Gelegenheit ausgeschlagen habe, nach Las Vegas zu fliegen? Dieser Schuft! Ohne Julians Einmischung hätte Mara Mom und Dad niemals davon erzählt.

Kristins Eltern waren ihr schwacher Punkt und sie wusste, dass sie enttäuscht sein würden, wenn sie eine Reise nach Las Vegas verpasste, weil sie gebraucht wurde, um in der Bar auszuhelfen. Hätte sie ihrem Vater erzählt, dass sie gehen möchte, hätte er die Bar für einige Tage geschlossen, wenn es notwendig gewesen wäre. Aber das hatte sie nicht tun wollen. Ihre Eltern konnten es sich nicht leisten, auf die Einnahmen vom Wochenende zu verzichten.

Sie hatte keine Ahnung, warum sie überhaupt mit ihm diskutierte. Es musste sich hierbei um einen gut ausgedachten Scherz handeln. Aus irgendeinem Grund liebte Julian es, sie auf die Schippe zu nehmen. Es schien ihn auf merkwürdige Weise zu befriedigen.

Er meint es nicht ernst.

»Ich habe keine Zeit«, sagte sie und drehte ihren Kopf, als sich Gäste dem Tresen näherten und Getränke bestellten, nur um dem geschickten neuen Barmann bei der Zubereitung zusehen zu können. »Auch wenn jemand meine Arbeit hier übernimmt, so muss ich mich an diesem Wochenende immer noch um Mittag- und Abendessen kümmern.«

Julian legte seinen Arm um eine zierliche blonde Frau neben sich und schlenderte zu Kristin hinüber. »Das hier ist Sandie Retzlaff.« Er nickte dem Barmann zu. »Und das ist ihr Mann Carl. Sandie kann kochen und Carl, wie du bereits gesehen hast, hat die Bar ganz gut im Griff. Er ist es gewohnt, in Lokalen zu arbeiten, wo viel los ist. Und es macht ihm Spaß, sein Können zur Schau zu stellen.«

»Ich schaue mir mal schnell die Küche an«, sagte Sandie lächelnd zu Julian, bevor sie durch die Tür in den Vorbereitungsraum trat.

Kristin ergriff Julian am Ärmel seines hellblauen Pullovers. »Du machst Witze, nicht wahr? Sandie und Carl Retzlaff sind die Besitzer von *Retzlaff's Restaurant* in Kalifornien. Das sind doch nicht etwa … die beiden?« Sie nickte zu dem Mann hinter dem Tresen.

»Doch. Dasselbe dynamische Duo. Jetzt, da Carl seinen Barkeepern alles beigebracht hat, was sie wissen müssen, ist ihm langweilig geworden. Er hat nach einer Herausforderung gesucht.«

»Sandie Retzlaff ist eine Meisterköchin und eine ausgezeichnete Geschäftsfrau.« Kristin hatte vom *Retzlaff's* gehört. Die meisten Leute in der Bar- und Restaurantbranche kannten sie zumindest wegen ihres guten Rufs. Das elegante Restaurant war landesweit für sein ausgezeichnetes Essen und seine begabten Barkeeper bekannt, die sensationelle Cocktails mixen konnten und dabei eine tolle Show boten.

»Carl ist auch ziemlich talentiert. Er hat Cocktail-Wettbewerbe im ganzen Land gewonnen«, fügte Julian freundlich hinzu. »Aber jetzt lass uns gehen. Las Vegas wartet und ich weiß ja nicht, wie du dich fühlst, aber ich könnte etwas zu essen und zu trinken vertragen.«

»Mein Barmann trägt Flip-Flops«, antwortete sie trocken. »Julian, ich kann das *Shamrock's* nicht einfach verlassen und nach Las Vegas abhauen.«

Alles stehen- und liegenzulassen war für sie nicht möglich. Vielleicht konnte *Julian* das tun, aber sie war nun mal kein Sinclair und ihr Leben funktionierte nicht so.

In den Stunden, in denen sie nicht schlief, arbeitete sie.

Und es gab *immer* etwas für sie zu tun.

»Tessa heiratet. Du *haust nicht einfach ab* und deine Abwesenheit wird sich auch in keiner Weise negativ auf das Geschäft deiner Eltern auswirken. Ich habe die beiden besten Profis des Landes dazu überredet, die Stellung im *Shamrock's* zu halten, während du nicht da bist. Ich habe dir doch einmal gesagt, dass ich dir etwas schulde, weil du mir einen Gefallen getan hast. Du hast nicht darauf zurückkommen wollen. Deshalb nutze die Situation wenigstens jetzt aus.«

Aus dem Augenwinkel konnte Kristin sehen, wie mehr und mehr Menschen zum Tresen strömten, um Carl zuzusehen. Seit wann war die Arbeit eines Barmannes zu einem Publikumssport geworden? Sie hörte, wie Carl über seine Zeit in der Marine erzählte, während er gleichzeitig sehr gewagt mit Likörflaschen jonglierte, bevor er einige der Getränke mit Früchten garnierte.

»Ich. Kann. Hier. Nicht. Weg.« Ihre Stimme war leise und wütend. Julians Streich dauerte nun schon lange genug.

Sie hatte keine Ahnung, warum er solch einen Aufwand betreiben würde, um ihr Schuldgefühle zu bereiten, doch es interessierte sie auch nicht. Sie hatte keinen Grund, sich oder ihre Situation zu verteidigen. Sie wollte nur, dass er endlich ging.

»Natürlich kannst du«, sagte Julian mit nervtötend ruhiger Stimme.

»Mein Koch ist das Problem«, informierte sie ihn.

Kaum hatte sie diese Worte ausgesprochen, öffnete sich die Küchentür, Ned stolperte hinaus und landete hinter dem Tresen auf seinem Hintern.

Sandie schaute durch das Ausgabefenster und sagte warnend: »Und halte dich von der Küche fern! Wenn du nicht einmal einen vernünftigen Hamburger zubereiten kannst, ohne dich wichtig zu machen, bist du gefeuert!«

Kristin biss sich auf die Lippe, um ein Grinsen zu unterdrücken, während sie dabei zusah, wie Ned sich aufrappelte und aus der Tür des *Shamrock's* humpelte.

Es war offensichtlich, dass die kleine Meisterköchin Ned in weniger als einer Minute in den Hintern getreten hatte. Zu sehen, wie jemand Ned in die Schranken verwies, war es beinahe schon wert gewesen, dieses ganze Theater zu ertragen.

»Dein Problem ist soeben gelöst worden«, antwortete Julian schließlich trocken und nahm sie bei der Hand. »Wir können also gehen.«

Sie versuchte, ihre Finger aus seinem Griff zu befreien. »Nein, das können *wir* nicht. Du kannst hier nicht einfach hereinspazieren, die Belegschaft austauschen und erwarten, dass ich bereitwillig mit dir mitkomme!«

»Das ist ganz genau, was ich erwarte«, widersprach er ihr mit einer sexy Baritonstimme, die Kristin einen Schauer über den Rücken jagte. »Willst du wirklich alle diejenigen enttäuschen, die dich gern bei Tessas Hochzeit sehen würden?«

»Natürlich nicht«, sagte Kristin und war wütend auf sich selbst, weil sie dem Schuldgefühl nachgab, das Julian ihr so unnachgiebig zu bereiten versuchte. »Aber du kannst nicht einfach mein Leben umorganisieren, nur damit du bekommst, was du willst.« Sie schnaubte und begann, sich von ihm zu entfernen. »Ich würde gern bei der Hochzeit dabei sein, aber ich habe schon vor langer Zeit gelernt, dass man nicht immer das bekommt, was man haben möchte.«

»Du hast keinen Grund, *nicht* zu gehen – außer du willst unbedingt stur sein und deinen Willen durchsetzen.« Julian lächelte nun nicht mehr und sein amüsierter Gesichtsausdruck hatte sich in Entschlossenheit verwandelt.

Sie zuckte mit den Schultern. »Denk, was du willst, aber ich schätze es wirklich nicht, dass du versuchst, mir vorzuschreiben, was ich zu tun habe. Ich gehöre nicht zu deinen Angestellten und ich bin auch kein Mitglied deines Fanclubs.«

»Ich brauche nicht zu *denken*. Deine Aufgaben hier werden übernommen«, bemerkte Julian locker. »Ich hatte gehofft, dir die Entscheidung, nach Las Vegas zu fahren, leicht zu machen. Aber ich hätte wissen sollen, dass du trotzdem stur bleiben würdest. Dann müssen wir es eben auf die harte Tour machen.« Er erhob die Stimme. »Hey, Carl! Aufgepasst! Wir müssen auf den erzwungenen Abgang zurückgreifen.«

Ohne zu zögern, zog Carl Kristins Handtasche unter dem Tresen hervor und warf sie über die Köpfe der Gäste hinweg zu Julian. Es war ein perfekter Wurf und ein professioneller einhändiger Fang.

Während Kristin noch immer versuchte, ihre Finger aus Julians Griff zu befreien, hob Julian ihr gesamtes Gewicht an und warf sie sich über die Schulter, als wäre sie leicht wie eine Feder. Danach trug er sie zur Tür und verließ, ohne ein weiteres Wort zu sagen, das *Shamrock's*.

Kapitel 2

»Denk gar nicht erst darüber nach«, warnte Julian und lehnte sich auf dem weichen Sitz der Limousine zurück. »Worüber soll ich nicht nachdenken?«, fragte Kristin wütend.

»Wenn du aus einem fahrenden Auto springst, wirst du dir sehr wahrscheinlich das Genick brechen, und das wäre nun wirklich schade. Denn dann würdest du die Hochzeit in Las Vegas versäumen.«

Es ärgerte sie, dass er nicht nur ganz genau wusste, worüber sie nachdachte, sondern dass er zu dem gleichen schnellen Entschluss gekommen war wie sie. Auf gar keinen Fall würde sie während der Fahrt den Wagen verlassen.

Sie war von seinem unmöglichen Verhalten so schockiert gewesen, dass sie es bis jetzt nicht fertiggebracht hatte, auch nur ein Wort zu sagen, und das obwohl sie bereits seit einigen Minuten unterwegs waren. Wie er es geschafft hatte, die schicke Limousine auf eine gesperrte Straße zu bekommen, war ihr ein Rätsel. Aber Kristin war sich ziemlich sicher, dass Julians Cousin Dante, Polizeichef von Amesport, seine Finger im Spiel hatte. Sein Vorgänger war nur einige Monate zuvor in den Ruhestand getreten und Dante Sinclair hatte der Beförderung zugestimmt, als sie ihm angeboten worden war.

Kristin sah Julian ärgerlich an. Da es bereits anfing, dunkel zu werden, waren die Lichter im Gastbereich des Wagens eingeschaltet. Soweit Kristin es beurteilen konnte, gab es in dem schicken Gefährt alles, jeden Luxus, den sich ein Mensch wünschen konnte. Sie könnte sogar eine Party in dieser Limousine feiern, wenn sie wollte. Doch leider waren Partys gerade das *Letzte*, an das sie denken konnte.

Während sie den Mann anstarrte, der ihr gegenübersaß, war es ihr unmöglich, nicht zu bemerken, wie lässig Julian sich auf dem Sitz räkelte und aussah, als hätte er nicht gerade eine Frau aus der Bar ihres Vaters entführt und als gäbe es nichts auf der Welt, das er nicht tun könnte, wenn er es tun wollte. Er schien Pheromone eines Alpha-Mannes zu verströmen und genau das machte sie unsicher. Klar, er war attraktiv. Schließlich war er noch immer ein Superstar. Aber da war noch etwas anderes an der Art, in der Julian sich in seiner eigenen Haut wohlzufühlen schien, die sie vollkommen durcheinanderbrachte.

Solange er nicht arbeitete, bezweifelte sie stark, dass es ihn kümmerte, wie er aussah. Doch sogar wenn er nur wie jetzt ausgewaschene Jeans und einen hellblauen Pullover mit Fischgrätenmuster trug, strahlte er Selbstbewusstsein aus. Wenn sie ganz ehrlich war, musste sie zugeben, dass die lässige Kleidung gut zu ihm passte. Gemeinsam mit seinem immerzu zerzausten, blonden Haar, das ihn aussehen ließ, als sei er gerade erst aus dem Bett gestiegen – auf eine sexy, gänzlich unfaire, scharfe Art und Weise – und seinen ausdrucksstarken blauen Augen hatte sie keinen Zweifel, dass Frauen auf der ganzen Welt davon träumten, die Eine zu sein, die seine Aufmerksamkeit erhaschte.

Sie zwang sich dazu, ihre Augen von dem verführerischen Anblick abzuwenden, den er bot, wie er dort mit seinem großen Körper lässig auf seinem Sitz saß, und fragte: »Was interessiert es dich, ob ich aus dem Auto springe? Ich habe noch nicht einmal verstanden, warum du überhaupt hier bist.«

»Ich habe dir doch gesagt, warum ich hier bin. Mara hat mir erzählt, dass sie dich nicht überzeugen konnte, an der Hochzeit teilzunehmen, also habe ich mich kurzerhand entschlossen, vorbeizukommen und dich abzuholen.« Er hielt kurz inne, bevor er hinzufügte: »Sieht jedoch ganz so aus, als hätte ich dich eher wegtragen müssen.«

Idiot. Arrogantes Arschloch!

»Du hast mich nicht abgeholt. Du hast mich entführt«, sagte Kristin anklagend. Sie hatte noch immer das Gefühl, dass das, was gerade geschah, seltsam unwirklich war. »Und du hast das Geschäft meiner Eltern in den Händen eines Mannes gelassen, der knallbunte Shorts und Flip-Flops trägt!«

»Carl findet, dass er sexy aussieht. Er beeindruckt gern die Frauen. Ich glaube nicht, dass du seinen ›unwiderstehlichen Hüftschwung‹ gesehen hast, doch die Gäste scheinen ihn zu lieben. Und ehrlicherweise muss ich zugeben, dass ich ihm gesagt hatte, wir würden an die Küste fahren. Er hatte nur nicht realisiert, welche Küste es sein würde, bis er und Sandie in das Flugzeug gestiegen waren.«

Kristin verschränkte die Arme vor der Brust und warf Julian einen sturen Blick zu. »Er ist verheiratet. Andere Frauen sollten ihm egal sein.«

»Er geht nicht fremd. Er fällt einfach nur gern auf. Tatsächlich ist er der beste Barmann im ganzen Land. Wenn wir wiederkommen, wird er das Einkommen deiner Eltern verzehnfacht haben. Dank Sandies Kochkünsten und Carls Talent hinter dem Tresen werden die Leute Schlange stehen, um ins *Shamrock's* zu kommen. Schau mal, Sandie und Carl sind Freunde von mir. Sie tun mir einen riesigen Gefallen. Kannst du nicht einfach deinen Stolz vergessen und zugeben, dass du eigentlich gern bei der Hochzeit dabei wärst? Du siehst erschöpft aus.«

Julian zog fragend eine Augenbraue hoch. »Vielleicht wollte ich ja, dass du an der Hochzeit teilnimmst. Vielleicht wollte ich nicht der einzige Mann dort sein, der ohne Begleitung erscheint. Vielleicht habe ich nie vergessen, wie es sich angefühlt hat, deine wunderbaren, vollen Lippen zu küssen, oder wie zwischen uns die Funken gesprüht haben.« Er zögerte einige Sekunden und sagte dann: »Nachdem ich auf den Geschmack gekommen war, hast du doch wissen müssen, dass ich zurückkommen würde, um mir mehr zu holen.«

Kristin öffnete ihren Mund, um etwas zu entgegnen, schloss ihn dann jedoch wieder und ließ seine Worte einsinken. »Es war nur ein Kuss. Es war gar nichts.«

Oh, du großer Gott! Hatte er wirklich diesen Tag in der Bar erwähnen müssen, der noch gar nicht so lange her war, als er sie mit einer Umarmung, die sie sicherlich nicht vergessen konnte, zum Stöhnen gebracht hatte?

Im Wagen schien es plötzlich wärmer und wärmer zu werden, als sie darüber nachdachte, wie genau sie sich an diesem Tag gefühlt hatte.

Verzweifelt.

Bedürftig.

Frei ... wenn auch nur für einen kurzen Moment.

Ihr entfuhr ein ungewollter Seufzer und sie schalt sich sogleich, denn Julian sah ihr prüfend ins Gesicht, ganz so als suche er etwas, dessen sie sich nicht sicher war.

»Es war nicht nichts«, antwortete Julian heiser. »Es war etwas.«

Kristin wollte nicht an diese aufgeheizte Begegnung der beiden denken. Sie musste sich darauf konzentrieren, dass er sie im wahrsten Sinne des Wortes aus der Bar ihrer Eltern herausgetragen und auf den Rücksitz der Limousine gelegt hatte, als besäße er jedes Recht dazu, sich so zu verhalten.

Sie holte tief Luft, nicht dazu in der Lage, ihren Körper davon abzuhalten, auf seinen Geruch zu reagieren. Er befand sich überall in dem Wagen, ein betörender Duft, der sie an Minze, Sandelholz und rohen, ehrlichen Sex erinnerte.

Nicht. Daran. Denken.

Sie kämpfte gegen das Verlangen an, sich zu ihm hinüberzubeugen, sich rittlings auf ihn zu setzen und herauszufinden, wie verführerisch es sein würde, vollen Körperkontakt mit einem Mann zu haben, der vermutlich genau wusste, wie er eine Frau befriedigen konnte.

»Erwartest du wirklich, dass ich dir abnehme, dein Umweg über die Ostküste hat nur damit zu tun, eine Begleitung für die Hochzeit zu haben? In Kalifornien laufen dir die Frauen scharenweise nach. Konntest du dir nicht einfach eine von *denen* aussuchen? Ich bin nicht dein Typ und ich bin mit Sicherheit auch nicht die Frau, mit der du gesehen und fotografiert werden willst, Sportsfreund.«

Sie sprach ihn mit dem Spitznamen an, den sie ihm am Tag ihres ersten Aufeinandertreffens gegeben hatte. Er hatte sie lässig als »Rotschopf« bezeichnet, einem Spitznamen, den sie immer schon gehasst hatte. Aus dem Grund hatte sie sich einen Namen für ihn überlegt, um zurückzuschlagen. Nicht unbedingt, weil er arrogant gewesen war, denn das war er definitiv gewesen. Vielmehr sollte er sie daran erinnern, dass die beiden nichts gemeinsam hatten.

Sie war nicht reich.

Sie war kein Filmstar.

Und sie war mit Sicherheit auch kein Fan, der ihn anbetete.

Kristin arbeitete von früh am Morgen bis spät in die Nacht, um sich und ihre Familie über Wasser zu halten. Sie hatte keine Zeit, um über heiße Küsse eines berühmten Schauspielers nachzudenken. Sie und Julian mochten sich vielleicht manchmal über den Weg laufen, doch sie kamen beide aus verschiedenen Welten.

Kristin wischte ihre verschwitzten Hände an ihrer Jeans ab, widerstand der Versuchung, sich den Pony zurechtzuzupfen, und wünschte insgeheim, sie hätte ein hübsches Hemd angezogen, anstelle des Pullovers mit dem Logo des *Shamrock's*, den sie stattdessen trug.

Es spielt keine Rolle, wie ich aussehe. Ich bin nicht hier, um Julian Sinclair zu beeindrucken.

»Ja, ich habe den Umweg für *dich* gemacht, und nein, ich möchte nicht, dass wir gemeinsam fotografiert werden. Ich möchte auf gar keinen Fall, dass du solch ein Leben führen musst wie ich.«

Er klang so traurig, dass Kristin mit einem Mal aufhorchte. Julian Sinclair hatte alles, wovon ein Mann nur träumen konnte. Lange bevor er den Durchbruch beim Film geschafft hatte, war er schon ein Sinclair-Milliardär gewesen. Was konnte daran so schlimm sein?

»Wie ist denn dein Leben?«, fragte sie neugierig.

»Ich verstecke mich vor der Presse, die mich jedes Mal, wenn ich das Haus verlasse, wie ein Tier durch die Gegend jagt. Ich kann nie davon ausgehen, allein zu sein, denn die Kameras sind überall. Menschen brechen in meine Häuser ein und ich habe aufgehört zu zählen, wie oft ich meine Telefonnummer schon geändert habe«, brummte er. »Ich bekomme zwar Aufmerksamkeit, doch die ist nicht immer von der positiven Sorte.«

»Ich hätte gedacht, dass dir das gefällt. Nun ja, mit Ausnahme von den Einbrüchen. Du hast es geschafft. Du bist ein Star. Alle reißen sich um dich.«

»Der Ruhm ist Teil dessen, was ich tue. Seit ich geboren wurde, habe ich immer im Licht der Öffentlichkeit gestanden, weil ich ein Sinclair bin, doch niemals in diesem Maß. Ich würde nie wollen, dass die Presse dich verfolgt. Du hast ja keine Ahnung, wie gnadenlos Journalisten sein können.«

Bei seinen Worten musste sie an den Tag denken, an dem er von einer wilden Fangruppe verfolgt worden war. An diesem Tag hatte Kristin Mitleid mit ihm gehabt und ihm dabei geholfen, die Frauen auf eine andere Fährte zu locken. Vielleicht war es das kurze Aufblitzen von Verletzlichkeit in seinem Gesicht gewesen, das sie dazu gebracht hatte, ihm zu helfen. Er hatte sie an einen Fuchs erinnert, der von einer Meute hungriger Hunde gejagt wird.

Sie musste ehrlich gestehen, dass sie sich über ihre Lebensqualität keine Gedanken gemacht hatte, als sie sagte, dass er nicht mit ihr auf Bildern erscheinen wollte. Sie hatte eher gedacht, dass sie in keiner Weise aussah wie irgendeine der Frauen, die in der Vergangenheit mit ihm fotografiert worden waren: berühmte Schauspielerinnen, Supermodels und andere schöne Frauen aus der Filmbranche. »Es würde sowieso niemand glauben, dass wir zusammen sind«, schoss sie zurück. »Falls es dir noch nicht aufgefallen ist – ich habe leuchtend rotes, störrisches Haar, ich habe überall Sommersprossen und ich bin plump und übergewichtig. Wie ich bereits gesagt habe ... ich bin nicht dein Typ.«

Sie war nicht gerade unsicher, aber sie war realistisch. Frauen wie sie hatten keine Verabredungen mit Männern wie Julian Sinclair.

Sie fühlte sich mit den Genen wohl, die ihr vererbt worden waren, und hatte sich dem Schicksal gefügt, dass sie niemals so dünn sein würde wie ein Model. Ihr Körper war einfach nicht so gebaut.

Im hinteren Bereich der Limousine herrschte Stille, als Julians Blick langsam über ihr Gesicht und ihren Körper wanderte. An seinem Gesichtsausdruck war nichts abzulesen. »Mein Schwanz ist anderer Meinung und ich ebenfalls«, konterte er.

Verdammt! Er versucht, mich zu entwaffnen, indem er Unverschämtheiten von sich gibt. Denkt er wirklich, dass ich auf diese Masche hereinfalle?

»Hör auf, mich so anzusehen!«, sagte sie wütend. Sie wusste, dass er nur mit ihr spielte. Es gab keine andere Erklärung.

Er setzte sich aufrecht hin und lehnte sich mit den Händen auf seinen steinharten Oberschenkeln nach vorn. »Wie sehe ich dich denn an?«, fragte er mit tiefer, heiserer Stimme.

Kristin wich in ihrem Sitz zurück, um mehr Abstand zwischen sich und ihn zu bringen. »Als würdest du mich attraktiv finden«, platzte sie heraus. »Ich mag das nicht.«

»Ich bin auch nicht gerade erfreut darüber, dass ich jedes Mal einen Steifen kriege, wenn ich dich sehe, Scarlet. Aber ich werde nicht leugnen, dass genau das passiert.«

Sie zog eine Augenbraue hoch. »Scarlet?«

Er zuckte mit den Schultern. »Du magst es nicht, wenn ich dich *Rotschopf* nenne.«

»Ich würde es vorziehen, auch nicht wie eine andere Farbe genannt zu werden«, teilte sie ihm schnaubend mit.

»Mir gefällt es auch nicht unbedingt, ein Sportsfreund zu sein«, gab er zurück und sein Mund formte sich zu einem kleinen Grinsen, während er sie herausfordernd ansah.

Kristin wandte ihren Blick gerade lange genug von ihm ab, um zu bemerken, dass sie den außerhalb der Stadt gelegenen Flughafen beinahe erreicht hatten. Panisch drückte sie ihre Nase an die Fensterscheibe, um die vorbeiziehende Landschaft zu betrachten, bevor sie sich wieder zu ihm drehte. »Es reicht! Du musst mich zurückbringen, Julian. Du hast deinen Spaß gehabt.«

Sein Grinsen wurde breiter. »Wir hatten bis jetzt noch *gar keinen* Spaß. Aber ich bin mir sicher, dass du schon lernen wirst zu lächeln, wenn wir erst in Las Vegas landen.«

»Ich kann nicht nach Las Vegas fliegen. Ich kann nicht. Jetzt hört es auf, lustig zu sein.« Kristin machte sich Sorgen, dass Julian sie *wirklich* in sein Flugzeug bringen würde, ob sie nun wollte oder nicht.

Wie weit würde er diesen absolut unlustigen Scherz noch treiben? Die Situation war so unfassbar dreist, dass sie sich fühlte, als würde jemand sie verarschen.

»Du kommst mit«, antwortete er arrogant und lehnte sich in seinem Sitz zurück, als besäße er jedes Recht, ihr vorzuschreiben, was sie zu tun hatte.

Mein Gott! Lag es im Bereich des Möglichen, dass er es ernst meinte? Dass es sich hierbei wirklich nicht um einen Witz handelte? Er sah nun ziemlich ernst und unnachgiebig aus.

Hatte Mara wirklich ihren Koffer gepackt, gemeinsam mit der Hilfe ihrer Eltern? Was, wenn es wirklich ihre Sachen waren, die sich im Kofferraum befanden?

»Das hier ist kein Scherz, oder?«

»Ich habe nie behauptet, dass ich scherze«, entgegnete Julian ruhig. »Mein ältester Bruder heiratet, etwas, das ich niemals für möglich gehalten hätte. Alle deine Freunde werden bei der Hochzeit anwesend sein. Willst du wirklich hier in Amesport bleiben und die Gelegenheit verpassen zu sehen, wie sich Tessa und Micah das Jawort geben?«

Er sah sie erwartungsvoll an und wartete auf ihre Antwort.

Seine Bemerkung darüber, dass sie Dinge opferte, die sie eigentlich gern tun wollte, hatte ihr einen Stich ins Herz versetzt. Sie hatte in ihrem Leben sehr viel verpasst und bereute ihre Entscheidungen nicht. Aber manchmal gab es ihr das Gefühl, anders zu sein, und manchmal schmerzte es sie auch sehr.

Ihr Herz hämmerte gegen ihren Brustkorb und sie leckte sich nervös über die Lippen, als sie endlich erkannte, dass Julian *wirklich* gekommen war, um sie für die Hochzeit abzuholen.

Sie war zwar noch immer leicht verärgert, doch hatte sich bereits so weit wieder beruhigt, dass sie spürte, wie es in ihrem Magen zu rumoren begann.

»Ich kann nicht mitkommen.«

»Natürlich kannst du das. Dein Gepäck ist im Kofferraum und alles andere ist bereits arrangiert. Sei nicht so stur, Scarlet. Fahr für ein Wochenende weg und amüsiere dich. Es wird dich schon nicht umbringen. Wie oft bekommst du schon eine All-Inclusive-Wochenendreise fernab von Zuhause?«

Der Wagen kam zum Stehen und Kristin machte sich am Türgriff zu schaffen, um auszusteigen.

Sie bekam *nie* Urlaub. So war das eben in ihrem Leben. Sie konnte nicht einfach spontan nach Las Vegas fliegen. Dabei war es nicht so, als würde sie nicht gern wollen. Tatsächlich war es so, dass sie beinahe Maras Überzeugungsversuchen nachgegeben und ihren Vater gefragt hätte, ob dieser am Wochenende die Arbeit im *Shamrock's* übernehmen könnte. Doch insgeheim hatte sie gewusst, dass sie in der Bar gebraucht wurde. Es war einfach kein gutes Wochenende für sie, um wegzufahren.

Davon abgesehen plagte sie noch ein anderes, peinliches Problem ...

Sie wollte so schnell wie möglich aus der Limousine aussteigen, doch Julian versperrte ihr den Weg. »Du kannst jetzt nicht weglaufen. Wir sind am Flughafen.«

Sie presste die Zähne aufeinander und zischte wütend: »Lass. Mich. Aussteigen.«

»Kristin? Stimmt etwas nicht?«

Voller Panik begann sie, an der Tür zu rütteln. »Schnell! Lass mich aussteigen! Bitte!«

Julian öffnete die Tür und trat heraus. Er ergriff sie am Arm und zog sie rasch aus dem Wagen.

Kristin schnappte nach Luft, die Kälte schien sie nicht zu spüren. »Scheiße!«

»Was zum Teufel ist denn los?«, fragte Julian und klang verwirrt.

Kristin antwortete nicht. Sie konnte nicht. Sie drehte sich von Julian weg, lehnte sich mit ihren Händen auf den Knien vornüber und fing an, sich zu übergeben.

Kapitel 3

»Geht es ihr jetzt besser?«

»Ich glaube schon«, murmelte Julian ins Telefon. Er sprach mit Sarah, der Frau seines Cousins Dante, die als Ärztin in Amesport arbeitete. Sein Cousin und dessen Ehefrau befanden sich für Micahs Hochzeit bereits in Las Vegas. Als Julian erkannt hatte, dass es Kristin nicht gut ging, war Sarah die Erste gewesen, die er angerufen hatte. »Sie hat etwas gegessen und Tabletten gegen die Übelkeit genommen. Sie sagt, dass sie sich bereits besser fühlt.«

»Gut. Dann sehen wir euch ja schon bald«, antwortete Sarah erleichtert. »Ich freue mich so sehr, dass du Kristin mitbringst. Sie kann etwas Abstand von Amesport gut gebrauchen. Ich habe versucht, sie zu überzeugen. Wir alle haben es versucht. Du hattest vermutlich bessere Argumente als wir.«

Julian fühlte sich ein wenig schlecht, als er sich daran erinnerte, wie Kristin in ihrem Sitz ausgesehen hatte, nachdem er sie an Bord des Flugzeuges getragen hatte. Sie war blass und schwach gewesen, ihre schlagfertige Art war verschwunden und er musste zugeben, dass ihm das tatsächlich gefehlt hatte. Sie so krank und geschlagen zu sehen hatte ihm einen Stich versetzt. Nachdem er ihr etwas zu essen gegeben hatte, war sie mitsamt ihrem Koffer leise davongeschlichen, um sich umzuziehen. Verdammt! Nachdem sie gegessen und die Tabletten genommen hatte, war die Farbe in ihr Gesicht zurückgekehrt. Sie kotzte sich zwar nicht mehr die Seele aus dem Leib, doch er fühlte sich noch immer wie ein Arschloch. Woher hätte er denn auch wissen sollen, dass sie an Reisekrankheit leidet? Er war doch noch niemals irgendwo mit ihr hingefahren.

Warum hatte sie nichts gesagt, als sie in den Wagen gestiegen waren?

»Ist es sicher? Ich meine, wird sie sich wieder übergeben müssen?«, fragte Julian. Er wollte auf keinen Fall irgendetwas überhören, das Kristins Zustand verbessern konnte.

»Ich bezweifele es«, entgegnete Sarah und musste wegen der Hintergrundgeräusche im Casino lauter sprechen. »Sorge dafür, dass sie kleine, proteinreiche Mahlzeiten zu sich nimmt und gib ihr in vier Stunden noch einmal zwei Tabletten. Es ist ein langer Flug.«

Julian wusste, dass es länger als vier Stunden dauern würde, bis sie in Las Vegas landeten. »Gut. Noch irgendetwas?«, fragte er besorgt.

»Das ist alles. Sie wird schon wieder werden, Julian. Du klingst gestresst. Reisekrankheit ist nicht tödlich. Sobald es ihr besser geht, könnt ihr starten.«

Sarah hat leicht Reden. Sie ist Ärztin. Julian hatte sich niemals zuvor so hilflos gefühlt wie in dem Moment, als er Kristins kraftlosen Körper gehalten hatte, während sie sich übergab. Sogar nachdem sie das Wenige, das sich in ihrem Magen befunden hatte, erbrochen hatte, musste sie noch immer würgen.

Er und Sarah beendeten das Gespräch, nachdem sie ihm den Ablaufplan der Hochzeit am nächsten Tag mitgeteilt hatte.

Ungeduldig trommelte er mit seinen Fingern auf den Holztisch vor sich und beobachtete die Schlafzimmertür. Er hatte dem Piloten soeben die Starterlaubnis erteilt und das Flugzeug begann, sich in Bewegung zu setzen.

Wo zum Teufel steckt sie nur? Was, wenn sie sich wieder übergibt?

Er erhob sich und ging in den hinteren Teil seines Privatflugzeugs, wo sich die Toilette befand. Dabei fragte er sich, ob er wohl an die Tür klopfen sollte.

Er sah sich im Schlafzimmer um und sein Blick fiel auf Kristins Koffer, der sich geöffnet auf dem Bett befand. Offensichtlich hatte sie sich darangemacht, ihn zu durchwühlen, um etwas zum Anziehen zu finden.

Als er sich die vornehme Ausstattung seines Flugzeugs ansah, musste er grinsen. Er hatte sich jahrelang geweigert, sein eigenes Flugzeug zu besitzen, weil er so wenig Geld wie möglich dafür ausgeben wollte, sich in seiner Branche nach oben zu arbeiten. Julian hatte es allein schaffen wollen und niemals die Sinclair-Dynastie genutzt, um sich einen Vorteil zu verschaffen. Er hatte in einer kleinen, unansehnlichen Wohnung gelebt, seine Beiträge in Hollywood geleistet und jeden Job angenommen, bis er auf der Erfolgsleiter nach oben geklettert war.

Es erfüllte ihn mit einem gewissen Stolz, dass so gut wie niemand in Hollywood gewusst hatte, dass er zu der Milliardärsfamilie der Sinclairs gehörte und eigentlich selbst unfassbar reich war. Sinclair war ein gängiger Nachname und niemand hatte ihn je gefragt. Sogar nur sehr wenige seiner engsten Freunde hatten es gewusst und diese hatten ihn nicht verraten. Julian hatte gemeinsam mit ihnen Höhen und Tiefen erlebt, während er sich seine Karriere wie ein ganz normaler Mensch aufgebaut hatte, Stück für Stück, Jahr für Jahr. Und mit jeder noch so kleinen Rolle war er der Hauptrolle in einem Film ein kleines bisschen näher gekommen.

Als er endlich die Spitze erreicht hatte, von der er schon als Kind immer geträumt hatte, war es unvermeidbar gewesen, dass seine Identität enthüllt wurde. Und als er sich endlich dazu entschlossen hatte, einen Teil seines Geldes auszugeben, hatte er keine Kosten gescheut, um sich das beste Privatflugzeug zuzulegen, das ihm sein Geld hatte kaufen können. Nichts auszugeben und das Geld zu investieren hatte Julian sogar noch reicher gemacht und sein Vermögen war größer, als er in mehr als nur einem Leben ausgeben konnte. Er ließ sich jetzt auch ein sehr hohes Honorar für seine Mitwirkung in Filmen zahlen und verdiente dieses Geld ganz allein aufgrund seines Talents.

Ohne jeglichen Luxus auszukommen hatte ihm gezeigt, wie wenig er eigentlich zum Leben brauchte, dennoch hatte es ihm großen Spaß gemacht, das Geld für einige Spielzeuge auszugeben, nachdem seine Identität aufgedeckt worden war. Sein Flugzeug war seine größte Investition gewesen. Wenn er schon auf diesem Weg reiste, dann sollte der Komfort an erster Stelle stehen.

Sein Schlaf- und Badezimmer waren zwar nicht riesengroß, doch in ihnen befanden sich alle Dinge, die ein Mensch benötigte, wenn er lange Strecken zurücklegen wollte, ohne auch nur irgendetwas zu vermissen.

Als er hörte, wie Kristin den Türknauf betätigte, stand er stirnrunzelnd auf und wäre beinahe mit ihr zusammengestoßen, als sie aus dem Badezimmer kam.

Julian trat einen Schritt zurück, um ihr Gesicht zu sehen, und stellte fest, dass sie schon besser aussah. Sie hatte eine frische Jeans und einen grünen Pullover angezogen, der ihr feuchtes Haar noch leuchtender und attraktiver aussehen ließ, als er es jemals zuvor gesehen hatte. Nicht dass es eine Rolle spielte. Sein Schwanz wurde sowieso hart, wenn er sie ansah, ganz egal was sie gerade trug.

Er erinnerte sich daran, dass sie sich als übergewichtig bezeichnet hatte, was in keiner Weise der Wahrheit entsprach. Kristin hatte einen kurvigen Körper, eine schmale Taille und einen hübschen, runden Hintern. Diese Kombination hatte ihn mehr als einmal dazu gebracht, sich bei dem Gedanken daran, sie mit seinen Händen auf ihrer nackten Haut zu einem ekstatischen Orgasmus zu bringen, den sie niemals vergessen würde, einen runterzuholen.

»Bist du in Ordnung?«, fragte er leise, während er in ihre smaragdgrünen Augen starrte, die ihm ein Ziehen in der Magengegend bescherten.

»Ja, ich denke schon«, antwortete sie und ging um ihn herum, um ihren Koffer zu schließen.

»Es tut mir leid«, murmelte er. Jetzt, wo er ihren peinlich berührten Gesichtsausdruck sah, fühlte er sich noch schlechter. »Ich hatte keine Ahnung, dass du an Reisekrankheit leidest.«

Sie wandte ihren Blick von ihm ab und gab zu: »Ich habe das schon seit meiner Kindheit. Meine Mutter hat mir irgendwann erlaubt, im Auto vorne zu sitzen, und ab da wurde es besser. Wenn ich selbst fahre, habe ich keine Probleme. Auch wenn ich auf dem Beifahrersitz bin, geht es mir gut. Aber sobald ich auf dem Rücksitz eines Wagens Platz nehme und nicht sehen kann, wo ich hinfahre, wird mir so schlecht, dass ich mich spätestens bei der Ankunft übergeben muss.«

»Ist das der Grund, warum du nicht nach Las Vegas fliegen wolltest?« Er nahm ihre Hand und führte sie zu einem der luxuriösen, beigefarbenen Sitze ihm gegenüber im Essbereich. Dabei fiel ihm auf, dass sie aufgehört hatte, ihm Widerworte zu geben, was ihm ganz und gar nicht gefiel. Es bedeutete, dass sie immer noch nicht sie selbst war.

»Teilweise«, sagte sie und legte ihre Hände mit den Handflächen nach unten auf den Tisch, als das Flugzeug anfing, sich zu bewegen. »Wir starten?«, kreischte sie.

Er nickte. »Schnall dich an.«

Julian hatte sie so platziert, dass sie in Flugrichtung saß, er selbst saß mit dem Rücken zur Flugzeugnase.

»Julian, das ist doch verrückt.«

Er lächelte, denn sie schien ihr großes Mundwerk wiedergefunden zu haben. »Dann lass uns verrückt sein, Scarlet. Lauf mit mir für ein paar Tage weg. Lass uns zu Micahs und Tessas Hochzeit fliegen und eine schöne Zeit in Las Vegas verbringen. Am Montag musst du wieder arbeiten und ich muss für einen Dreh zurück ans Set. Aber bis dahin lass uns einfach entspannen. Es ist für alles gesorgt und du hast wirklich keinen Grund, nicht mitzukommen.«

Er beobachtete, wie sie an ihrer Unterlippe kaute und offensichtlich über ihre Alternativen nachdachte. »Dann bekommst du, was du wolltest. Ich hasse das. Ich habe so ein Gefühl, dass du deinen Willen zu oft durchsetzt.«

»Nur ganz selten«, log er. Er stand auf, um sie anzuschnallen, setzte sich dann wieder ihr gegenüber hin und befestigte seinen eigenen Sicherheitsgurt.

»Was ist der wahre Grund für dein Handeln? Nach Maine zu kommen ist ein riesiger Umweg für dich, nur um einen Hochzeitsgast abzuholen.«

Er zuckte mit den Schultern. »Vielleicht habe ich nie aufhören können, an diesen verführerischen Kuss zu denken, den du mir gegeben hast.«

Sie errötete und antwortete: »Den ich *dir* gegeben habe? Du hast *mich* geküsst, erinnerst du dich?«

Kopfschüttelnd gab er zurück: »Ich erinnere mich deutlich daran, dass du dich mir an den Hals geworfen hast, Scarlet.«

Um ehrlich zu sein war er absolut verzweifelt und versucht gewesen, sie gegen den Tresen zu pressen und an Ort und Stelle zu vögeln. Leider war das nicht möglich gewesen. Vielleicht war der Kuss nicht von ihr ausgegangen, doch sie hatte ihn erwidert. Ihre heiße Kapitulation und ihre darauffolgende willige Beteiligung hatten ihn beinahe um den Verstand gebracht.

»Das hättest du wohl gern!«, schlug sie zurück.

»Ja, das stimmt allerdings.«

Kristin seufzte. »Gibt Hollywood dir das Gefühl, mit jeder Frau flirten zu müssen, der du über den Weg läufst? Wir haben uns sonst immer nur gestritten.«

»Vorspiel«, antwortete er grinsend.

»Perversling«, entgegnete sie mit etwas weniger Abneigung.

»Waffenstillstand, Kristin? Nur für ein paar Tage? Micah und Tessa werden nur einen Hochzeitstag haben.«

Sie verschränkte die Arme vor der Brust und blitzte ihn an, doch ihre Lippen begannen zu zucken und Julian war dankbar, dass sie langsam etwas freundlicher wurde. »Warum sollte ich aufhören, mit dir zu streiten, nach dem, was du getan hast?«

»Weil ich dir beim Kotzen zugesehen habe? Nach dieser Episode müssen wir Freunde sein. Ich habe dir sogar die Haare zurückgehalten.«

»Ich hatte einen Pferdeschwanz.«

Gut ... sie hatte Recht, doch er hatte die losen Strähnen für sie gehalten. Zählte das etwa nicht? »Ich habe es versucht. Waffenstillstand?«, fragte er noch einmal.

Sie versuchte, nicht zu lachen, was Julian wiederum freute, denn er hatte es geschafft, sie nur ein ganz klein wenig zu ärgern. Kristin hatte immer schon einen Sinn für Humor gehabt, auch wenn dieser manchmal trocken und sarkastisch sein mochte.

Sie wickelte eine ihrer feuchten Locken um ihren Finger. »Ich werde darüber nachdenken.«

Als er merkte, wie das Flugzeug abhob, brummte er: »Denk schneller!«

Du liebe Güte! Ihm drückte eine sehr ernstzunehmende Erektion von innen gegen die Jeans, als er sah, wie sie mit ihren Haaren spielte. Julian konnte an nichts anderes denken als daran, wie diese feuerroten Haarsträhnen sich auf ein makelloses, weißes Kissen ergossen, während er wieder und wieder in sie hineinstieß, bis er befriedigt war.

Sie lachte. Dies war nicht das scheue Lachen, das er gewohnt war, sondern ein kehliger, sexy Laut, der seinen Schwanz nur noch härter werden ließ.

»Ich bin mir nicht sicher, ob ich mit dir befreundet sein will. Du bist arrogant, herrschsüchtig, rücksichtslos und willst immerzu deinen Kopf durchsetzen«, sagte sie.

»Du hast mich noch nie von meiner netten Seite kennengelernt«, widersprach er und fragte sich, ob er überhaupt mit sich selbst befreundet sein wollte. Vielleicht war er *wirklich* ein Arschloch. Aber irgendetwas an Kristin weckte in ihm das Verlangen, ein besserer Mensch sein zu wollen.

Sie machte einen gespielt überraschten Gesichtsausdruck. »Du meinst, du besitzt eine nettere Seite?« Sie kaute auf ihrer Lippe herum, als ob sie darüber nachdachte, was sie Gutes sagen könnte. »Du gibst ein gutes Trinkgeld«, meinte sie schließlich.

Er erinnerte sich an den Abend, an dem er ihr ein riesiges Trinkgeld hinterlassen hatte. Er war mit Micah im *Shamrock's* gewesen und hatte dabei geholfen, das gebrochene Herz seines Cousins Evan wieder zusammenzusetzen.

»Ich habe dir nie dafür gedankt«, sagte sie leise. »Es kam zu einem Zeitpunkt, an dem ich es wirklich gebraucht habe.«

Bei ihren aufrichtigen Worten musste Julian schwer schlucken und wünschte sich, er hätte ihr noch ein paar Tausender hinterlassen. Der Gedanke daran, dass seine stolze Kristin jemals auf etwas verzichten musste, machte ihn wütend. »Gern geschehen«, entgegnete er. »Können wir jetzt also endlich den Waffenstillstand beschließen?«

»Er wird nicht lange anhalten«, warnte sie ihn.

»Warum nicht?«

»Weil du irgendetwas anderes tun wirst, um mich auf die Palme zu bringen.« Sie legte ihre Handflächen zurück auf den Tisch, als das Flugzeug begann, an Höhe zu gewinnen.

Er lachte, doch nur weil sie sich so sicher war, dass die beiden nicht sehr lange vernünftig miteinander umgehen konnten. Etwas an der Art, wie sie ihn als Menschen beurteilte und nicht als Superstar oder reichen Sinclair, weckte in ihm das Verlangen, es ihr recht machen zu wollen. Und es interessierte ihn schon seit sehr langer Zeit nicht mehr, was irgendjemand über ihn dachte.

»Bist du in Ordnung?«, fragte er, als er ihren besorgten Gesichtsausdruck und die Hände auf dem Tisch sah.

»Ja. Manchmal hilft es mir, wenn ich meine Hände auf etwas drauf lege.«

»Sarah hat mir gesagt, dass die Tabletten helfen würden.«

»Das tun sie. Es geht mir gut. Wirklich.«

Sie sah nicht so aus, als ob es ihr gut ginge, und Julian hasste das. »Du wirkst nervös«, stellte er fest.

»Ich bin noch nie geflogen. Es ist ... anders.«

Julian wusste, dass sie fast achtundzwanzig war, einige Jahre jünger als er, doch er war sich immer noch nicht sicher, wie es möglich sein konnte, dass sie noch nie in einem Flugzeug gesessen hatte. »Warum? Wegen deiner Reisekrankheit?«

Kristin schüttelte den Kopf. »Nein. Ich hatte bisher einfach noch keine Gelegenheit.«

Er sah dabei zu, wie sie sich langsam entspannte. »Keine Reisen?«

»Nur mit dem Auto. Ich bin niemals so weit gereist, dass ich hätte fliegen müssen.«

Er hatte genug über ihr Leben herausgefunden, damit diese Antwort für ihn einen Sinn ergab. »Dann bin ich also dein Erster?«

Kristin rollte mit den Augen. »Dieser *Flug* ist mein erster«, konterte sie und zog eine Augenbraue hoch. »Ich bin zwar noch niemals zuvor geflogen, aber glaubst du nicht, dass eine achtundzwanzigjährige Jungfrau einer Rarität gleichkäme?«

Ihre Frage ließ Julian an Kristin mit anderen Männern denken. Und es war kein angenehmer Gedanke. Er wollte nicht in Erwägung ziehen, dass sie mit irgendjemand anderem außer ihm intim sein könnte. Die Besitzgier nagte an ihm und er ballte seine Hände auf den Oberschenkeln zu Fäusten, um sich davon abzuhalten, sie sich zu nehmen und sie vergessen zu lassen, dass es andere Männer in ihrem Leben gegeben hatte.

Langsam beruhigte er sich. Er brauchte nicht ihr Erster zu sein.

Dennoch war er sich verdammt sicher, dass er ab jetzt ihr Letzter, Bester und Einziger sein würde.

Kapitel 4

Gut ... Kristin war zwar nicht mit Hunderten von Männern zusammen gewesen, aber sie würde Julian Sinclair nicht ihre sexuelle Vergangenheit offenbaren. Ja, sie hatte nur mit zwei Typen geschlafen, zwei Partnern, mit denen die Beziehung nicht funktioniert hatte, doch das war *ihre* Sache.

Julian wollte einen Waffenstillstand und Kristin konnte dem zustimmen ... vorerst. Doch sie und Julian gingen sich immer an die Gurgel, von daher würde er nicht sehr lange andauern.

Vorspiel?

Sie hatte ihre Anziehung zu ihm immer unter der Oberfläche versteckt und hatte sie nur im Zaum halten können, indem sie ihm gegenüber auf Abwehrstellung gegangen war. Sehr wahrscheinlich hatte er *wirklich* gute Qualitäten. Sie hatte diese nur nie sehen wollen. Das machte es ihr einfacher, die Distanz zu wahren. Doch davon abgesehen hatten sie wirklich nur sehr wenige Gemeinsamkeiten.

Es ist ja nur für ein Wochenende, einige besondere freie Tage, die ich sonst nie bekomme. So lange kann ich sein Herumkommandieren schon tolerieren. »Okay«, gab sie schließlich nach. »Wenn du damit aufhörst, dich wie ein rücksichtsloser Idiot zu benehmen, dann werde ich für ein paar Tage aufhören, mit dir zu streiten.«

Er nickte. Auf seinem Gesicht machte sich ein stürmischer Ausdruck breit, als er seinen Kopf neigte.

»Getränke?« Die Flugbegleitung hielt neben dem Tisch an. Sie war eine hübsche, schlanke Frau mit vollem, dunklem Haar, die ein Kleid und hochhackige Schuhe trug.

Julian bestellte ein Bier und sah dann Kristin an.

»Ginger Ale?«, fragte sie vorsichtig. Sie hatte keine Ahnung, was an Bord dieses Flugzeugs zur Verfügung stand, doch ihr Magen hatte sich soweit wieder beruhigt und sie wollte diesen Zustand auch gern beibehalten. Einmal die Erniedrigung zu ertragen, sich vor Julian übergeben zu müssen, war schon ausreichend gewesen.

Die Frau nickte und entfernte sich, weshalb Kristin annahm, dass die Bar gut ausgestattet war. »Schickes Flugzeug«, murmelte sie, doch sie war noch immer nicht ganz dazu in der Lage, die Opulenz zu begreifen. Sie war zwar noch nie geflogen, doch sie wusste, wie ein normales Flugzeug von innen aussah. Und im Fernsehen schien es *nie* so bequem zu sein.

Der Sitzbereich war in Abschnitte unterteilt, doch alles war in beigefarbenem Leder gehalten. An der Wand im vorderen Bereich befanden sich ein Sofa und einige luxuriöse Ledersessel, sowie die Sitze mitsamt dem Tisch, an dem sie gerade mit Julian saß. Das Schlafzimmer und Bad boten einen Luxus, den sie zwar nicht erwartet, dessen Funktionen sie sich jedoch vollständig bedient hatte, um sich wieder wie ein normaler Mensch zu fühlen.

»Mir gefällt es. Während ich mir meine Karriere aufgebaut habe, habe ich es vermieden, Geld auszugeben. Ich wollte es ganz alleine schaffen. Wenn ich fliegen musste, habe ich Micahs oder Xanders Flugzeug genommen oder mir einfach einen Flug gebucht.«

»Wie ist es, in einem normalen Flugzeug zu fliegen?« Kristin war neugierig, weil sie noch niemals einen Fuß in ein fliegendes Objekt gesetzt hatte.

»Die Hölle«, gab er zu. »Besonders in der Economy-Klasse. Du hast keine Beinfreiheit und wenn du neben jemandem sitzt, der sich nichts daraus macht, Deodorant zu benutzen, dann steckst du so lange fest, wie der Flug eben dauert.«

Kristin lachte. Sie konnte sich nur schwer vorstellen, wie Julian auf einem engen Economy-Sitz aussehen würde. Der Mann nahm ordentlich Platz ein. Doch allein die Tatsache, dass er versucht hatte, wie ein normaler Mensch zu leben, stimmte sie milde. »Ich kann verstehen, warum du nicht wolltest, dass die Menschen wissen, wer du bist, aber warst du niemals versucht, es jemandem zu erzählen?«

»Einmal«, antwortete er nachdenklich. »Einer Frau, mit der ich zusammen war. Am Ende war ich froh, dass ich es nicht getan habe. Es scheint, als hätte sie keine Lust gehabt, mit einem Schauspieler zusammen zu sein, der Schwierigkeiten hatte, Fuß zu fassen. Sie wollte jemanden, der ihr auf dem Weg nach oben behilflich war. Sie wollte mich zwar vögeln, aber sie hatte kein wirkliches Interesse daran, mit mir zusammen zu sein.«

Julian war reserviert, doch sie konnte die Enttäuschung in seiner Stimme hören. »Sie hat dich verletzt. Das tut mir leid.«

»Das ist schon lange her. Kurz nachdem ich das College beendet hatte.«

»Du bist aufs College gegangen?« Weil er Schauspieler war, hatte sie angenommen, dass er seine Ausbildung nach der High School nicht fortgesetzt hatte.

»Ich habe Juilliard besucht. Mein Vater wollte, dass ich meine Träume verfolge, aber er wollte auch, dass ich dabei etwas lerne.«

»Dein Vater muss ein kluger Mann gewesen sein«, sagte Kristin. Sie hielt inne, bevor sie hinzufügte: »Das mit Xander und deinen Eltern tut mir leid.«

Ihr war bekannt, was mit ihnen geschehen war. So gut wie jeder wusste es jetzt. Es war eine undenkbare Tragödie gewesen. Julians Eltern waren beide ermordet worden und obwohl Xander schwerverletzt überlebt hatte, würde er die emotionalen und körperlichen Narben vermutlich für den Rest seines Lebens mit sich herumtragen.

»Danke«, entgegnete er aufrichtig und wechselte dann das Thema. »Was hattest du für Träume als Kind? Hast du immer schon etwas im medizinischen Sektor machen wollen?«

Sie nickte. »Als ich jünger war, wollte ich Ärztin werden.«

»Warum bist du es nicht geworden?«

»Für mich war es nicht realistisch. Aber ich liebe meinen Job. Mit Sarah zu arbeiten ist fantastisch. Sie ist eine großartige Ärztin. Die Patienten lieben sie. Ich bin ziemlich zufrieden mit meinem Beruf.« Sie bereute es nicht, keine Ärztin zu sein, weil sie zum Zeitpunkt ihres High School-Abschlusses andere Prioritäten gehabt hatte. Glücklicherweise konnte sie immer noch das tun, was ihr Spaß machte. »Wie geht es mit deinem Film voran?«

»Fast fertig. Ich muss nur noch für einige Wochen zum Drehen ans Set.«

»Ist er besser als der letzte Actionfilm?«

Er schüttelte den Kopf. »Ich weiß nicht. Ich habe ihn noch nicht komplett gesehen, aber die Handlung ist ziemlich dünn.«

»Was kommt als Nächstes?«, fragte sie neugierig.

»Ich weiß noch nicht genau. Du hattest Recht, als wir uns in der Bar unterhalten haben und du sagtest, dass Filme für einfache Unterhaltung gemacht werden können. Sie helfen Menschen wirklich damit, für eine kurze Zeit ihrem Alltag zu entfliehen, wenn sie sich das wünschen. Aber wenn ich mit diesem Film fertig bin, werde ich vermutlich eine kleine Pause einlegen und auf das richtige Drehbuch warten, anstatt einen weiteren Film mit großem Budget zu drehen, bei dem auf die Spezialeffekte mehr Wert gelegt wird als auf die Handlung. Ich möchte ... etwas anderes machen.«

»Etwas wie deinen ersten Film?« Es war eine Schnulze gewesen, bei der es um einen manisch-depressiven Mann und dessen Schwierigkeiten mit seiner Krankheit ging.

Er lachte. »Ja. So etwas Ähnliches.«

»Woher willst du wissen, dass es jemals den richtigen Film geben wird?«

Er zuckte mit den Schultern. »Wenn es ihn nicht gibt, werde ich warten, bis ich mein aktuelles Drehbuch zu Ende geschrieben habe.«

»Du schreibst auch?« Jetzt war sie wirklich fasziniert.

»Ich habe das Buch für meinen ersten Film geschrieben. So habe ich die Hauptrolle bekommen. Es war ziemlich schwierig, das Buch jemandem zukommen zu lassen, der es auch wirklich lesen würde.

Aber letzten Endes habe ich jemanden gefunden, der sich dazu bereit erklärt hat, den Film zu produzieren. Nachdem ich mehrere Male vorgesprochen habe, haben sie mir die Hauptrolle gegeben. Sie waren der Meinung, dass nur derjenige, der das Drehbuch verfasst hat, die Hauptrolle spielen könnte. Ich bezweifele, dass ich überhaupt zum Vorsprechen eingeladen worden wäre, wenn ich nicht bereits meinen Fuß in der Tür gehabt hätte. Was mir zum Erfolg verholfen hat, war also in Wirklichkeit mein schriftstellerisches und nicht mein schauspielerisches Talent.«

»Aber du hast einen Oscar gewonnen«, warf sie ein.

»Es waren eigentlich zwei. Einen für das beste Drehbuch und den anderen für den besten Schauspieler. Aber ich hätte nicht einmal die Chance auf eine Hauptrolle gehabt, wenn niemand mein Drehbuch gelesen hätte.«

Er war gut. Verdammt gut. Sein erster Film war einfühlsam und tiefgehend gewesen, ein schonungslos harter Film. Sie hatte ihn zahlreiche Male gesehen und sich jedes einzelne Mal die Augen ausgeheult. »Ich habe nicht gewusst, dass du das Drehbuch verfasst hast. Der Film war großartig.« Ihn persönlich konnte sie vielleicht nicht leiden, doch sie bewunderte sein Talent.

»Ich hatte einen manisch-depressiven Freund. Er hat mich zu dieser Geschichte inspiriert.«

»Worum dreht sich der nächste Film?«

Julian war einen Moment lang still, bevor er antwortete. »Ich habe mit einem Manuskript über einen Drogenabhängigen begonnen, einen Mann, der in die Sucht getrieben wurde, um zu entfliehen.«

»Wie Xander«, schloss sie und in ihrer Stimme schwang ein ermutigender Ton mit. Sie wusste, dass Julian um seinen jüngsten Bruder besorgt sein musste, und wenn er reden wollte, dann würde sie ihm zuhören.

»Ja. Aber ich wusste nicht, wie die Geschichte endet, und mir fehlen auch alle Fakten darüber, wie sie begonnen hat. Also habe ich etwas anderes angefangen und diese Geschichte erst einmal beiseitegelegt. Das Thema war zu persönlich. Jetzt schreibe ich an einer bittersüßen Liebesgeschichte. Dieses Mal ohne Bezug zur Realität.«

Kristins Herz schmolz dahin. Sie konnte sehen, wie sehr Julian sein Bruder am Herzen lag, so sehr, dass er keine Geschichte schreiben konnte, die ihn an Xanders Schwierigkeiten erinnerte. »Er macht einen Entzug«, sagte sie leise. »Er kann sich ändern.«

»Er *hat* sich verändert. Leider nicht zum Besseren. Verdammt, er war einmal der netteste Sinclair mit dem größten Herzen. Jetzt erkenne ich ihn nicht wieder.«

»Dann ist er im Kern ein guter Kerl.«

»Er ist ein Arschloch.«

»Aber er war doch nicht immer so«, warf Kristin ein.

»Er ist mein kleiner Bruder. Die gehen einem immer auf die Nerven. Wir haben uns gestritten und waren wie die meisten Geschwister nicht immer einer Meinung. Aber er war ein herzensguter Mensch. Sein Ruhm ist ihm niemals zu Kopf gestiegen. Er hat immer mit beiden Füßen fest auf dem Boden gestanden. Jetzt ist er einfach nur ein Arschloch. Ich hoffe nur, dass er trocken wird.« Julian lehnte sich zurück und fuhr sich sichtlich frustriert mit einer Hand durchs Haar. »Scheiße! Ich mache ihm keinen Vorwurf, dass er Depressionen hat. Er hat dabei zusehen müssen, wie unsere Eltern vor seinen Augen ermordet wurden. Ihr Tod hat beinahe uns alle zerstört. Die Art und Weise, wie es passiert ist ... in nur wenigen Sekunden ist so viel ausgelöscht worden. Aber es kommt uns so vor, als hätten wir unseren kleinen Bruder ebenfalls verloren. Er lebt, doch er ist nicht mehr der Bruder, den wir einmal gekannt haben. Ich kann nicht zu ihm durchdringen, aber ich kann ihn auch nicht gehen lassen«, sagte Julian mit belegter Stimme.

»Er selbst muss ohne Drogen leben wollen, Julian. Dich trifft keine Schuld.« In Kristins Familie gab es niemanden mit einer Abhängigkeit, doch bei ihrer Arbeit als medizinische Assistentin begegneten ihr diese Menschen immer wieder. »Wenn er nicht bereit dazu ist, sich zu bemühen, dann wird nichts, was du sagst, einen Wert für ihn haben. Habe etwas Geduld. Er ist in der Entzugsklinik geblieben. Das gibt Grund zur Hoffnung.«

Sie war höchst erfreut, als Julian nach einigen Momenten anfing zu grinsen. »Versuchst du zu bewirken, dass ich mich besser fühle, Scarlet?«

Kristin zuckte mit den Schultern und bemühte sich, sein ansteckendes Lächeln nicht zu erwidern. »Du hast meine Haare gehalten, als ich mich übergeben habe. Ist das nicht etwas, das Freunde tun?«

Julian blieb stumm und sah sie an.

Als sich ihre Blicke trafen, schlug ihr Herz nur ein klein wenig schneller. Ihr Atem setzte kurz aus, als sie den wilden Blick in seinen wunderschönen blauen Augen bemerkte.

»Ich glaube, wir sind uns beide bewusst, dass dieses Gefühl sehr viel mehr als nur Freundschaft ist«, antwortete er heiser. »Aber ich akzeptiere das so ... vorerst.«

Anstatt den Moment vergehen zu lassen, fragte sie atemlos: »Warum gibst du keine Ruhe? Gut. Ja. Ich finde dich attraktiv. Ich glaube, die meisten Frauen in Amerika finden, dass du ein gutaussehender Mann bist. Aber ich verstehe nicht, warum du das unbedingt mit *mir* diskutieren möchtest.«

»Weil ich es muss«, antwortete Julian geheimnisvoll. »Ich kann nicht *nicht* darüber sprechen.«

Verdammt! Das war eine Antwort und gleichzeitig war sie es doch nicht. Es war offensichtlich, dass er ihr nicht verraten würde, warum er den ganzen Weg nach Amesport auf sich genommen hatte, um dafür zu sorgen, dass sie bei der Hochzeitsfeier dabei war. Und er würde ihr auch nicht erklären, warum er sie weiterhin ansah, als wäre sie ... nun ... so schön wie ein von ihm begehrtes Model auf dem Titelbild eines Magazins.

Sie wurden unterbrochen, als ihre Getränke serviert wurden, und Julian bat die Flugbegleitung darum, ihnen ein leichtes Essen zu bringen.

»Ich habe keinen Hunger«, sagte Kristin und lächelte die attraktive Frau an, die ihr ein eiskaltes Ginger Ale in einem hübschen Kristallglas gemeinsam mit einer Serviette überreichte.

»Bringen Sie es ihr trotzdem«, bat Julian. Er warf Kristin einen ernsten Blick zu, der ihr bedeutete, nicht zu widersprechen, als die Frau sich entfernte, um die Mahlzeiten zu holen.

»Ich habe gesagt, dass ich keinen Hunger habe«, flüsterte sie ihm wütend zu.

Er hob eine Hand, um sie zu unterbrechen. »Anweisung von Dr. Sarah. Sie hat gesagt, dass du kleine Portionen essen sollst, damit dir nicht wieder übel wird.«

»Du hast mit Sarah gesprochen?«, fragte Kristin überrascht.

»Dir ging es gar nicht gut. Wen hätte ich denn sonst anrufen sollen? Ich hätte gedacht, dass du ihrer medizinischen Einschätzung vertrauen würdest. Du arbeitest schließlich mit ihr zusammen.«

Erwischt!

Was konnte sie darauf schon erwidern? Sarah war nicht nur ihre Chefin, Kristin vertraute ihr auch mehr als jedem anderen Arzt, den sie kannte. »Wenn ich nicht der Meinung wäre, dass sie eine großartige Ärztin ist, würde ich nicht mit ihr zusammenarbeiten«, gestand sie. »Warum hast du sie angerufen? Mir ist doch nur ein wenig übel gewesen.«

Sie war sich bewusst, dass sie schwierig war, doch Julian machte sie noch verrückt. Selbst wenn er offensichtlich rücksichtslos war, so schien er es dennoch nicht zu bemerken.

»Ich habe mir Sorgen gemacht«, sagte er geradeheraus.

Kristin spielte mit ihrem Glas und wischte mit der Serviette an dem Kondenswasser herum. *Niemand* sorgte sich um sie, mit Ausnahme ihrer Eltern oder Mara, und das auch nur ab und zu. Seit einiger Zeit hatten ihre Eltern so viele andere Dinge zu bedenken, dass sie sich nicht den Kopf über ihr einziges Kind zerbrachen. Sie wussten, dass sie auf sich selbst achtgeben konnte. Denn Kristin kümmerte sich jetzt um *sie*.

Auch wenn sie Julian das nicht sagen konnte, hatte er sie mit nur wenigen Worten vollständig entwaffnet. Wenn er irgendeinen superschlauen Kommentar abgeben würde, könnte sie damit umgehen. Aber wenn ein Freund etwas aus Sorge um ihr Wohlbefinden tat, fand sie es ein wenig … unangenehm, vielleicht sogar rührend.

Ihr war einfach nur ein wenig schlecht geworden. Die Reisekrankheit war etwas, mit dem sie schon ihr ganzes Leben zu kämpfen hatte und das höchst selten auftrat. Aber er hatte ihre Chefin und Freundin, eine Ärztin, angerufen, die bestätigen konnte, dass er alles richtig machte.

»Danke. Aber ich habe dir ja gesagt, dass es mir besser gehen wird«, erinnerte sie ihn.

»Ich war immer noch besorgt«, entgegnete er aufrichtig. »Du warst blass und dir war schlecht. Wie hast du dir sicher sein können, dass es nicht etwas anderes war?«

Sie lächelte, nicht fähig, es noch weiter zu unterdrücken. Er hatte sich gesorgt, weil ihr übel geworden war, und für sie war das eine ganz neue Situation, etwas, das sie nicht gewohnt war, doch es war ... schön. »Glaub mir, ich kenne diese Übelkeit. Ich habe sie in all den Jahren oft genug verspürt, aber ich habe gelernt, Situationen zu vermeiden, in denen mir so schlecht wird.«

»Warum hast du mir nichts gesagt?«

»Weil ich wütend war. Ich habe angenommen, dass es sich bei dieser Sache nur um einen Scherz handelt. Und ich habe gewollt, dass damit Schluss ist. Vielleicht habe ich gedacht, dass du mich nur auf den Arm nimmst. Ich wollte einfach nur zurück zur Bar. Ganz ehrlich, ich habe nicht einmal an mein kleines Problem gedacht, bis wir fast schon am Flughafen angekommen waren.«

Er nahm einen Schluck Bier aus einem geeisten Glas, bevor er antwortete. »Es war kein Scherz«, sagte er. »Warum um alles in der Welt würdest du das überhaupt denken?«

»Weil reiche, grandiose Superstars, die so scharf aussehen wie du, keine Frauen wie mich entführen.« Sie sah ihn über den Rand ihres Glases an, an dem sie nippte.

»Du bist der Meinung, ich sei scharf?« Mit einem befriedigten Grinsen auf dem Gesicht zog er eine Augenbraue hoch.

Kristin rollte mit den Augen. Sie war sauer, dass er versuchte, sie bloßzustellen. Sie entschied sich zurückzuschlagen und nutzte seine sexuellen Andeutungen, um sie ihm gleichermaßen entgegenzuschleudern. »Ja, Julian. Ich träume jede Nacht von dir. Ich muss bei meinem Vibrator mindestens alle zwei Tage die Batterien wechseln und wenn ich dein Bild sehe, werde ich beinahe ohnmächtig«, entgegnete sie in sarkastischem Ton, während sie sich mit ihrer Serviette Luft zufächerte.

Mit einem spitzbübischen Lächeln auf den Lippen lehnte er sich in seinem Sitz zurück. »Gut … denn seit Kurzem habe ich genau das gleiche Problem. Ich stelle mir vor, wie ich jede Sommersprosse auf deinem wunderschönen Gesicht küsse, und ich träume davon, dich zum Lachen zu bringen. Ich würde gern sehen, ob du diese hinreißenden Sommersprossen überall auf deinem Körper hast. Und wenn ja, dann möchte ich meine Lippen auch dort auf sie legen. Ich hole mir in der Dusche einen runter, indem ich daran denke, wie ich meinen Kopf zwischen deinen Schenkeln vergrabe und dich so lange lecke, bis du zum Höhepunkt kommst und nur noch meinen Namen schreien kannst. Aber das reicht noch nicht. Ich will, dass du mich begehrst. Dass du mich anbettelst, dich zu ficken. Ich will dieses wunderschöne, lockige, sexy rote Haar auf meinem Kissen sehen, während ich mich so tief in dich hineinschiebe, dass du mich nie mehr gehen lassen willst.« Er nahm einen weiteren großen Schluck von seinem Bier, bevor er mit den Worten endete: »Also gehe ich davon aus, dass wir die gleichen Gedanken haben.«

Kristin fing an, sich in dem luxuriösen Ledersitz zu winden. Ihre Muschi zog sich voller Lust zusammen und ihre Brustwarzen waren so hart wie Edelsteine. *Oh Gott!* Sie konnte mit diesem Mann keine sexuellen Spielchen treiben, weil er keine Scham verspürte und ihm von dem, was ihm über die Lippen kam, absolut nichts peinlich war.

Weil sie ihn nicht gewinnen lassen wollte, fragte sie anzüglich: »Denkst du nie darüber nach, wie es wäre, wenn meine Hände über deinen Körper wanderten und mein Mund deinen Schwanz so lange lutschen würde, bis du um Gnade bettelst?« Sie fuhr mit ihrem Finger langsam und voller Absicht über den Rand ihres Glases.

»Ich würde dich um mehr anbetteln«, knurrte er, als er sich nach vorn bewegte und ihr Handgelenk ergriff, um die streichelnde Bewegung auf dem Kristall zu unterbinden. »Hör auf, dieses Spiel mit mir zu spielen, Scarlet. Du wirst verlieren. Und dann wirst du dich in spätestens zehn Sekunden nackt über diesen Tisch beugen.«

Bei dem warnenden Ton in seiner Stimme erzitterte sie und endlich wurde ihr bewusst, dass sie mit dem Feuer spielte. Sie leckte sich nervös über die Lippen, denn sie konnte spüren, dass er es ernst meinte. »Warum?«, flüsterte sie. Sie war verwirrt, denn dies war viel mehr als nur ein Spiel und die Intensität, die sie deutlich auf seinem Gesicht sehen konnte, war beinahe schon furchteinflößend.

Es war jedoch nicht beängstigend, weil sie Julian fürchtete. Es war beängstigend, weil ihr Körper auf jede einzelne Emotion reagierte, die er zeigte, und es sich anfühlte, als würden seine Emotionen ihre widerspiegeln.

»Warum? Ich werde dir sagen warum, Scarlet. Weil ich dich so sehr ficken will, dass ich nicht in der Lage dazu sein werde, mich zu beherrschen«, brummte er und ließ ihr Handgelenk los, damit sie es wieder auf dem Tisch ablegen konnte. »Du reist und dir ist nicht gut. Das ist das Einzige, das mich davon abhält, dich gegen das nächste feststehende Objekt zu pressen und zu tun, was ich habe tun wollen, seit ich dir zum ersten Mal begegnet bin.«

Sie starrte ihn fassungslos an. »Wir können uns nicht ausstehen.«

»Oh, ich mag dich. Vielleicht ein wenig zu sehr«, brummte er und lehnte sich wieder in seinem Sitz zurück. Danach trank er sein Bier in einem Zug aus und stellte das leere Glas etwas lauter als nötig auf dem Tisch ab.

Vorspiel?

Kristin musste sich widerwillig eingestehen, dass sie ihn auch mochte. Aber er war einfach etwas zu reich, etwas zu attraktiv, etwas zu lustig und mehr als nur etwas zu gefährlich. Instinktiv hatte sie das Unmögliche verdrängt.

Julian Sinclair hatte tief in ihr eine umgehende Kampf-oder-Flucht-Reaktion ausgelöst. Und weil sie nie eine Frau gewesen war, die vor irgendetwas weglief, hatte sie mit ihm gekämpft. Seitdem hatten sie sich die meiste Zeit Beleidigungen an den Kopf geworfen.

Wenn sie darüber nachdachte, wie liebenswürdig er in der Vergangenheit gewesen war, angefangen bei dem riesigen Trinkgeld bis hin zu den Komplimenten, die er versucht hatte ihr zu machen und die sie ihm sogleich wieder zurück ins Gesicht geschleudert hatte, begann sie zu verstehen, warum sie so heftig auf ihn reagiert hatte.

»Ich habe dich auch immer schon gemocht«, gestand sie. »Aber du gehst mir auf die Nerven.«

»Ich gehe dir unter die Haut, Süße, genau wie du mir unter die Haut gehst.«

Das tat er. Sie konnte es nicht leugnen. Julian Sinclair wirbelte einige komplizierte Gefühle in ihr auf, die sie nicht erklären konnte. »Vielleicht können wir darüber reden, was wir tun, um den anderen wütend zu machen, und versuchen, miteinander auszukommen. Was kann ich tun, damit du dich weniger unbehaglich fühlst? Wie kann ich mehr eine Freundin für dich sein als eine Frau, mit der du ins Bett gehen willst?«

Er schüttelte langsam den Kopf. »Du brauchst nur zu atmen. Seit ich dich zum ersten Mal gesehen habe, kämpfe ich gegen die Anziehung an, die von dir ausgeht. Das werde ich in Zukunft nicht mehr tun.« Er verschränkte seine muskulösen Arme vor der Brust und sah sie eindringlich an, ganz so, als würde er auf eine Antwort warten.

Kristin stieß beinahe ihr Glas um, weil sie nervös damit herumspielte. Sie hatte keine Ahnung, wie sie mit seiner Direktheit umgehen sollte. Ein Teil von ihr war immer noch davon überzeugt, dass er nur mit ihr spielte, doch ihre Vernunft konnte diese Theorie eigentlich nicht mehr stützen. Er war ein reicher Hollywood-Star. Er hatte Besseres zu tun, als eine pummelige Rothaarige aus einem kleinen Städtchen in Maine zu ärgern. Sie hatte ihn mit seinen Verwandten gesehen, seinen Cousins und seinem kleinen Bruder. Julian war kein gemeiner Tyrann. Er war ein Mann, der sich um die Menschen sorgte, die ihm nahestanden.

»Das ist alles nur sexuelle Anziehung«, antwortete sie schließlich. »Das vergeht schon wieder.«

In dem Moment, als die Worte ihren Mund verließen, wusste Kristin, dass sie rationalisierte. Ihre unerklärliche Sehnsucht nach Julian hatte schon vor langer Zeit begonnen und auch wenn sie ihren Vibrator nicht jeden Tag überstrapazierte, so dachte sie doch an ihn, wenn er nicht da war.

Sehr viel.

»Genau das habe ich auch gedacht, aber es hat sich nichts verändert«, sagte Julian missmutig. Wenige Augenblicke später fragte er mit weitaus neugierigerem Ton in der Stimme: »Berührst du dich wirklich selbst und denkst an mich, wenn ich weg bin?«

Kristin spuckte beinahe ihr Ginger Ale aus. Sie schluckte, hustete kurz und war sich nicht sicher, was sie darauf antworten sollte. »Ganz ehrlich?«

Er nickte.

Sie hatte noch niemals so ungezwungen über ihre sexuellen Wünsche gesprochen. Aber die Art und Weise, wie er fragte, machten es weniger unangenehm. Sie arbeitete im medizinischen Bereich. Sex gehörte zum Leben dazu. Es war nur nichts, über das sie mit einem Mann, der in ihr Gefühle weckte, wie Julian es tat, ungezwungen sprach.

Er bewirkte, dass sie sich gewollt fühlte.

Er bewirkte, dass sie sich begehrt fühlte.

Wie eine Art sexuelle Göttin.

Kristin war es gewohnt, über Sex in Fachbegriffen zu reden, nicht persönlich mit ausgerechnet dem Mann, der der Grund für ihre sexuelle Frustration war.

»Vielleicht ab und zu«, wich sie aus. »Für gewöhnlich bin ich so müde, dass ich sofort einschlafe, sobald mein Kopf das Kissen berührt.« Es war die Wahrheit, doch sie hatte sehr viel öfter wach gelegen, seit Julian Sinclair sich in ihre Gedanken geschlichen hatte.

Er zog langsam die Augenbrauen zusammen. »Wie oft ist *ab und zu*?«

Gereizt stieß Kristin hörbar die Luft aus. »Gut. Sehr oft. Ich tue es sehr oft. Früher habe ich es nicht getan, aber ich glaube, du bringst meine Hormone vollkommen durcheinander.«

»Du bist scharf«, schloss Julian. »Du solltest mit mir ins Schwitzen kommen, Baby.«

Sie schnaubte und brach in plötzliches Gelächter aus, als sie ihn über den Tisch hinweg ansah. »Du bist gar nicht arrogant, nicht wahr?«, fragte sie, nachdem sie sich wieder beruhigt hatte.

»Niemals«, antwortete er selbstbewusst. »Ich verspreche nie etwas, das ich nicht halten kann.«

Oh, sie war sich sehr sicher, dass Julian ihr *genau das* geben konnte, was sie wollte. Das Problem war nur, dass er nicht nur eine einmalige Bettgeschichte sein würde, mit der sie ihre Lust befriedigen konnte. Er war mit allen Sinclairs in Amesport verwandt und sie würde ihm auch in Zukunft über den Weg laufen.

»Ich kann nicht mit dir schlafen, Julian«, teilte sie ihm ernst mit. »Vielleicht wäre es nett, eine Affäre zu haben, aber ich kann das nicht. Nicht mit dir. Wir würden uns wiedersehen und dann wäre es peinlich. Du bist mit den meisten meiner Freunde verwandt, verdammt noch mal! Dein Cousin ist der Ehemann meiner besten Freundin.«

»Ich wollte gar keinen One-Night-Stand vorschlagen«, antwortete er gelassen.

»Was wolltest du –« Kristin schloss mitten im Satz ihren Mund, weil die Flugbegleiterin mit ihrem Essen zurückkam.

Als die Mahlzeiten endlich serviert worden waren und die Frau ihnen weitere Getränke gebracht hatte, schlug das Gespräch eine andere Richtung ein und sie unterhielten sich über ein unverfänglicheres Thema.

Merkwürdigerweise hatte sie das Verlangen, Julian noch einmal zu fragen, was er wollte.

Kristin war sich nur nicht ganz sicher, dass sie seine Antwort auch hören wollte, weshalb sie ihre Frage für sich behielt.

Kapitel 5

»Ich werde nicht gemeinsam mit dir in einem Zimmer schlafen.« Kristin stampfte tatsächlich empört mit dem Fuß auf. Der Portier hatte gerade die riesige Suite verlassen, nachdem er die Koffer gebracht und sich erkundigt hatte, ob er noch etwas für die beiden tun könne.

Das Penthouse war gigantisch und hatte auf beiden Seiten Fenster, die bis zum Boden reichten. Es war absolut atemberaubend und schick, wobei die Gold- und Grüntöne sich beinahe schon abzustoßen schienen, doch irgendwie funktionierte diese Farbkombination. Kristin jedoch hatte ihre Aufmerksamkeit längst von der Suite abgewandt. Sie war entsetzt darüber, dass sie den Raum mit Julian Sinclair teilen musste.

»Das Hotel ist ausgebucht. Und in der Suite gibt es zwei Schlafzimmer. Es ist ja nicht so, als würde ich dich dazu auffordern, ein Bett mit mir zu teilen, auch wenn ich dazu selbstverständlich bereit wäre, solltest du dich einsam fühlen.«

Sie ignorierte seine Provokation. »Die gesamte Hochzeitsgesellschaft übernachtet hier. Wir können uns kein Zimmer teilen.«

Er nahm die Baseballkappe ab, die er sich aufgesetzt hatte, als sie gelandet waren, was sein Haar wunderbar zerzaust aussehen ließ. Kristin versuchte, es nicht zu bemerken, doch sie scheiterte kläglich.

»Es ist eine Suite. Es gibt zwei Schlafzimmer und du hast sogar dein eigenes Bad.« Er ließ sich auf das Sofa fallen und deutete zu den Fenstern. »Hübsche Aussicht. Was meinst du?«

Ich denke, ich möchte mich auf dich stürzen und diesen wunderbaren Körper so lange reiten, bis ich nicht mehr sitzen kann.

Laut sagte sie: »Sie ist wunderbar. Es gibt so viele Lichter.« Wenn das Hotel ausgebucht war, würde es keinen Zweck haben, über die Schlafsituation zu diskutieren. Auch wenn sie in diesem Augenblick gern so weit wie möglich von Julian entfernt wäre.

Sie ging hinüber zum Fenster und ihr Herz klopfte ihr bis zum Hals bei dem Gedanken, diese Suite für die nächsten zwei Tage mit Julian teilen zu müssen. Es handelte sich um ein Penthouse, deswegen war der Ausblick *wirklich* umwerfend.

»Es ist so ... hell.« Las Vegas war bunt und durchzogen von Neonlichtern, die sie sogar von ihrer derzeitigen Höhe deutlich erkennen konnte. Die Aussicht auf die Stadt glich einer riesengroßen Lichtershow.

»Willkommen in Las Vegas«, sagte Julian in besserwisserischem Ton. »Du bist übrigens hinreißend, wenn du nervös bist.«

»Ich bin nicht nervös. Ich will nur nicht, dass irgendjemand auf falsche Gedanken kommt.«

»Du willst nicht, dass sie denken, ich könnte dir den Verstand aus dem Leib vögeln, weil wir in derselben Suite wohnen«, fasste er zusammen.

Ganz genau!

Es war nicht so, dass sie etwas auf die Meinung anderer gab. Sie war achtundzwanzig Jahre alt. Wenn sie während ihres Aufenthalts in Las Vegas mit einem attraktiven Superstar schlafen wollte, dann war das ganz allein ihre Sache. Tatsächlich war es die Versuchung, die sie zurückhaltend werden ließ.

»Die Stadt der Sünde«, murmelte sie, als sie sich gegen die Wand lehnte und die vor sich ausgebreitete Stadt im Lichterglitzer betrachtete.

Julian hatte einen Wagen gemietet, denn er war besorgt, dass eine Limousine oder ein anderes edles Gefährt seine Identität *offenbaren* könnte. Bis jetzt hatte ihn noch niemand erkannt, doch Kristin war sich sicher, dass es nur eine Frage der Zeit wäre.

Sogar mit einer Baseballkappe in einem normalen Fahrzeug sah er immer noch aus wie Julian Sinclair. Verdammt, er fühlte sich wie Julian Sinclair. Ihn umgab immer eine ganz spezielle Aura, ganz egal wohin er ging oder wie er sich kleidete.

»Ja. Es ist die Stadt der Sünde«, flüsterte er ihr ins Ohr und umarmte sie von hinten. »Willst du mit mir sündigen, meine Schöne?«

Ihr Körper verkrampfte sich, doch sein verführerischer Duft entspannte sie und sie lehnte sich gegen ihn. Während sie seinen Geruch einatmete, schloss sie die Augen und ließ sich einen Moment lang von ihm an seinem steinharten Körper halten. Ihm nur nahe zu sein machte sie bereits zufrieden. »Ich werde nicht sündigen«, sagte sie bedauernd.

Seine Lippen streichelten seitlich ihren Hals und brachten ihren Körper zum Erbeben. »In Las Vegas gehört die Sünde zum Pflichtprogramm. Morgen ist die Hochzeit, aber ich bin der Meinung, dass wir danach ausgehen und einige verrückte Dinge unternehmen sollten. Etwas, das du normalerweise nicht tun würdest.«

Seine Stimme war tief und überzeugend und erweckte in Kristin das Verlangen, sich einen einzigen Tag zu gestatten, frei zu sein. »Was hast du vor?«

»Hier gibt es nicht viel, das du nicht tun kannst. Sag mir, was du willst, Kristin. Ich kümmere mich um den Rest.«

Sie drehte sich seufzend um, vollkommen hypnotisiert von Julians sexy Bariton-Stimme, die ihr anbot, ihr so ziemlich jeden Traum zu erfüllen. Als sie ihre Arme um seinen Hals schlang, wurde sie durch einen Blick in seine meeresblauen Augen verzaubert und fühlte sich, als würde sie in ihnen ertrinken. Sie murmelte: »Ich würde gern ein

Bad in dieser riesigen Badewanne nehmen, die so groß ist wie ein Bett. Ich habe sie gesehen, als wir hereingekommen sind.«

»Kein Problem. Aber das ist zu einfach.« Mit einem frechen Grinsen, dem sie nicht widerstehen konnte, sah er an ihr herab. »Denk an etwas Größeres. Denk an etwas, das du wirklich willst.«

»Kannst du mich küssen?«, fragte sie ihn heiser, nicht dazu in der Lage, sich weiter zurückzuhalten. Es war das Einzige, an das sie in diesem Augenblick denken konnte.

Es war, als hätte er nur auf ihre Anfrage gewartet. Julian beugte seinen Kopf hinab wie ein Adler, der seine Beute erspäht hat, und bedeckte ihren Mund mit seinem.

Während sie an seinen Lippen stöhnte, fuhr sie mit den Händen durch sein Haar und ließ sich von dem Gefühl der rauen Strähnen zwischen ihren Fingern überwältigen. Mit der Kraft seiner Lust drückte er sie gegen die Wand und Kristin genoss die Schwere seines Körpers an ihrem, während er ihre Mundhöhle voller Begierde plünderte.

Er griff ihr mit beiden Händen in die Haare und bewegte ihren Kopf genau dorthin, wo er ihn haben wollte, damit seine Zunge noch tiefer in ihren Mund eindringen konnte.

Kristin wimmerte hilflos und drückte sich ihm entgegen. Sie ergab sich Julians Kuss vollständig und schlug alle Gedanken daran, was in der Zukunft passieren würde, in den Wind. Sie wusste, dass sie eine Grenze überschritten hatte und nie wieder umkehren konnte.

Nur einmal wollte sie wissen, wie es sich anfühlte, mit einer beinahe schon brutalen Lust begehrt zu werden, die Julian in diesem Moment zu empfinden schien.

Sie fühlte sie ebenfalls.

Und sie verbrannte sie beide bei lebendigem Leib.

Als er endlich ihren Mund freigab, rangen sie beide nach Luft. Julian fuhr mit seiner Zunge über die empfindliche Haut an ihrem Hals und hinterließ eine Feuerschneise dort, wo seine Lippen entlanggewandert waren.

»Das hier!«, keuchte Julian an ihrem Hals. »Das hier war immer schon da, Kristin. Wir haben beide Angst gehabt, das hier zuzulassen.«

»Ich weiß«, flüsterte sie verzweifelt und bog ihren Kopf zur Seite, um ihm besseren Zugang zu verschaffen.

»Ich habe keine Angst mehr davor.« Er biss sie zärtlich in den Hals und leckte dann mit seiner Zunge darüber.

Kristin stöhnte. Sie wollte sich ihren unbefriedigten Gelüsten hingeben und brauchte nichts weiter als Julians Berührung.

Ihre Hände wanderten seinen muskulösen Rücken hinunter und schoben sich auf der Suche nach seiner nackten Haut unter seinen Pullover.

»Ich will –«

Kristin wurde durch ein lautes Klopfen an der Tür unterbrochen.

»Verdammt noch mal!«, fluchte Julian und hob seinen Kopf mit einem gequälten Stöhnen an.

Sie erstarrte, als noch einmal geklopft wurde. »Wer ist das?«

»Wahrscheinlich Micah. Ich habe ihm gesagt, wann wir ankommen würden, und ihn gebeten, auf einen Drink vorbeizuschauen. Er hat furchtbare Angst, dass Tessa es sich noch einmal anders überlegt und ihn allein vor dem Altar stehen lässt. Er muss sich entspannen.«

Kristins Körper zitterte vor unerfülltem Verlangen, doch sie trat einen Schritt zurück. Julian war der einzige Bruder, der zu Micahs Hochzeit gekommen war. »Öffne die Tür. Ich denke, ich werde ein Bad nehmen.«

Er drückte sie erneut gegen die Wand und gab ihr einen weiteren stürmischen Kuss, bevor er sie gehen ließ. »Das hier wird nicht weggehen, Scarlet.«

Sie nutzte den Platz, den er ihr gelassen hatte, und beeilte sich, von ihm wegzukommen, um sich irgendwo in Ruhe zu sammeln.

Als sie ihr Schlafzimmer betrat, konnte sie das Dröhnen von Micahs Stimme und die herzliche Begrüßung der beiden Brüder vernehmen. Sie schloss die Tür und lehnte sich von innen mit dem Rücken dagegen. Ihr Herz raste, doch nach einigen tiefen Atemzügen beruhigte sie sich langsam wieder.

Sie brauchte einige Zeit, bis sie in der Lage war, sich auf die Suche nach der riesigen Badewanne zu begeben.

Obwohl Kristin sich in ihr Zimmer zurückgezogen hatte, konnte Julian sie noch immer an seinen Kleidern riechen und ihre Anwesenheit in der Suite spüren. Sein Schwanz war noch immer hart, als er sich mit Micah im Wohnbereich niederließ, beide von ihnen mit einem Bier in der Hand.

»Wie schlägt sich Tessa bis jetzt?«

Julian hatte die Verlobte seines Bruders in sein Herz geschlossen und auch wenn Micah aufgeregt war, so war die eigentliche Hochzeit nicht der Grund. Er hatte nur Angst, dass Tessa es sich in letzter Minute anders überlegen und sich dazu entscheiden würde, ihn nicht zu heiraten.

»Besser als ich, denke ich«, gab Micah zu.

»Sie geht nirgendwohin, Micah. Sie liebt dich.« Julian wusste, dass *das* stimmte. Er hatte noch nie zwei Menschen gesehen, die besser zusammenpassten als sein Bruder und dessen Verlobte.

Julian war dankbar, dass Tessa Micahs Heiratsantrag angenommen hatte. Er freute sich, dass sein älterer Bruder jemanden gefunden hatte, der ihn über alles liebte. Sein Bruder hatte sich verändert und in seinem Leben endlich mehr Platz geschaffen als nur für sein Unternehmen. Und er sah ziemlich glücklich aus. Nun ja, mit Ausnahme von diesem Moment. Aber er würde sich schon entspannen, sobald die Hochzeit vorbei war.

»Ja. Findest du das nicht etwas verrückt? Sie ist doch eine vollkommen zurechnungsfähige Frau«, sagte Micah zu Julian und klang so, als meinte er seine Frage tatsächlich auch ein wenig ernst.

Wenn Micah nicht so nervös wäre, hätte Julian Schwierigkeiten gehabt, nicht in lautes Gelächter auszubrechen. Micah Sinclair, einer der gewieftesten Geschäftsmänner, die Julian kannte, war wegen einer zierlichen Frau, die ihn genauso sehr liebte wie er sie, zu einem Häuflein Elend verkommen.

»Nein«, sagte er geradeheraus. »Ihr zwei seid wie füreinander geschaffen.«

Er nahm einen Schluck Bier aus seiner Flasche und ließ die Tatsache einsinken, dass er und Micah sich wirklich zur gleichen Zeit am gleichen Ort befanden. In den Jahren, in denen er versucht hatte, sich eine Karriere aufzubauen, hatten sie sich nur sehr selten gesehen. Darüber hinaus lebten sie an entgegengesetzten Küsten, was die Besuche spärlich gemacht hatte. Und selbst wenn sie sich gesehen hatten, war es immer nur ein kurzes Intermezzo gewesen.

Er hatte meist mehr Zeit mit Xander verbracht, weil sie beide in Kalifornien lebten, doch seit seine Eltern gestorben waren ... war da nicht mehr viel. Sein jüngerer Bruder hatte ihn nur selten besucht und Julian hätte ahnen sollen, dass sich in Xanders Leben noch andere Dinge abspielten als nur die Trauer über den Verlust ihrer Eltern.

Nach dem, was passiert war, habe ich Xander in Ruhe lassen wollen, doch am Ende habe ich ihn viel zu sehr sich selbst überlassen. Wenn ich nur gewusst hätte, was wirklich vor sich gegangen war ...

Er beobachtete, wie Micah in wenigen Sekunden sein halbes Bier auf einmal leerte, bevor sein Bruder antwortete: »Sie könnte tatsächlich einen besseren Mann bekommen.«

Jetzt lächelte Julian und fragte sich, wie um alles in der Welt eine Frau einen besseren Fang machen könnte als seinen Bruder. »Mann, aus irgendeinem Grund will sie dich. Mach es doch nicht kompliziert.«

Micah begann zu grinsen. »Sie ist verrückt.«

»Dann seid ihr also perfekt füreinander«, zog Julian ihn auf. Da Micah ein Extremsport-Mogul war und sehr häufig an Aktivitäten dieser Art teilnahm, brauchte er eine Frau an seiner Seite, die ihn genauso akzeptieren konnte, wie er war. Tessa tat das.

»Idiot«, sagte Micah glücklich.

»Was machen deine Kopfschmerzen?« Julian musterte das Gesicht seines Bruders, doch er konnte keine dunklen Ringe unter seinen

Augen mehr entdecken. Er sah zwar nervös aus, wirkte aber gesund. Hoffentlich hatte er nicht noch einen Migräneanfall gehabt.

»Alles gut. Seit Tessa meinen Antrag angenommen hat, habe ich keinen Schub mehr gehabt.«

Julian fühlte sich noch immer schuldig, dass Micah den Großteil der Verantwortung für die Familie übernommen hatte. Xander hatte zahlreiche Male eine Überdosis genommen, doch Micah hatte nicht gewollt, dass Julian dafür seine Arbeit vernachlässigt. Julian hatte für seinen Erfolg so viel geopfert, dass Micah ihn glücklich sehen wollte. Doch dass Micah sich deswegen ständig um Xander kümmern musste, erschien ihm nicht gerade fair. Julian befand sich im selben Bundesstaat wie sein jüngerer Bruder, verdammt noch mal. Ja, er war viel unterwegs, doch er hätte immer noch für Micah da sein können, um die Verantwortung aufzuteilen.

Ohne ihre Eltern waren Micah und Xander die einzige direkte Familie, die Julian noch blieb. Sie waren Brüder.

Julian holte tief Luft, bevor er wieder sprach. »Ich muss in ein paar Tagen ans Set, weil wir den Film abdrehen. Danach möchte ich da sein und dir mit Xander helfen.«

»Das kannst du nicht«, sagte Micah nachdrücklich. »Du stehst auf dem Höhepunkt deiner Karriere, Julian. Ich komme schon zurecht. Wenn er seinen Entzug beendet hat, kann er zurück nach Amesport kommen. Er hat dort jetzt ein Haus.«

»Ich kann auch zurück nach Amesport kommen. Ich habe gehört, dass auch ich jetzt ein Haus dort besitze.« Er warf seinem Bruder einen amüsierten Blick zu.

»Die Bauarbeiter tun, was sie können. Wegen des milden Herbstes und frühen Winters sind sie fast fertig. Ich habe immer gewusst, dass du dort nicht leben könntest, Julian. Nicht mit deiner Karriere in Hollywood. Ich glaube, ich wollte dir und Xander einfach nur zu verstehen geben, dass ihr dort, wo ich lebe, immer ein Zuhause haben werdet.«

Allein die Tatsache, dass Micah außerhalb von Amesport Land erworben hatte, um sich selbst und für jeden seiner Brüder ein Haus zu bauen, ließ Julian schwer schlucken, um den Kloß aus seinem

Hals zu bekommen. Sein Bruder wollte, was seine Cousins jetzt erreicht hatten: die gesamte Familie an einem Ort vereint. Der Umzug der Sinclairs nach Amesport hatte mit Julians Cousin Grady begonnen. Danach hatte Gradys Bruder Jared Häuser für sich selbst und seine Brüder gebaut. Dann war Micah gekommen. Die Anwesen der Sinclairs befanden sich in entgegengesetzten Richtungen von Amesport, doch die Stadt war nicht besonders groß. Nach all den Jahren, in denen er niemanden von seiner Familie gesehen hatte, zog es Julian in das Küstenstädtchen in Maine, in dem sie sich alle niedergelassen hatten.

»Darüber sprechen wir später. Jetzt konzentrieren wir uns lieber darauf, dich zu einem verheirateten Mann zu machen.« Julian würde sich mit Xander befassen, wenn es an der Zeit war. Doch in diesem Moment wollte er, dass sich Micah auf seine Hochzeit freute.

Micah sah sich neugierig um. »Wo ist Kristin?«

»Sie nimmt ein Bad«, antwortete Julian abrupt und versuchte, sich nicht vorzustellen, wie ihr kurviger Körper sich in einem Berg aus Schaum entspannte.

»Ist es in Ordnung für dich, dass sie in derselben Suite übernachtet wie du?«

Nein. Natürlich nicht. Mit mir wird sie niemals sicher sein!

»Klar. Das ist schon okay. Die Suite ist riesig und hat zwei getrennte Schlafzimmer.« Er log seinen Bruder zwar an, doch dies war nicht der richtige Zeitpunkt, um Micah seine Probleme zu offenbaren.

Micah erhob sich, trank den Rest seines Bieres aus und stellte die leere Flasche auf den Tisch. »Ich gehe besser zurück. Tessa gönnt sich ebenfalls ein Bad. Warum sind Frauen eigentlich so scharf auf große Badewannen?«

Auch wenn Micah den Kopf schüttelte, war sich Julian ziemlich sicher, dass sein Bruder Tessa in ihrem neuen Haus vermutlich eine Badewanne von der Größe eines olympischen Schwimmbeckens gebaut hatte, und das sagte er ihm auch.

»Sie ist schon ziemlich groß«, musste Micah zugeben. »Tessa verdient es, das zu bekommen, was immer sie sich wünscht. So lange sie mich dazu nimmt.«

Julian gab ihm einen freundlichen Klaps auf den Rücken. »Sie wird dich mit einem Lächeln auf den Lippen empfangen. Daran habe ich keinen Zweifel.«

»Du hast besser Recht«, warnte Micah.

»Ich habe immer Recht«, erinnerte Julian ihn, während er ihm zur Tür folgte.

»Ich freue mich, dass du hier bist. Es bedeutet mir sehr viel.«

Vielleicht war Julian nie zuvor für seinen Bruder da gewesen, doch nun war er dabei zu lernen, wie wichtig ihm die Familie war. »Ich würde es nicht verpassen wollen. Du bist der Erste von uns, der heiratet.«

Julian war nicht überrascht, dass Micah ihn tatsächlich an sich zog und fest umarmte. Einen Augenblick lang klopften sich die Männer gegenseitig auf die Schulter, dann löste sich sein großer Bruder von ihm. »Mach keinen Ärger«, warnte er Julian.

Dieser grinste, denn er wusste, dass Micah ihm in Wirklichkeit mitteilte, auf sich aufzupassen. Nachdem sie ihre beiden Eltern und beinahe ihren jüngeren Bruder verloren hatten, war Micah zu so etwas wie dem Familienaufpasser geworden.

Nachdem er die Tür hinter seinem Bruder geschlossen hatte, rief Julian seinen Agenten an und trank sein Bier aus. Er versuchte noch immer, nicht daran zu denken, dass Kristin ihm räumlich so nahe war, dass er nur wenige Schritte tun musste, um sie zu sehen.

Lass sie jetzt einfach in Ruhe.

Er musste ihr etwas Raum für sich geben, auch wenn es das Letzte war, das er tun wollte.

Das Problem war nur, dass er wusste, dass dies das Richtige sein würde. Er hatte vielleicht verstanden, was gerade zwischen den beiden passierte, doch Kristin sah das alles noch nicht so klar wie er.

Er öffnete den Kühlschrank und nahm ein weiteres Bier heraus, drehte den Verschluss mit einer einfachen Handbewegung ab und setzte sich dann auf das Sofa.

Julian glitt mit seiner Hand in die Tasche seiner Jeans und zog den dunklen Stein hervor, den Beatrice ihm an dem Tag gegeben hatte, als Tessa in New York Schlittschuh gelaufen war.

Seit diesem Moment hatte er ihn immer bei sich getragen.

Geistesabwesend rieb er den Stein in dem Wissen, dass er ihm definitiv geholfen hatte.

Das mit Kristin war jedoch eine ganz andere Sache. »Ich kann es gar nicht abwarten«, sagte Julian laut zu sich selbst, dann steckte er den Kristall zurück in seine Hosentasche und legte sich mit seinem müden Hintern schlafen.

Kapitel 6

I hr Kleid war viel zu kurz!

Kristin runzelte angesichts ihres Spiegelbildes die Stirn, während sie sich unentschlossen vor und zurück drehte. Das hautenge schwarze Kleid war mit nichts vergleichbar, das sie jemals zuvor getragen hatte, und sie hatte das Gefühl, halbnackt zu sein.

Die Größe stimmte, doch es war überhaupt nicht ihr Stil.

Für die neuen Kleidungsstücke hatte sie ganz offensichtlich Mara zu danken. Sie musste zugeben, dass sie nicht ein einziges schickes Kleid besaß. Es gab für sie keinen Grund. Doch was ihre beste Freundin da ausgesucht hatte, war kein Kleid für eine pummelige Rothaarige. Der Saum berührte beinahe ihre Knie, bedeckte sie jedoch nicht. Stattdessen lag der Stoff eng an ihren Oberschenkeln an und erweckte in Kristin den Wunsch, ihn noch weiter herunterzuziehen, was jedoch nur das Oberteil ebenfalls tiefer sitzen lassen würde.

»Mist!« Sie drehte sich bei ihrem Fluch vom Spiegel weg. Da dieses Kleid ihre einzige Option war, würde sie das Beste daraus machen müssen.

Wenn sie es sich recht überlegte, waren ihre Beine gar nicht so schlimm. Es war ihr großer Po, der mit weitaus weniger Material bedeckt sein würde, als ihr lieb war.

Ich muss einfach nur aufpassen, dass ich mich nicht zu weit hinunter bücke, oder mein Hintern wird mitsamt der seidenen Unterwäsche heraushängen.

Ihre Freundin hatte sich für die sexy Variante entschieden und ihr schwarze, kaum spürbare Dessous samt Strümpfen und Strumpfbändern gekauft. Mit diesem Kleid konnte sie keinen BH tragen, weshalb ihre Brüste nur von dem wenigen Stoff bedeckt wurden.

Kristin überzeugte sich selbst, dass es keine Rolle spielte, nahm die kleine schwarze Handtasche, die ihr Outfit komplettierte, und schaffte es, sich ins Wohnzimmer zu begeben, ohne auf ihren viel zu hohen Absätzen zu stolpern.

»Oh mein Gott! Ich hatte nicht erwartet, dass das Kleid *so* aussehen würde!«

Sie drehte sich um und sah Julian, der im Türrahmen zu seinem Schlafzimmer stand. In seinem schwarzen Smoking sah er atemberaubend attraktiv aus.

Sie wurde sofort unsicher. »Ich weiß. Es sieht nicht gut aus. Aber Mara hat mir nichts anderes eingepackt.«

Er kam mit großen Schritten auf sie zu, wobei seine Augen dauerhaft auf sie gerichtet waren. »Du siehst aus wie eine Göttin! Ich werde keine andere Wahl haben, als dir die Männer den gesamten Tag über vom Hals zu halten.«

Sie stemmte die Hände in ihre ausladenden Hüften. »Pummelige Rothaarige sollten keine kleinen schwarzen Kleider tragen. Die Betonung liegt auf *klein*.«

Kristin hatte mit ihrem Haar ihr Möglichstes getan und trug es offen, sodass ihre Locken ihr auf die Schultern fielen. Sie hatte sich außerdem sorgfältig geschminkt, obwohl sie sonst nur selten Make-up benutzte.

Julian trat noch einen Schritt näher an sie heran und küsste sie auf die Stirn. »Du siehst wunderschön aus, Scarlet. Ich bin mir nur nicht sicher, ob ich dazu bereit bin, dass dich andere Männer ansehen und ihnen die gleichen Gedanken kommen wie mir gerade.«

»Ich fühle mich nackt«, sagte sie, als sie ihn anschaute.

»Ich wünschte, du wärst nackt«, antwortete er heiser und griff in seine Tasche. »Ich wusste bereits, dass du ein schwarzes Kleid tragen würdest. Ich hatte nur nicht geahnt, dass es so sexy sein würde.«

Als sie sah, dass er es ernst meinte, machte ihr Herz einen freudigen Hüpfer. Aus irgendeinem unbekannten Grund fand Julian sie *wirklich* attraktiv. Sein aufgeheizter Blick gab ihr etwas mehr Selbstbewusstsein.

Kristin streckte die Hand aus und Julian legte eine kleine Schachtel hinein. »Was ist das?«

»Ein freundschaftliches Geschenk aus Las Vegas«, antwortete er amüsiert.

Beim Anblick des Logos eines teuren Juweliers auf der Oberseite wurde sie nervös. Sie öffnete das Kästchen mit zitternden Händen und ließ den Deckel zu Boden fallen, als er sich löste.

»Oh mein Gott, Julian! Nein!« Die zierlichen schwarzen Perlen waren umwerfend, jede einzelne ein klein wenig anders als die anderen, was das Set, das aus einer Halskette, einem eleganten Armband und dazu passenden Ohrringen bestand, einzigartig machte.

Wortlos nahm er ihr das Kästchen ab und tat sich den Schmuck in die Hand. Er legte ihr die Kette um den Hals und befestigte den Verschluss, dann machte er das Gleiche mit dem Armband. Zum Schluss öffnete er ihre Hand und ließ die Ohrringe hineinfallen.

»Die musst du selbst anlegen. Ich will dir mit deinen Ohrlöchern nicht wehtun.«

Fasziniert streichelte Kristin mit ihren Fingern über die wunderschöne Kette. »Ich kann das nicht annehmen. Das hat bestimmt ein Vermögen gekostet.«

»Ich bin reich«, erinnerte er sie mit einem Hollywoodlächeln.

»Ich nicht«, gab sie trotzig zurück und suchte nach dem Verschluss der Kette um ihren Hals.

»Nein.« Julian hielt ihr Handgelenk fest, um sie davon abzuhalten, den Perlenschmuck wieder abzulegen. »Sie passt perfekt zu deinem Kleid und ich freue mich, wenn du sie trägst. Es macht mich glücklich.«

»Warum?«

»Weil ich mich fühle, als würdest du zu mir gehören, wenn du etwas trägst, das ich dir gegeben habe«, antwortete er. Er hielt kurz inne, bevor er hinzufügte: »Sei nicht stur, Scarlet. Für mich ist das keine große Sache.«

Aus irgendeinem Grund wollte Kristin ihm das wunderbare, aufmerksame Geschenk nicht vor die Füße werfen. Sie befreite ihr Handgelenk aus seinem Griff, ging zum Spiegel in der Nähe des Sofas und legte die Ohrringe an.

Das Set war weder kitschig noch extrem auffällig. Der Schmuck passte perfekt zu ihrem Kleid, er war unauffällig, aber elegant.

Sie drehte sich um und sah ihn an. »Ich weiß nicht, was ich sagen soll.«

»Nichts. Oder *danke* wäre auch okay. Das passt normalerweise ganz gut, wenn man ein Geschenk von jemandem erhält.«

Sie zögerte, doch sie konnte sich nicht dazu überwinden, sein Geschenk abzulehnen. Es machte ihn offensichtlich glücklich und aus irgendeinem merkwürdigen Grund wollte sie seine Gefühle in diesem Augenblick nicht verletzen. Vielleicht war es die kleine Unsicherheit, die sie unter seinem gewöhnlichen Sarkasmus zu hören glaubte. Oder vielleicht, weil er ihr auf eine Art und Weise gesagt hatte, dass sie hübsch war, die sie beinahe dazu brachte, ihm zu glauben. »Vielen Dank. Das ist das Schönste, das mir jemals irgendjemand gegeben hat.«

Es war ebenfalls wohlüberlegt gewesen, denn er hatte sich die Mühe gemacht herauszufinden, was sie anziehen würde, um ein passendes Geschenk auszusuchen. Warum würde ein Mann, der so beschäftigt war wie Julian, so etwas tun?

»Du verdienst alles, was die Welt zu bieten hat«, antwortete Julian. »Aber das mit dem Kleid gefällt mir immer noch nicht. Während du bei mir bist, wird mein Schwanz die ganze Zeit hart sein. Und beuge dich um Himmels willen bloß nicht nach vorn!«

»Sollte ich vielleicht weglaufen, damit du mich nicht beschützen musst?«, fragte sie amüsiert.

Er schloss sie in die Arme und brummte: »Du kannst es versuchen, aber ich werde dich finden, egal wohin du gehst.«

Seine Entschlossenheit raubte ihr den Atem. Sie nahm seinen Kopf in ihre Hände und küsste ihn zärtlich auf den Mund. Dort verweilte sie mit ihren Lippen einen Moment lang, bevor sie sich von ihm löste. »Ich habe die schärfste Verabredung, die sich eine Frau nur wünschen kann. Du siehst fantastisch aus in deinem Smoking.«

Sie war sich ebenfalls sicher, dass er nackt gut aussah, aber darüber würde sie jetzt nicht nachdenken. Doch Julian war mit seinem teilweise gezähmten, blonden Haar und formeller Kleidung der heißeste Typ, den sie je gesehen hatte. Wenn sie der Meinung war, dass lässige Kleidung gut zu ihm passte, dann hatte sie sich vielleicht geirrt.

»Ich kriege die Fliege nie richtig gebunden«, sagte er unglücklich.

Sie trat einen Schritt zurück und spielte mit der Fliege, rückte sie so lange zurecht, bis sie gerade saß. »Hier. Jetzt ist sie perfekt.«

»Mir ist gerade erst aufgefallen, dass du keinen BH trägst«, sagte er schroff.

Als Kristin an sich heruntersah, stellte sie erschrocken fest, dass die Nähe zu Julian und das Einatmen seines männlichen Duftes ihre Brustwarzen hatte hart werden lassen. Sie waren empfindlich, weil sie jedes Mal, wenn sie sich bewegte, gegen das seidige Material rieben.

»Dann versuch mal, deine Testosteronausschüttung zu kontrollieren«, schalt sie ihn. Es war ihr noch immer peinlich, dass ihre Brüste ihm eine Erektion bescherten. »Ich fühle mich in diesem Kleid schon nackt genug.«

Julian trat einen Schritt nach vorn und strich sanft mit einem Finger über ihre Wange. »Mir gefällt es«, sagte er und sein Finger wanderte ihren Hals herunter. »Ich wünschte nur, dass du nicht jeden Mann in einen lustvollen Wahnsinn treiben würdest.«

Großer Gott! Sie wünschte, dass er aufhören würde, ihr solche Dinge zu sagen. Vielleicht fand er sie ja *wirklich* attraktiv, dennoch kam ihr diese Tatsache noch immer sehr unwirklich vor. »Ich glaube, du wirst der Einzige sein, der mich ansieht.«

»Das hoffe ich, Süße, auch wenn ich es bezweifele. Aber wenn ich irgendeinen Typen dabei erwische, wie er dich anstarrt, dann werde ich sauer.«

Der lüsterne Ton in seiner Stimme ließ sie erschaudern, während sein Finger ihre Brust erreicht hatte. Sie konnte sich nicht bewegen, als er mit dem Zeigefinger ihre harte Brustwarze umkreiste. Eine Berührung und sie würde zerspringen.

Er zog sie in seine Arme und streichelte mit seinen Händen über jede Kurve ihres Körpers. »Ich liebe es, wie du dich anfühlst. Sag nie mehr, du seist plump oder übergewichtig. Dein Körper ist perfekt.«

»Mein Hintern ist zu groß. Und meine Hüften sehen lächerlich aus. Ich war nie dünn und werde es auch nie sein«, antwortete sie traurig.

»Zum Glück!«, knurrte er. »Dann hätte ich nichts zum Anfassen und das wäre wirklich jammerschade.«

»Ich habe dich auf Fotos noch nie mit einer Frau gesehen, die gebaut ist wie ich«, entgegnete sie anklagend.

»Weil du mich noch nie mit einer Frau gesehen hast, die ich vögeln wollte«, entgegnete er heiser.

»Die Models und Schauspielerinnen, mit denen du abgebildet bist –«

»Nur Bekannte von mir. Ich hasse es, zu öffentlichen Veranstaltungen alleine zu erscheinen.«

Die Art und Weise, wie er sie betastete, ließ sie beinahe schon glauben, dass er Frauen mit Rundungen bevorzugte.

Julians Hände wanderten ihren Rücken hinunter über ihre Hüften und ergriffen schließlich ihren Po.

Er zog sie an sich, damit sie spüren konnte, welche Wirkung sie auf ihn hatte.

»Julian. Wir können nicht. Nicht jetzt. Die Hochzeit fängt gleich an.«

Er ließ sie widerwillig los. »Heute Abend. Begleite mich nach der Hochzeitsfeier. Lass uns zusammen etwas Verrücktes unternehmen.«

Kristin wusste, dass er nach der Hochzeit ausgehen wollte, und sie war es leid, immer nur Angst zu haben. Julian Sinclair wollte mit ihr zusammen sein und wenn sie ehrlich war, wollte sie auch gern Zeit mit ihm verbringen.

Sag ja! Wann bekomme ich noch einmal solch eine Gelegenheit?

»Einverstanden. Nach der Hochzeit und dem Essen gehöre ich dir.«

»Pass auf, was du mir da versprichst«, warnte er sie, doch Kristin bemerkte seinen zufriedenen Gesichtsausdruck.

»Ich habe keine Angst, Sportsfreund«, gab sie zurück. Er musste Montag am Set sein und sie musste wieder zur Arbeit gehen.

Diese Nacht würde ihr gehören und sie wollte nicht länger auch nur eine Minute dieser kostbaren Zeit verschwenden.

Julian steckte sein Portemonnaie und die Schlüssel ein und hielt dann die Eingangstür für sie offen.

Sie kamen bei der Hochzeit an und Julian gab ihr auch dort weiterhin das Gefühl, die schönste Frau zu sein, die er jemals erblickt hatte.

Kristin entspannte sich, genoss die Illusion und lebte die Aschenputtel-Fantasie aus, so lange es ihr möglich war.

Julian konnte nichts gegen die Tatsache unternehmen, dass er jedes Mal, wenn irgendein Arschloch Kristin ansah, diesem Typen die Nase zertrümmern wollte.

Er hatte die Trauung und den anschließenden Empfang überstanden, indem er sich einige hochprozentige Getränke pur genehmigt hatte, um den Effekt nicht zu schmälern. Er hatte jedoch sofort mit dem Trinken aufgehört, als er es geschafft hatte, mit ihr gemeinsam einen Theatersaal zu betreten, ohne erkannt zu werden. Dort hatte er jedoch mehr Zeit darauf verbracht, ihr wunderbar entzücktes Gesicht in dem gedämpften Licht zu beobachten, als der Show zu folgen, die er eigentlich schon seit geraumer Zeit hatte sehen wollen.

Zum Glück hatte er sich, zumindest während der Vorführung, nicht mit Männern auseinandersetzen müssen, die ihr Blicke zuwarfen, weil es viel zu dunkel war, um weit genug sehen zu können.

Wie sie jemals auf den Gedanken hatte kommen können, dass sie nicht umwerfend und wunderschön war, überstieg Julians Verständnis. Ihr feuerrotes Haar zog die Aufmerksamkeit der Männer als Erstes auf sich und dann wanderten die Augen besagter Männer über ihren kurvenreichen Körper. Jedes Schwein, das sie ansah, fragte sich vermutlich, wie es wohl wäre, sie dabei zu beobachten, wenn sie zum Höhepunkt kam, genau wie er es tat. Julian konnte sich nicht vorstellen, dass es anders sein würde, wo er von dieser Vorstellung doch selbst so besessen war.

Vielleicht konnte sie ihr Aussehen in Amesport herunterspielen, doch wenn sie ihre lockigen Haare offen trug und sie ihr locker über die Schultern fielen, war es unmöglich, dass ein Mann sie nicht bemerken und dann ein zweites Mal hinschauen würde. Und ein drittes. Julian konnte ihr einfach nicht widerstehen, dabei hatte er es wirklich versucht.

Gut, es war nicht ihre körperliche Erscheinung gewesen, die seine Aufmerksamkeit als Erstes geweckt hatte. Es war die unbeeindruckte, lustige und spöttische Gleichgültigkeit gewesen, mit der sie ihm von Anfang an begegnet war. Es hatte sie nicht im Geringsten interessiert, dass er ein Superstar war oder zum Clan der Sinclair-Milliardäre gehörte.

Sie hatte ihn direkt als ein eingebildetes, selbstgefälliges Arschloch abgestempelt. Und damit hatte sie vermutlich auch teilweise Recht gehabt. Danach hatte er nicht widerstehen können, sie auf die Palme zu bringen, weil er wusste, dass sie sich tatsächlich über sein Verhalten echauffierte. Für ihn war es eine neuartige Erfahrung gewesen.

Doch jetzt saß er ziemlich tief in der Tinte. Er bewunderte sie tatsächlich, mochte sie, und das war ein ziemlich ungewöhnliches Gefühl für ihn. Seine Besessenheit mit Kristin hatte so harmlos begonnen, doch je mehr er über sie erfuhr, umso mehr begehrte er sie.

»Wohin fahren wir?«, fragte Kristin, als sie neben ihm im Mietwagen saß. Sie hatten beide vorne Platz genommen und er hatte bereits Vorkehrungen getroffen, damit ihr nicht wieder übel werden würde.

»Weil du keine Vorschläge gemacht hast, habe ich einige Entscheidungen für dich getroffen. Ich hoffe, du hast keine Höhenangst.« Ihre Reisekrankheit hatte die Fahrten in einigen der Karussells unmöglich gemacht und sein Unwille, sie allein in wirklich gefährlichen Situationen zu sehen, hatte weitere Möglichkeiten ausgeschlossen.

Seilrutschen? Zu gefährlich und die Wahrscheinlichkeit, dass ihr übel werden würde, war immer noch zu groß.

Nur an einem Gummiseil befestigt von einem hohen Gebäude zu springen? Oh Gott, auf keinen Fall! Auf gar keinen Fall ... nein!

Er hätte sie zwar fragen können, doch er wollte nicht das Risiko eingehen, dass sie mutig genug wäre, sich aus zweihundertfünfzig Metern Höhe von einem Hochhaus zu stürzen. Sein Herz würde da nicht mitspielen.

Alles, was sich drehte, war ebenfalls ausgeschlossen. Und weil die meisten dieser Fahrgeschäfte sich auch in einer ziemlichen Höhe befanden, war er eher erleichtert als enttäuscht, dass sie diesen Adrenalinrausch verpassen würden. Er hatte das alles schon erlebt – nie hatte er aus Angst um seine eigene Person gezögert, weil alle diese Karussells so sicher wie möglich waren. Für ihn war es bei vorherigen Besuchen der Stadt keine große Sache gewesen. Doch wenn Kristin seitlich an etwas herunterhängen würde, bei dem sie mit Sicherheit ums Leben käme, wenn etwas schiefginge, war das schon etwas ganz anderes.

Aus diesem Grund hatte er sich für ein ruhigeres Programm entschieden, etwas, bei dem er nicht vor Sorge einen Herzinfarkt erleiden würde. »Wir machen eine Spritztour. Deswegen habe ich dir einige Tabletten gegeben.«

Er hatte ihr das Medikament gegen Übelkeit am Ende der Show überreicht.

Zur Abwechslung widersprach sie ihm dieses Mal nicht. »Die Show war fantastisch! Ich habe so etwas noch niemals zuvor gesehen.« Ihre Stimme klang aufgeregt und fröhlich.

Ihr freudiger Ton versetzte Julian einen Schlag in die Magengegend. Er hatte diese Emotion noch nie bei ihr vernommen und wünschte sich, dass er sie für den Rest ihres Lebens in exakt dieser Stimmung halten konnte. Wie oft war Kristin wirklich glücklich oder entspannt gewesen? In ihrem Leben war es so gut wie immer um die Arbeit gegangen und auch wenn sie die Dinge so nahm, wie sie kamen, wollte er ihr gern so viel mehr ermöglichen.

»Ich habe die Vorführung bereits eine ganze Weile sehen wollen. Ich war schon seit einigen Jahren nicht mehr hier und ich habe gehört, dass sie fantastisch sein soll«, antwortete er heiser. Ihr fröhliches Geplauder hatte noch immer eine Wirkung auf das, was er sagte.

»Sind deine Erwartungen erfüllt worden?«, fragte sie und klang vor Aufregung noch immer ganz außer Atem.

»Oh ja«, entgegnete er. Alles, was Kristin enthusiastisch werden ließ, war seiner Meinung nach absolut großartig.

»Für mich war das heute ein wirklich magischer Abend, Julian«, flüsterte sie auf einmal. »Danke.«

Die Aufrichtigkeit in ihrer Stimme berührte einen Teil in ihm, von dem er sich nicht sicher war, dass irgendetwas je zu ihm durchgedrungen war. »Gern geschehen. Aber der Abend ist noch nicht vorüber.«

Er bog in eine Straße in der Nähe des Flughafens ein und parkte neben einem der vielen weißen Gebäude. Dann verkündete er: »Wir sind da. Wie fühlst du dich?«

Nachdem er sich abgeschnallt hatte, lehnte er sich zu ihr herüber und löste ihren Gurt ebenfalls, weil sie sich nicht rührte.

»Fliegen wir wieder?«, fragte sie und starrte den Hubschrauber an, der abflugbereit hinter ihnen auf dem Heliport stand.

»Wenn dir auch nur ansatzweise schlecht wird, sagst du mir sofort Bescheid«, sagte er nachdrücklich, bevor er auf der Fahrerseite ausstieg, um den Wagen herumging und ihr die Tür öffnete.

Während er ihr beim Aussteigen half, versuchte er, ihr nicht auf die nackten Beine zu schauen, die sie elegant aus dem Wagen schwang. Sie trug noch immer das sexy Kleid, hohe Schuhe und schwarze Strümpfe. Beide waren zu sehr in Eile gewesen, um sich umzuziehen, doch Julian hatte seine Fliege in dem Moment gelöst, als sie das Theater betreten hatten. Er war es leid, sich zu fühlen, als hätte er eine Schlinge um den Hals.

Ihr Gesicht erstrahlte wie ein Weihnachtsbaum. »Gut«, stimmte sie zu und lächelte ihn an.

Nur ein Lächeln und Julian war erledigt. Für den Rest ihres Lebens wollte er diesen glücklichen Ausdruck auf ihrem Gesicht sehen.

Innerhalb weniger Minuten saßen sie beide bereits im Hubschrauber. Der Pilot war ein Freund von Julian und hatte ihn in der Vergangenheit bereits geflogen. Er hatte dafür Sorge getragen, dass Kristin sowohl aus den Seitenfenstern als auch nach vorne freie Sicht hatte. Der Hubschrauber war modern und geräumig. Julian vertraute dem Piloten, der in seiner zwanzigjährigen Karriere über sehr viel Erfahrung und Tausende Flugstunden verfügte.

Ihm fiel auf, dass Kristin eine Hand auf ihren Bauch legte, als sie abhoben und in Richtung des Las Vegas Strips flogen.

Geistesabwesend griff sie nach seiner Hand und drückte sie, was Julians Herz automatisch schneller schlagen ließ.

»Alles okay?«, fragte er besorgt.

»Ja. Alles ist gut. Es fühlt sich nur komisch an, senkrecht nach oben zu steigen«, antwortete sie aufgeregt.

In seinem Leben war Julian schon in so vielen Hubschraubern mitgeflogen, dass er sich an sein erstes Mal nicht mehr erinnern konnte. Vermutlich als Kind gemeinsam mit seinem Dad, weil sein Vater diese Art des Transports bevorzugt hatte, wann immer es möglich gewesen war. »Du sagst mir Bescheid, wenn wir landen müssen«, brummte er und suchte ihr Gesicht nach Anzeichen von Übelkeit ab.

Es gab keine.

»Oh mein Gott! Schau mal! Da ist unser Hotel!«, rief sie aus und drückte seine Hand noch fester, während sie auf das Hochhaus zeigte. »Von hier oben sind die Lichter einfach fantastisch. Ich werde nie dazu in der Lage sein, jemand anderem zu erklären, wie Las Vegas aus der Luft aussieht. Es existieren keine Worte dafür, wie wunderschön die Stadt ist.«

Für einen Nachtflug über Las Vegas hatten sie gute Bedingungen. Der Himmel war klar und die Lichter sahen spektakulär aus. Aber was den Flug für ihn besonders machte war die Frau an seiner Seite, auch wenn sie gerade die Blutzirkulation in seinen Fingern unterbrach.

Er grinste sie an. Selbst wenn er am Ende schmerzende Hände haben würde, ihre Reaktion wäre es wert gewesen.

Kapitel 7

Kristin kaute nervös auf ihrer Unterlippe herum. Sie sah auf die Karten und dann auf den schwarzen Chip vor sich.

Ein Einhundertdollar-Chip! Was zum Teufel mache ich nur?

Mittlerweile musste es fünf oder sechs Uhr morgens sein, doch sie war sich nicht sicher, denn im Casino existierten keine Uhren. Sie wusste nur, dass sie anfing, White Russians zu lieben, denn sie flossen sanft ihre Kehle hinunter. Julian genoss einen von zahlreichen Whiskys, die er ohne Unterlass getrunken hatte, seit sie von ihrem fantastischen Helikopterflug zurückgekehrt waren und er ihr im Casino beigebracht hatte, wie man Blackjack spielt.

Ihr Märchen war fast vorüber, doch sie würde die Zeit, die ihr noch mit Julian blieb, bis zur allerletzten Sekunde auskosten.

»Du hast vierzehn. Nimm noch eine Karte, Scarlet«, lallte Julian geduldig.

»Aber was, wenn er einen kleinen Wert unter seiner Bildkarte hat? Warum wissen wir nicht, was er hat?« Das Spiel wäre um ein Vielfaches einfacher, wenn sie den Kartenwert des Dealers wüsste.

Der Dealer hatte eine Dame vor sich liegen und sie hing bei vierzehn fest.

»Das Haus behält gern seinen Vorteil«, antwortete Julian amüsiert. »Ganz egal welche Karte vor ihm liegt, du musst mit wenigen Ausnahmen immer davon ausgehen, dass er eine Zehn darunter hat. Das habe ich dir doch schon gesagt.«

Julian *hatte* ihr die Regeln erklärt und wie man beständig spielte, doch was, wenn er falsch lag? »Er könnte eine Fünf haben«, gab sie zurück und fragte sich für einen kurzen Moment, warum sie Einsätze in Höhe von einhundert Dollar an einem Blackjack-Tisch tätigte. Vielleicht weil das der Mindesteinsatz war? Julian hatte einen Tisch mit einem höheren Limit angesteuert, an dem niemand anderes saß, was sie beide zu den einzigen Spielern an diesem Tisch machte.

Wenn der ältere Dealer mit dem versteinerten Gesicht Julian erkannt hatte, so hatte er sich nichts anmerken lassen.

»Beim Blackjack kannst du nicht raten. Nimm eine Karte. Du weißt, dass dir nichts anderes übrig bleibt.«

Kristin hatte sich zunächst geweigert, selbst zu spielen, als Julian sie zu dem Tisch gebracht hatte. Eigentlich hatte sie nur neben ihm sitzen, ihm zusehen und von ihm lernen wollen. Doch Julian hatte darauf bestanden, dass sie selbst ihr Glück versuchte. Er hatte den Stapel Chips aufgeteilt, den er zuvor eingetauscht hatte, und sie dazu aufgefordert, auf dem Stuhl neben ihm Platz zu nehmen.

Sie bedeutete dem Dealer, dass sie eine weitere Karte haben wollte, und schloss die Augen. Bei dem Gefühl, dass sie einhundert Dollar verlieren könnte, schlug ihr das Herz bis zum Hals. Es war zwar nicht ihr Geld, doch sie wollte auch Julians Geld nicht verlieren.

Wenn sie nicht mehr als nur ein kleines bisschen betrunken wäre, dann würde sie vermutlich überhaupt nicht spielen. Aber mit jedem Schluck, den sie von ihrem sahnigen Getränk nahm, wurde sie hemmungsloser.

»Mach die Augen auf, Süße. Es ist eine Sieben«, neckte Julian sie. »Heute Abend hast du verdammtes Glück. Du solltest ein paar dieser Chips nehmen und höhere Einsätze machen.«

Ihr Stapel war bereits sehr viel höher, als er es zu Beginn ihres Spiels gewesen war. »Ich will kein Spiel verlieren. Das Geld gehört mir nicht«, schalt sie ihn.

Während der Dealer sie auszahlte und die Kellnerin weitere Getränke brachte, lehnte er sich zu ihr herüber. »Ich habe dir etwas zu sagen, Baby. Du könntest an diesem Tisch jeden einzelnen Chip verlieren und es würde mich überhaupt nicht interessieren.«

Sein Bariton wusch über ihre Sinne hinweg und ließ ihren gesamten Körper erzittern, während sein heißer Atem ihr Ohrläppchen streifte. Es wäre ihm egal? *Ihr* wäre es aber nicht egal, oder doch? Vielleicht würde sie es später bereuen. Doch im Augenblick war sie zu berauscht von Julians Anwesenheit, um klar denken zu können.

Oder waren diese kleinen, leckeren White Russians schuld, die sie trank?

»Tu es. Sei einfach einmal verrückt«, forderte Julian, bevor er sich auf seinem Stuhl zurücklehnte und der Kellnerin und dem Dealer ein Trinkgeld gab.

Durch seine nachdrückliche Ermutigung drehte sich alles in ihrem Kopf, dennoch schob sie einen riesigen Stapel Chips in die Tischmitte. Zu was auch immer er sie aufforderte, sie würde es tun. Er hatte ihr heute Abend schon so viel gegeben, dass sie ihm dieses Mal seinen Willen lassen wollte.

Kristin trank den letzten Rest ihres Cocktails aus und streckte die Hand nach dem neuen aus, den die Kellnerin soeben gebracht hatte. Auch von dem neuen Glas nahm sie einen großen Schluck, während der Dealer ihnen die Karten austeilte.

»Blackjack«, informierte Julian sie, weil Kristin vor Aufregung die Augen geschlossen hielt.

Als sie auf den Tisch blickte, lagen vor ihr ein Bube und ein Ass. Mit einem Seitenblick auf die Acht des Dealers wusste sie, dass sie gewonnen hatte.

Julian hielt seine Hand hoch und Kristin klatschte ihn ab. Der Dealer enthüllte währenddessen seine solide Achtzehn, was auch Julian zum Gewinner dieser Runde machte.

»Bist du bereit aufzuhören, wo du so viel gewonnen hast?«, fragte Julian grinsend.

Sie kniff die Augen zusammen und versuchte, die Chips zu zählen, jedoch ohne Erfolg. Das Einzige, das sie in diesem Augenblick erfassen konnte, war die Tatsache, dass sie mit einem Stapel begonnen hatte und sich nun zahlreiche weitere vor ihr befanden. »Ja.« Sie nickte so stark, dass ihr die Haare ins Gesicht fielen.

Julian lachte so laut, dass einige der Spieler an den anderen Tischen zu ihnen herübersahen, um zu erfahren, was dort vor sich ging. »Das riecht nach Ärger«, knurrte er und ließ sich vom Dealer rasch Chips in größerer Wertigkeit geben, damit er nicht die Mengen an Einhundertdollar-Chips mit sich herumtragen musste. Während er sie aufnahm, ergriff er Kristins Hand. »Gehen wir.«

»Julian! Julian Sinclair!«

Die aufgeregten Rufe kamen von einem anderen Tisch, doch er ignorierte sie. Kristin hinter sich herziehend machte er sich schnurstracks auf den Weg zum Aufzug.

»Sie rufen dich«, murmelte Kristin und versuchte, mit ihm Schritt zu halten.

»Ich weiß. Ich antworte aber nicht.«

»Julian! Warte!«, war eine weitere weibliche Stimme zu vernehmen, als er am Roulettetisch vorbeiging.

Auf einmal rannten sie durch das Casino, während eine schreiende Horde Fans hinter ihnen die Verfolgung aufgenommen hatte.

Kristin stolperte in ihren hochhackigen Schuhen hinter ihm her. Während sie zum Aufzug liefen, drehte sich in ihrem Kopf alles. Die Aufregung in der Luft war geradezu elektrisch und es kam ihr vor, als hätte jeder der Spieler im Casino nun bemerkt, dass sich Julian Sinclair im Gebäude befand.

Julian stürzte in den nächstbesten Aufzug mit offenen Türen, schlang einen starken Arm um ihre Taille und hob sie in den kleinen Raum. Er beeilte sich, seinen Kartenschlüssel in den Schlitz einzuführen, der es ihm erlaubte, zur Penthouse-Suite zu gelangen. Wieder und wieder drückte er auf den Knopf, während die Menschenmasse immer näher kam.

Für Kristin gab es keinen Ausweg aus der Situation. Sie mochte das Gefühl nicht, von einer wahrscheinlich betrunkenen und möglicherweise rauflustigen Gruppe von Menschen verfolgt zu werden. Selbst wenn sie ihnen keinen Schaden zufügen wollten, waren da so viele von ihnen, dass sie Angst hatte, sie würden von den Massen niedergetrampelt werden.

Endlich schloss sich die Tür mit einem zischenden Geräusch, nur Sekunden bevor irgendjemand sie hatte erreichen können.

Als sie spürte, wie der Aufzug sich in Bewegung setzte, schluckte sie und drehte sich, um Julian anzusehen. »Das war ... knapp.« Sie lehnte sich mit dem Rücken an die Wand und begann zu lachen. Die Wirkung des Alkohols ließ die gesamte Situation unwirklich erscheinen. »Doch der Fuchs entkam den Hunden und hatte noch einen weiteren Tag zu leben.«

Julians Körper entspannte sich sichtlich, als er sie in seine Arme zog. »Sehr lustig«, sagte er. »Jemand kann sich verletzen, wenn so etwas passiert.« Seine Schelte klang ernst, doch sein Gesichtsausdruck war belustigt, während er sie beim Kichern beobachtete.

»Das ist furchtbar. Ich verstehe, warum du so denkst«, antwortete sie und versuchte noch immer, ihr Lachen zu unterdrücken. Wenn sie ehrlich war, musste sie zugeben, dass es sehr unangenehm war, vor einer Horde Menschen davonzulaufen. »Ich finde es nur lustig, dass ich mit dir rennen musste. Hinter mir waren sie gar nicht her.«

»Ich hätte dich den Wölfen doch nicht zum Fraß vorgeworfen, Scarlet. Die Fragen hätten brutal werden können. Manche Menschen drehen in solch einer Situation völlig durch und wir wissen doch beide, dass die meisten hier Alkohol getrunken haben.«

Sie hielten beide noch immer ihr Getränk in der Hand. Kristins war übergeschwappt, während sie ungelenk hinter ihm hergelaufen war, doch ihr Glas war noch immer halb voll. »Auf die Flucht«, verkündete sie und hielt ihr Glas in die Höhe.

Julian entfuhr ein tiefes Lachen und er stieß mit seinem Glas an ihres. »Liebling, ich glaube, du bist vollkommen betrunken.«

»Ich bin nicht *betrunken*. Ich fühle mich nur ... echt gut. Ich war noch niemals in meinem Leben betrunken.«

»Betrunken«, wiederholte Julian und lächelte noch immer. »Noch ein erstes Mal?«

Sie sah ihn mit gerunzelter Stirn an. »Ich dachte, du wolltest, dass ich mich amüsiere.« Hatte er ihr nicht gesagt, sie solle *einfach einmal verrückt* sein? Nun, in diesem Augenblick fühlte sie sich ziemlich wild.

Als sie im oberen Stockwerk ankamen, öffnete sich die Tür und er nahm ihre Hand. »Das wollte ich. Das will ich. Ich will nur nicht, dass du dich schrecklich verkatert fühlst, wenn du aufwachst.«

»Ich bin nicht müde«, sagte sie und leerte den Rest ihres Getränks, während Julian sie den Flur zu ihrer Suite hinunterführte.

»Ich weiß nicht, ob wir noch einmal rausgehen können«, sagte er enttäuscht.

»Ich glaube, das ist nicht schlimm. Dieser Abend war superfantastisch«, antwortete sie überschwänglich und ließ sich von ihm sanft in die Suite schieben. »Es war magisch. Meine Aschenputtel-Nacht!«

»Und was passiert jetzt?«, fragte Julian. »Verwandele ich mich in einen Kürbis?«

»Nein«, entgegnete sie traurig. »Es ist einfach vorbei. Ich ziehe das Kleid aus und mein Nachthemd an, und wenn ich aufwache, dann werde ich wieder meine alten Klamotten tragen.«

Es war das Letzte, was sie wollte. Mit Julian zusammen zu sein war beglückend, berauschend gewesen. Sie wollte nicht, dass es aufhörte.

Eigentlich sehnte sie sich viel eher danach, ihn auszuziehen und ihn dazu zu bringen, sie zu befriedigen. Er hatte sie schon die ganze Nacht mit seinem attraktiven Aussehen im Smoking, seinem Geruch, seinem unwiderstehlichen Sinn für Humor und seiner bedachten Planung, ihr ein unvergessliches Erlebnis zu bieten, angemacht.

»Ich brauche einen Orgasmus«, teilte sie ihm geradeheraus mit. »Nicht irgendeinen klitzekleinen Höhepunkt, den ich mir mit meinem Vibrator selbst beschaffen kann. Ich brauche einen echten, lebendigen Mann.« Je mehr sie darüber nachdachte, umso mehr begehrte sie Julian in diesem Augenblick. Er war echt und er war seit langer Zeit der einzige Mann, mit dem sie wirklich schlafen wollte.

Julian trank seinen Whisky aus und nahm ihr das leere Glas aus der Hand. »So nicht, Kristin. Nicht wenn wir nicht beide bei klarem Verstand sind.«

Sie sah ihm dabei zu, wie er die Gläser auf dem Tisch abstellte. Sein Gesicht war ernst. Weil ihr dieser unglückliche Ausdruck missfiel, trat sie an ihn heran und schlang ihre Arme um seinen Hals. »Bitte. Nur dieses eine Mal. Gib mir etwas, an das ich mich wirklich erinnern kann.«

»Ich bin nicht irgendein Kerl, mit dem du einen One-Night-Stand haben kannst«, sagte er mit rauer Stimme, ergriff ihren Hintern und zog sie dicht an sich heran.

»Hmmm ... das weiß ich doch. Meine Güte, fühlst du dich gut an. Du riechst gut.« Sie vergrub ihr Gesicht an seiner nackten Haut am Hals, die sich gezeigt hatte, als er seine Fliege abgenommen und die obersten Knöpfe seines Hemdes geöffnet hatte.

Während sie seinen Duft tief einsog, wurde sie noch ein wenig mehr von ihm verzaubert. Oh, zum Teufel! Wem machte sie hier eigentlich etwas vor? Sie hatte ihn immer schon scharf gefunden. Extrem scharf. Sie war nur niemals ungehemmt genug gewesen, um ihm genau zu sagen, was sie wollte. Doch in diesem Augenblick war ihr alles egal.

»Wer bin ich?«, fragte er und bog ihr Gesicht nach oben, damit er in ihre Augen sehen konnte.

»Julian«, flüsterte sie sofort. »Der einzige Mann, der mich jemals so verrückt und verzweifelt gemacht hat.«

»Verdammt! Ich bin nicht der Meinung, dass es unter diesen Umständen passieren sollte, aber ich glaube auch nicht, dass ich dazu in der Lage bin, mich einfach abzuwenden«, brummte er und verschlang sie mit seinem stürmischen Blick.

»Geh nicht. Bitte! Ich kann mich nicht daran erinnern, jemals irgendetwas so sehr gewollt zu haben wie dich in diesem Moment, Julian. Ich brauche dich!« In ihrer Stimme schwang eine Sehnsucht mit, die sie aus ihrem Mund noch niemals zuvor vernommen hatte.

»Scheiße!« Der Fluch entfuhr ihm, als er sich hinunterbeugte und sein heißer Atem ihren Mund streifte. Kristin zitterte vor Verlangen.

Tu es! Bitte, tu es jetzt einfach!

»Küss mich!«, bettelte sie. Sein Mund befand sich nur zwei oder drei Zentimeter von ihrem entfernt.

»Ich will nicht, dass du mich später hasst«, gestand er mit gequälter Stimme.

»Das werde ich nicht. Zeig mir, was ich bislang verpasst habe, Julian. Zeig mir, wie es sich anfühlt, mit einem Mann zusammen zu sein, der mich wirklich begehrt.«

»Willst du damit sagen, dass du das nicht weißt?«

»Nicht wirklich. Für mich war Sex nie toll. In meinem ganzen Leben habe ich nur mit zwei Männern geschlafen und beide haben mich verlassen, weil sie mit meinem Lebensstil nicht umgehen konnten. Keinem von ihnen habe ich genug bedeutet, damit er geblieben wäre. Um ehrlich zu sein glaube ich, dass ich weder mit dem einen noch mit dem anderen zusammen sein wollte. Ich wollte nur normal sein, jemanden haben, dem ich wichtig bin.« Plötzlich wollte sie ihm alles gestehen und sollte der Alkohol schuld daran sein, dann war es ihr egal.

»Ich werde dich nicht verlassen. Es ist mir buchstäblich nicht möglich«, sagte er in einem heiseren Flüstern, als er sie endlich in die Arme schloss und küsste. Sein Mund war sogleich hinreißend und explosiv.

Seine Worte ließen ihr Herz schneller schlagen und ihre Stimmung himmelhoch steigen. Vielleicht war das alles nicht real, doch für den Moment konnte sie so tun, als fände Julian sie unwiderstehlich. Ihr Körper und ihre Seele schmerzten vor Sehnsucht, von Julian berührt zu werden, und der *Augenblick* war alles, was sie hatte.

Nur eine gestohlene Nacht der Lust.

Ohne seine vereinnahmende Umarmung zu lösen, hob er sie auf seine Arme und trug sie in sein Schlafzimmer. Es war bereits nach Sonnenaufgang und das Licht des frühen Morgens durchflutete den Raum mit einem romantischen Glühen.

Er legte sie vorsichtig zu seinen Füßen ab und beendete den atemberaubenden Kuss. »Hiernach gibt es kein Zurück mehr, Kristin. Verstehst du das?«

Sie würden das, was heute Morgen passiert war, niemals ungeschehen machen können, doch das kümmerte sie nicht. Sie wollte nur nackt mit ihm hier sein und seine aufgeheizte Haut an ihrer spüren.

»Ich weiß«, bestätigte sie. Der Verstand flog aus ihrem Kopf, als sie ihm dabei zusah, wie er mit einem lustvollen, wilden Gesichtsausdruck, den sie noch niemals zuvor gesehen hatte, langsam sein Hemd aufknöpfte.

Sie schleuderte ihre nervigen hochhackigen Schuhe von sich, trat einen Schritt nach vorn und ließ ihre Finger über jeden Teil seines Körpers wandern, den er langsam entblößte. Sein Oberkörper war breit und stark, die Wärme seiner Haut so verlockend, dass Kristin mit ihrem Verlangen, ihre Hände über seinen gesamten harten Körper wandern zu lassen und alle Stellen zu erkunden, die sie hatte berühren wollen, seit sie ihn zum ersten Mal gesehen hatte, vollkommen verrückt wurde.

Als das weiße Kleidungsstück gänzlich aufgeknöpft war, riss sie ihm das Hemd beinahe vom Leib, um an sein Fleisch zu gelangen. »Ich muss dich berühren«, teilte sie ihm mit und es interessierte sie nicht, wie verzweifelt oder jämmerlich sie klang.

Sie hatte schon seit langer Zeit auf diese Weise mit Julian zusammen sein wollen und das Gefühl war so köstlich, dass sie jeden Moment genießen wollte.

»Langsam, Süße«, warnte er. »Ich habe gerade nicht sehr viel Geduld.«

»Dann sei einfach einmal verrückt«, teilte sie ihm ernst mit und wiederholte die Worte, die er vor einigen Stunden zu ihr gesagt hatte. »Lass uns diese Fantasie gemeinsam ausleben.«

»Ich habe ganz sicher die Absicht, das zu tun. Aber ich will nicht, dass es vorbei ist, bevor es überhaupt angefangen hat.«

Für Kristin spielte Zeit keine Rolle. In diesem Moment spielte nichts eine Rolle, mit Ausnahme des Verlangens ihres Herzens, ihres Geistes und ihres Körpers.

Sie ließ sein ausgezogenes Hemd auf den Boden fallen und sagte: »Ich kann es kaum erwarten, dich in mir zu haben.«

»Meine Güte! Wenn du weiterhin solche Dinge sagst, werde ich das hier nicht überstehen, Scarlet.«

Kristin würde nicht aufhören, um genau das zu kämpfen, was sie begehrte. »Was ist falsch daran, so viel zu wollen?«, fragte sie nachdenklich und runzelte die Stirn.

Er sah sie einen Moment lang an, ihre Augen trafen sich in einer Kollision aus grün und blau. »Ganz und gar nichts«, gab er missmutig zu. »Ich will, dass du mich willst.«

Sie fuhr mit ihren Händen durch sein Haar und schloss die Augen, wobei sie so gut wie zu einer Pfütze zusammenschmolz, als seine großen Hände über ihren Rücken streichelten und dann ihren Weg zu dem Reißverschluss ihres Kleides fanden. Nur Sekunden später glitt es bereits zu Boden.

Das wilde Verlangen stand ihm ins Gesicht geschrieben, als er zurücktrat, um sie anzusehen. Seine Augen starrten auf ihre Brüste und verweilten dort für einen Augenblick, bevor er sich bewegte und sie mit einem lustvollen Blick vollständig betrachtete. »Heilige Scheiße! Ich bin tot! Ich muss tot sein.«

In Kristins Körper gab es keinerlei Befangenheit, als sie unter der Intensität in seinen Augen zitterte. »Ich glaube, die Strümpfe und Unterwäsche hat Mara gekauft«, gestand sie.

»Ich hoffe, du hast dich noch nicht zu sehr an sie gewöhnt.«

»Warum?«, fragte sie neugierig.

Er griff nach ihrem Slip und riss ihn ihr mit einem kräftigen Ruck vom Körper.

Kalte Luft wehte über ihre Muschi und machte ihr Verlangen nur noch stärker.

»Sieh mich, Julian. Bitte sieh *mich*.« Es dauerte einen Moment, bis sie bemerkte, dass sie die Worte laut ausgesprochen hatte.

»Ich *sehe* dich«, antwortete er, als er auf die Knie ging. »Und in wenigen Sekunden wirst du mich *spüren*.«

Innerhalb weniger Augenblicke schrie sie laut auf, nicht dazu in der Lage, sich zu beherrschen, während die Lust sie überfiel und drohte, ihren gesamten Körper auseinanderzubrechen.

Kapitel 8

»Oh Gott«, stöhnte Kristin und griff nach dem Bettpfosten, um sich auf den Beinen zu halten, während Julian einen ihrer Füße auf der Matratze positionierte, damit er sich den besten Zugang zu dem verschaffen konnte, was er haben wollte.

Seine Zunge und sein Mund waren überall und hinterließen verbrannte Haut, wo immer sie Kristin berührten. Er ließ ihre Strümpfe und die Strumpfbänder an, doch züngelte die verwundbaren, entblößten Stellen an ihren Oberschenkeln, was sie wild auf ihn machte. »Bitte«, wimmerte sie und das Betteln entschlüpfte ihren Lippen unzensiert. »Ich brauche ...« Ihre Stimme verstummte, denn diese beiden Worte waren ausreichend, um das ungezügelte Verlangen zu beschreiben, das durch jedes Nervenende ihres Körpers schoss.

Mit einem Mal befand er sich genau dort, wo sie ihn haben wollte, und sie spürte, wie seine samtene Zunge von oben nach unten über ihre Muschi leckte. An ihrer Klitoris machte er halt, bevor er dort sinnlich verweilte.

»Nein. Nicht aufhören!« Der Schweiß machte ihre Haut feucht, während sie wartete und ihre Befriedigung vorausahnte.

»Du schmeckst genau so, wie ich es mir vorgestellt habe«, knurrte Julian, als er seinen Kopf nach hinten warf und lang und heiß über dem rosafarbenen Fleisch ausatmete, das bereits vor Lust zitterte.

Er neckte, spottete und brachte Kristin zum Wahnsinn. »Jetzt!«, forderte sie, fuhr mit ihrer freien Hand durch sein drahtiges Haar und drückte seinen Kopf nach vorn. »Genau jetzt, Julian.«

Er stöhnte, als sie seinen Mund gegen sich presste, dieses Mal mit eindrucksvoller Präzision und Laserschärfe. Er seufzte an ihrer Klitoris und die Vibration brachte sie dazu, mit einem kehligen Stöhnen zu antworten. »Ja«, zischte sie. Sie brauchte mehr.

Als er mit beinahe schon wilden Bewegungen über das kleine Nervenbündel leckte, keuchte Kristin, unsicher, ob ihr Bein sie trotz ihres festen Griffs an dem stabilen Bettpfosten aufrecht halten würde.

Gerade als sie sich sicher war, dass sie in einer Pfütze wilder Lust auf dem Teppich kollabieren würde, stand Julian auf, riss die Decke vom Bett herunter und hob sie auf die Matratze.

»Dieses Mal kommen wir gemeinsam«, knurrte er aufrecht stehend, um sich geschickt seiner Anzughose und des Gürtels zu entledigen, seine Augen stets auf sie gerichtet.

Kristin würde sich nicht beschweren. Sie leckte sich über die Lippen, während sie ihm dabei zusah, wie er die Hose mitsamt der Unterhose in einer schnellen Bewegung von seinem Körper abstreifte und sie dann von seinen Füßen strampelte.

Oh Gott! Als er seinen Schwanz befreite, bekam sie vor Vorfreude einen trockenen Mund.

Genau wie jeder andere Teil seines Körpers war auch Julians Schwanz groß und wie verzweifelt er sie brauchte, war an seinem riesigen, aufgerichteten, bereitstehenden Penis abzulesen, dessen Anblick ihr die Sprache verschlug.

»Fick mich!«, forderte sie und streckte die Arme nach ihm aus.

Er trat nach vorn und kniete mit einem Bein auf dem Bett, wobei er sie einfach nur ansah. »Ich fühle mich wie ein Jugendlicher, der endlich seine Fantasien auslebt«, sagte er heiser und ließ ein paar ihrer Locken durch seine Finger gleiten. »Ich habe mir das hier so oft vorgestellt, du in meinem Bett, dein wunderbares, rotes Haar ausgefächert auf meinem Kopfkissen.«

»Kommt es deinen Träumen nahe?«, fragte sie und fühlte sich ganz plötzlich schüchtern.

Er bewegte sich schnell wie ein Blitz und sein Körper bedeckte ihren, bevor Kristin noch einmal blinzeln konnte. Julian ergriff ihre Handgelenke und hielt sie über ihrem Kopf fest. Seine Brust bebte. »So viel besser«, entgegnete er und seine ungleichmäßigen, scharfen Atemzüge berührten ihr Gesicht. »Dies ist die Wirklichkeit und du siehst aus, als gehörtest du mir.«

In diesem Moment *war* sie sein. Ihre feuchten, nackten Körper waren aufeinandergepresst, als passten sie perfekt zusammen und würden sich nie mehr trennen. Kristin sog das erotische Gefühl auf, wie sich sein großer Körper vor wildem Hunger schüttelte, und genoss den sexuellen, ungezügelten Ausdruck der bevorstehenden Besessenheit auf seinem Gesicht.

Nichts ihrer vergangenen sexuellen Erfahrungen hatte sie auf *diese* Art von brutaler, urgewaltiger Sehnsucht vorbereitet. Ihre Sinne waren auf seine abgestimmt und das gleiche wilde Verlangen, von dem sie wusste, dass er es erlebte, war auch in ihr präsent und genauso stark, wie es für ihn war.

Sie schlang ihre Beine um seine Hüften und drängte ihn: »Fick mich, Julian. Warte nicht länger. Es muss nicht perfekt oder geübt sein. Es müssen nur wir sein.«

»So hatte ich das nicht geplant«, gab Julian zurück. »Es gibt nichts, das ich mehr will, als dich auf jede mögliche Art und Weise zu befriedigen. Aber ich kann das hier nicht kontrollieren. Ich kann nicht kontrollieren, was passiert.«

»Keine Kontrolle«, sagte sie mit Nachdruck. »Lass dich gehen.« Sie befreite ihre Handgelenke aus ihrem Gefängnis, während sie sich verzweifelt danach sehnte, ihn zu berühren.

Ihr entfuhr ein keuchendes Stöhnen, als ihre Hände über seinen Rücken streichelten und staunend über die weiche, feuchte Haut auf den harten, angespannten Muskeln wanderten.

»Oh Gott. Ja. Verdammt, berühre mich! Aber ich werde das nicht aushalten«, murmelte Julian, als er sich bewegte, sich positionierte und mit einem wilden Stoß in sie eindrang.

Bei der Größe der Invasion ihrer Muschi stockte Kristin der Atem, doch das kurze Unbehagen wich einem intensiven Gefühl der Befriedigung darüber, dass Julian sich endlich tief in ihr befand.

»Ja. Ja. Ja.« Sie konnte nichts anderes sagen, ihr Körper war von dem Bedürfnis, ihm noch näher zu kommen, völlig erschöpft.

Er begann, sich mit einem gequälten Stöhnen zu bewegen. »So. Verdammt. Gut.«

Ihre Hüften schoben sich nach oben, um seine unermüdlichen Stöße zu empfangen, als er ihr nächstes Stöhnen mit seinen Lippen schluckte.

Er war nicht zart, als er ihren Mund vereinnahmte, sich mit seiner Zunge darin bewegte, als gehörte er ihm, und keine Stelle unberührt ließ.

Ein tosendes Feuer breitete sich in ihrem Bauch aus und brannte sich seinen Weg mit einem gewaltsamen Zucken direkt in ihre Muschi. Ihr Rücken bog sich durch, als Julian seinen Mund von ihrem löste und sich auf seinen Knien aufrichtete, um ihre Oberschenkel zu greifen und noch tiefer, härter in sie hineinzustoßen.

»Komm für mich, Baby! Du siehst so wunderschön aus.« Seine Stimme war angespannt und schwer vor Verlangen.

Seine Hand bewegte sich ihren Oberschenkel hinauf, dann streckte sich sein Daumen und neckte ihre schmerzende Knospe, rieb sie mit den gleichen begehrlichen, wilden Bewegungen seines Schwanzes.

»Julian, es ist zu viel.« Kristin fühlte sich, als würde sie in Flammen stehen, und warf ihren Kopf auf dem Kissen hin und her, während ihre Hände sich panisch in das Baumwolllaken krallten.

Das Feuer hatte ihre Muschi eingenommen und mit einem Mal wurde sie von einem Orgasmus ergriffen, der so wechselhaft war, dass er ihr beinahe schon Schmerzen bereitete. Glücklicherweise wurden die Wellen zu einer so tiefen Lust, dass Kristin sie in ihrer Seele spüren konnte, während sie auf ihrem Höhepunkt dahin ritt. Die Muskeln ihrer Muschi verkrampften sich um Julians

Schwanz und brachten ihn zum Brüllen, während er unaufhörlich in sie hineinstieß. »Niemals genug!«, antwortete er schließlich mit gequälter Stimme. »Niemals genug.«

Kristin begann, zurück zur Erde zu taumeln, als Julian seinen heißen Samen in sie ergoss. Ihre Befriedigung wurde noch größer, als sie ihm dabei zusah, wie er seinen Kopf mit haltloser Lust nach hinten warf und ihren Namen rief. »Scheiße. Kristin!«

Sein Griff um ihre Schenkel wurde enger und seine Muskeln zuckten ungleichmäßig, als er sich mit einem männlichen Höhepunkt fallen ließ, den sie so noch nie zuvor gesehen hatte.

Er sah wunderbar gefährlich aus, vor Erregung wild und ganz bestimmt bis zum Punkt des Wahnsinns mit Lust erfüllt. Sie wusste, dass dies etwas war, an das sie sich für immer erinnern würde, die Art und Weise wie er aussah, wenn er außer Kontrolle war, etwas so Ungewöhnliches für den Julian, den sie kannte.

Er legte sich auf sie und küsste sie, eine Umarmung, die so viel mehr ausdrückte als nur körperliche Befriedigung. Sie war zart und süß, eine lockere Umarmung, die sie noch atemloser zurückließ, als sie es bereits war.

Nachdem er seinen Kopf angehoben hatte, vergrub er sein Gesicht an der Seite ihres Halses. »Das *sind* wir«, murmelte er an ihrer verschwitzten Haut. »Es ist roh. Es ist echt.«

Sie musste nicht fragen, was er meinte, als er ihr Haar streichelte. Sie schwebte in dem Nachglanz der wunderbarsten Sache, die ihr je passiert war. Kristin verstand genau, was er zu sagen versuchte. In diesem Moment lag sie nackt und verletzlich vor ihm, in der Lage, sich so zu zeigen, weil er das Gleiche getan hatte.

»Es ist furchteinflößend«, flüsterte sie. »Auf eine gute Art.«

Julian rollte sich von ihr herunter, nahm sie mit sich und ließ sie seinen Körper mit ihrem schlaffen Gewicht bedecken. »Niemals. Habe niemals Angst vor mir oder vor uns«, antwortete er bestimmt.

Als sie seufzte und ihren Kopf auf seine Brust legte, streichelte er mit einer Hand über ihr Haar. Irgendetwas an Julian fühlte sich so fest und sicher an, was eigentlich so gegensätzlich zu dem Menschen schien, der er wirklich war. Es erstaunte sie, doch ihr berauschtes

Gehirn konnte gerade nicht mit Logik umgehen, weshalb sie den Moment einfach genoss.

»Müde?«, fragte er vorsichtig.

»Nicht wirklich. Aber ich will mich nicht bewegen.« Sie wollte genau hier bleiben, mit ihrem nackten Körper ausgebreitet auf dem von Julian.

Er lachte leise, als er sich aufsetzte und sie auf dem Schoß in seinen Armen hielt. »Hast du Hunger?«

Sie lächelte, denn er schien so entschlossen zu sein, sich um all ihre Bedürfnisse zu kümmern, egal welche es sein sollten. Wusste er denn nicht, dass er das bereits getan hatte? »Ich glaube, dieses Problems hat sich soeben jemand angenommen«, entgegnete sie belustigt.

Julian strich mit einem Finger über ihre Brust und spielte mit einer ihrer Brustwarzen. »Ich habe dich nicht genug berührt. Da ist noch so viel mehr –«

Schnell legte sie zwei Finger auf seine Lippen. »Nein. Es war perfekt. Wage es ja nicht zu sagen, dass es das nicht war.«

Seine Augen trafen auf ihre und sie sahen sich in gegenseitigem Verständnis an. »Das kann ich nicht sagen«, gestand er. »Aber es war nur eine von vielen Fantasien, die ich mit dir gehabt habe«, neckte er sie und ließ seine Hand von ihrer Brust auf ihren Oberschenkel gleiten.

Bei dem bewundernden Blick, den sie in seinen Augen sah, machte ihr Herz einen Sprung, bevor er seine Stirn an ihre lehnte.

Inmitten ihrer Stille begann ihr Magen ganz plötzlich zu knurren.

»Ich glaube, ich muss dich füttern«, bemerkte Julian freudig.

Kristin war sich nicht sicher, ob sie hungrig war, doch als Julian vorsichtig ihre beiden Körper entknotete und aufstand, ergriff sie seine ausgestreckte Hand und ließ sich von ihm aufhelfen.

»Hoppla«, murmelte sie, als sie die Nachwirkungen des Alkohols spürte, den sie die ganze Nacht getrunken hatte. Sie war noch immer wackelig auf den Beinen, doch als sie sich gegen die harte, männliche Brust vor sich lehnte, fühlte sie einen Freudenschub. »Tut mir leid.«

»Zeit für eine Dusche«, verkündete Julian, als er ihren nackten Körper auf seine kräftigen Arme nahm. »Danach essen wir.«

»Okay«, stimmte sie glücklich zu und kuschelte sich in seine Wärme, während er das Badezimmer ansteuerte.

Auf dem Weg durch das Schlafzimmer bemerkte Kristin, dass die Sonne bereits vollständig aufgegangen war und Tageslicht den Raum durchflutete. Es musste noch immer früh am Morgen sein, doch sie hatte keine Ahnung, wie viel Uhr es war. Aber während Julian sie fest in seinen Armen hielt, konnte sie sich nicht dazu überwinden, sich dafür zu interessieren.

Irgendwo zwischen Schlafen und Aufwachen überkam Kristin das Gefühl, sie würde sterben.

In ihrem Magen rumorte es und ihr Kopf fühlte sich an, als wäre er in einer Schraubzwinge eingeklemmt. Alles tat ihr weh und ihr Mund war so trocken wie die Sahara.

Gut ... vielleicht würde sie nicht sterben, aber sie hatte das Gefühl, als würde es mit ihrem Körper bergab gehen.

»Oh Scheiße«, stöhnte sie und versuchte, ihre Augen zu öffnen, nur um sie beim Anblick des gleißenden Sonnenlichts sofort wieder zuzukneifen.

Ihr malträtiertes Gehirn strengte sich an herauszufinden, warum sie hier war und warum es ihr so schlecht ging.

Die Hochzeit.

Julian.

Alkohol. Unmengen von Alkohol.

Kater?

Plötzlich verstand sie, warum sie nie exzessiv trank. In der vergangenen Nacht hatte sie jegliche Regel, die sie sich selbst auferlegt hatte, gemeinsam mit ihren Anziehsachen über Bord geworfen.

Sie war splitterfasernackt, was alleine schon einen Grund zur Sorge bot. Sie versuchte, nicht darüber nachzudenken, warum sie keine Kleider am Leib trug, denn sie war sich ziemlich sicher, dass die

Antwort verstörend sein würde. Einige Muskeln in ihrem Körper, die sie schon sehr lange nicht mehr benutzt hatte, taten furchtbar weh.

Kristin zwang sich, die Augen zu öffnen, und sah sich im Schlafzimmer um.

Julians Zimmer.

Die Erinnerungen kehrten zurück, als sie auf dem Nachttisch eine große Wasserflasche und einige Tabletten erblickte. Sie stützte sich unter Schmerzen auf ihrem Ellbogen auf und las die handgeschriebene Notiz.

Kristin,

trinke viel Wasser, um dich zu hydrieren, und nimm die Tabletten gegen deine Kopf- und Gliederschmerzen, wenn du aufwachst und dich verkatert fühlst. Ich habe deine Tabletten gegen Reisekrankheit im Wohnzimmer gelassen. Nimm zwei von ihnen, bevor du fliegst. Ich wollte dich nicht aufwecken, deswegen fliege ich mit Jared, weil ich am frühen Morgen an der Ostküste am Set sein muss.

Wir sprechen uns, sobald ich fertig bin und diesen Film abgedreht habe.

Sei nicht stur. Nimm die Tabletten und trink die gesamte Flasche mit Wasser, bevor du aufstehst.

Auf dem Zettel stand nur noch die Nummer seines Piloten, die sie anrufen sollte, wenn sie bereit war zu fliegen.

»Wie spät ist es, zum Teufel?«, fragte sie sich und sah sich nach einer Uhr um.

Ihre Augen landeten auf dem Wecker auf der Kommode und sie kniff die Augen zusammen, um die Zahlen erkennen zu können.

»Vier Uhr. Vier Uhr nachmittags«, flüsterte sie erschrocken und fühlte mit einem Mal die Panik in sich hochsteigen, weil ihr klar wurde, dass sie am nächsten Morgen wieder arbeiten musste. »Alle sind weg.«

Sie öffnete das Wasser und wusch damit die Tabletten hinunter, denn sie wusste, dass sie so schnell wie möglich wieder zu Sinnen kommen musste.

»Kaffee«, sagte sie gehetzt und stand unter Schmerzen auf, um sich in der kleinen Küchenzeile eine Tasse zuzubereiten.

Während sie auf dem Bett saß und abwechselnd Wasser und Kaffee in sich hineinschüttete, versuchte sie, das zerwühlte Bett und den Geruch nach Sex zu ignorieren, der in Julians Schlafzimmer in der Luft zu hängen schien.

Sie berechnete den Zeitunterschied und wie lange sie brauchen würde, um sich fertig zu machen und nach Hause zu fliegen, dann kam sie zu dem Entschluss, dass ihr noch sehr viel Zeit blieb, um rechtzeitig vor Arbeitsbeginn wieder anzukommen. Das linderte jedoch nicht den stechenden Schmerz in ihrer Brust, der dadurch hervorgerufen wurde, dass sie Julian nicht noch einmal gesehen hatte, bevor er gegangen war.

Ehrlicherweise war ihr klar gewesen, dass er hatte abreisen müssen, oder er wäre zu spät zu seinem Dreh gekommen. Der Drehort war einige Bundesstaaten südlich von Maine gelegen, aber die Reise dorthin würde genauso lange dauern wie ihre eigene. Und als er gesagt hatte, dass er am frühen Morgen dort sein musste, hatte er untertrieben. Er musste um drei Uhr morgens in der Maske sitzen.

»Das Märchen ist vorbei, Aschenputtel. Es wird Zeit, sich zurück in einen Kürbis zu verwandeln.«

Sie stand auf, trank ihr Wasser aus und warf die Flasche in den Müll, bevor sie ihren Kaffee nahm und sich auf den Weg in ihr eigenes Schlafzimmer machte.

Dort würde sie nicht daran erinnert werden, was in dem anderen Raum geschehen war.

Dort konnte sie dem Geruch der heißen Begegnung entkommen, die ihre Welt aus den Angeln gehoben hatte.

Dort konnte sie sich in die Frau verwandeln, die sie wirklich sein sollte.

Sie verließ das Zimmer, ohne sich noch einmal umzusehen, und schloss fest die Tür hinter sich.

Drei Wochen später ...

»Ich weiß nicht, wie ich euch für all das danken soll, das ihr hier getan habt«, sagte Kristin aufrichtig zu Carl und Sandie.

Was konnte sie schon zu zwei Menschen sagen, die das Ansehen des *Shamrock's* verbessert und die Bar profitabler gemacht hatten, als es ihr Vater jemals zu träumen gewagt hätte? Jetzt kamen die Gäste sogar aus den anliegenden Städten, nur um diese Kneipe zu besuchen.

Das Paar reiste ab und würde mit Jareds Privatflugzeug nach Kalifornien zurückkehren, wo es zuhause war. Doch sie hatten einige sehr talentierte Nachwuchskräfte hinterlassen, die schon ganz alleine die Gäste anziehen konnten.

»Uns brauchst du nicht zu danken«, antwortete Carl gesellig. »Julian hat uns am Anfang durch Mundpropaganda geholfen, als unser Restaurant noch neu und unbekannt war. Seit er Berühmtheit erlangt hat, redet er viel von unserem Lokal. Dank ihm haben wir so viel Kundschaft.«

Kristin schüttelte den Kopf. »Er hat euch vielleicht geholfen, aber ihr zwei seid ein fantastisches Team. Sandies Gerichte werden noch für lange Zeit in aller Munde sein.«

»Es wird sie auch weiterhin geben«, antwortete Sandie selbstbewusst. »Ihr habt jetzt einige gute Köche und ihr könnt sie euch leisten.«

Dankbar umarmte Kristin die beiden, noch immer erstaunt darüber, wie schnell die Kneipe zu dem Ort in Amesport geworden war, den man *unbedingt* besuchen musste.

Es war kaum vier Uhr und Kristin hatte die Arztpraxis verlassen, um zum *Shamrock's* zu gehen und sich von Sandie und Carl zu verabschieden. Das Lokal war bereits gerammelt voll, trotz der schnellen Renovierung, die vorgenommen worden war, um mehr Tische und Sitzplätze am Tresen zu schaffen.

Irgendwann hatten sie sich tatsächlich vergrößern, ein weiteres Gebäude an das bereits bestehende anbauen oder umbauen wollen, wenn die Dinge sich wie jetzt in eine positive Richtung entwickelten. Die Zeit würde es zeigen, doch jetzt servierte die Küche die besten Delikatessen der Stadt und die Gäste kamen in Scharen, um die neuen, verbesserten Gourmet-Burger und Spezialitäten zu kosten sowie den talentierten neuen Barkeepern dabei zuzusehen, wie sie ihre extravaganten Drinks zubereiteten. Die meisten Angestellten arbeiteten Teilzeit, doch alle waren von Carl und Sandie angelernt worden und sie veränderten die Atmosphäre einer müden Kneipe zu einem Ort, an dem sich alle versammeln wollten.

Um Platz für die zusätzlichen Sitzplätze zu schaffen, hatte eine Wand herausgenommen werden müssen, doch das Ganze war über Nacht geschehen und am nächsten Tag war bereits neu eingerichtet worden. Als Kristin sich die Einnahmen ansah, musste sie zugeben, dass es der Kneipe nicht geschadet hatte, zwei Tage geschlossen zu bleiben.

Sie winkte ihren beiden Rettern über die neue Einrichtung hinweg zu; Carl trug *immer noch* ein Paar Flip-Flops, als er durch die Tür nach draußen trat. Er hatte Kristin erklärt, dass er keinen Sinn darin sähe, sein Aussehen zu verändern, wo er doch in Kürze nach Kalifornien zurückkehren würde.

»Ich mag sie. Ich mag sie beide«, sagte Mara zu Kristin und sprach zum ersten Mal, als Kristin sich wieder in der Ecke niederließ, in der sie sich alle verabschiedet hatten.

»Mir geht es genauso. Sie werden mir fehlen. Die beiden sind das Beste, was diesem Ort seit langer Zeit passiert ist. Und sie hatten gerade erst angefangen. Dad hat eine Liste mit Dingen, die er tun will, wenn das Restaurant wächst. Er scheint glücklicher und aufgeregter zu sein, als ich ihn schon seit einer ganzen Weile gesehen habe.«

»Er verdient es«, sagte Mara und biss in einen saftigen Burger mit Guacamole, Chili und einer Kombination von anderen Zutaten, die es ihr erschwerten, diese enorme Kreation in ihren Mund zu schieben.

Mara stöhnte zufrieden, während sie kaute und schluckte. »Dieser Burger ist nicht nur riesig, er ist auch köstlich.«

Kristin lächelte und rührte in ihrer Cola Light herum. »Sandie hat die Köche gut eingearbeitet. Die Angestellten meines Vaters sind jetzt so anspruchsvoll, dass sie kein Gericht nach draußen schicken, von deren Perfektion sie nicht überzeugt sind.« Sie fand das lustig, denn das *Shamrock's* hatte eigentlich schon immer unterdurchschnittliches Essen serviert. »Die Köche hatten nur das Richtige lernen müssen. Leider war es mir nicht möglich, viel davon zu übernehmen. Ich wünschte, ich hätte es tun können.«

Nachdem sie ihren Mund abgewischt hatte, sagte Mara nachdrücklich: »Es ist nicht deine Schuld, Kristin. Sie alle haben Erfahrung und die Vision, etwas zu kreieren, weil sie es schon einmal getan haben. Es ist nicht so, als hättest du viel Erfahrung in der Kneipenszene.«

»Es fühlt sich so merkwürdig an«, teilte Kristin ihrer besten Freundin mit. »Ich habe immer nur gearbeitet. Jetzt, da Dads Lokal läuft und Gewinn abwirft, weiß ich nicht, was ich mit meiner Zeit noch anfangen soll.«

»Du könntest dich ein bisschen entspannen? Männer treffen?«, schlug Mara hoffnungsvoll vor. »Für mich arbeiten jetzt ein paar wirklich nette Kerle. Ich würde mich freuen, sie dir einmal vorzustellen.«

Kristin rollte mit den Augen. »Jetzt wo du deinen Traummann geheiratet hast, hoffst du doch nur, dass alle anderen das auch tun werden.« Sie kannte Mara zu gut. Weil ihre Freundin als Ehefrau von Jared Sinclair so glücklich war, wollte sie dafür Sorge tragen, dass ihre Freundinnen ebenfalls zufrieden waren. »Nicht alle sind für die Ehe geschaffen, Mara.«

Die Brünette schüttelte ihren Kopf, denn sie hatte den Mund voll. Als sie runtergeschluckt hatte, bemerkte sie: »Du bist es. Beatrice hat dir *den Stein* gegeben. Ich weiß, dass Julian auch einen bekommen hat. Bist du dir sicher, dass es nichts gibt, das du mir erzählen willst? Ihr beide wart zusammen in Las Vegas. In derselben Suite. Willst du mir wirklich weismachen, ihr habt euch das Zimmer nur geteilt, weil das Hotel ausgebucht war?«

Es hatte eigentlich nie eine Zeit gegeben, in der sie Mara nicht alles über sich erzählt hatte. Aber es gab einige Dinge, die einfach zu intim und frisch waren, um in diesem Augenblick besprochen zu werden. »Wir hatten bei der Hochzeit viel Spaß. Ich habe ihn ein bisschen besser kennengelernt. Aber er ist und bleibt kontrollierend und herrschsüchtig. Er ist einfach nicht mein Typ.«

Er war all das, was sie gerade erwähnt hatte, doch unter Julians Oberfläche gab es noch so viel mehr. Er war ein Mann, der seine Privatsphäre schätzte, dessen gesamtes Leben vom Ruhm jedoch auf den Kopf gestellt worden war. Wundersamerweise konnte er gut damit umgehen, akzeptierte es als einen Teil dessen, was er gern tat, ohne komplett abgehoben zu sein. Kristin nahm an, dass sein Selbstbewusstsein und seine Herrschsucht eher davon rührten, dass er ein Sinclair war und nichts mit seinem Status als prominenter Schauspieler zu tun hatten. Er war vermutlich mit dem Gefühl geboren worden, dass er die Welt kontrollieren könnte, wenn er nur wollte.

»Okay«, stimmte Mara eifrig zu. »Dann lass mich dir meinen Marketing Manager vorstellen. Er ist erfolgreich und sieht ziemlich heiß aus.«

In Wahrheit war Kristin nicht annähernd dazu bereit, mit Männern auszugehen. Sie dachte noch immer an Julian und daran, was an diesem magischen Wochenende passiert war. Nun gut, mit Ausnahme der Situationen, in denen sie sich übergeben hatte und verkatert war. Aber die restliche Zeit, die sie in der Stadt der Sünde verbracht hatte, konnte sie einfach nicht vergessen.

Nach diesem gestohlenen Wochenende hatte sie kein Wort von Julian gehört, nicht dass sie von ihm erwartet hätte, in Amesport aufzutauchen und nach ihr zu suchen. Als sie sich auf diese Affäre eingelassen hatte, war ihr bewusst gewesen, dass diese wenigen Tage eine Erfahrung sein würden, die niemals in die Realität übertragen werden konnte. Diese Kenntnis ließ ihr Herz jedoch nicht weniger schmerzen. Sie hatte einen anderen Julian kennengelernt als den, der immer alles tat, um sie zur Weißglut zu treiben.

Vorspiel.

In seinem sexy, heiseren Bariton hörte sie dieses Wort in ihrem Kopf und es bereitete ihr eine Gänsehaut. Als sie sich ihre Arme durch den Pullover rieb, sagte sie zu Mara: »Im Moment nicht, okay? Ich habe gerade ein wenig freie Zeit und würde gern einige Dinge tun.«

Mara sah sie misstrauisch an. »Und was?«

»Einige Bücher lesen. Die Fernsehserien anschauen, über die momentan alle sprechen. An einem Abend vielleicht einmal ins Kino gehen.«

»Das Kino ist ein idealer Ort für eine Verabredung. Du hast mir doch gerade erst erzählt, dass du nicht weißt, was du mit dir anfangen sollst. Jetzt sagst du mir, dass du dich wie ein Einsiedlerkrebs zurückziehen willst?«

»Ja, irgendwie hätte ich gern etwas Zeit für mich. Das hatte ich seit Jahren schon nicht mehr.«

Maras Gesichtsausdruck wurde weicher. »Ich weiß. Denk einfach darüber nach, okay?«

»Ich sage dir Bescheid, wenn ich mit meinen Büchern und Fernsehserien durch bin«, sagte Kristin und lächelte Mara an. Sie nahm einen Schluck von ihrer Limonade, bevor sie hinzufügte: »Ich habe mich bei dir noch gar nicht für das Kleid bedankt.«

Mara warf ihr einen verwirrten Blick zu, während sie sich die letzten Reste ihres Burgers in den Mund schob. »Was für ein Kleid?«

»Das neue, das du für die Hochzeit in meinen Koffer gepackt hast – zusammen mit ... den anderen Sachen. Du bist doch bei meinen Eltern vorbeigefahren, nicht wahr? Du hast meine Sachen gepackt.«

Die Brünette schüttelte den Kopf und tunkte einen ihrer Zwiebelringe in Ketchup. »Nein, das war ich nicht. Ich war ehrlich total glücklich, als ich herausgefunden habe, dass du doch zu der Hochzeit kommen würdest, aber ich habe deine Tasche nicht gepackt. Auch wenn ich das getan hätte, wenn ich der Meinung gewesen wäre, dass es dich nach Las Vegas bringt.«

Was. Zum. Teufel.

»Wie hat Julian es dann geschafft, eine Tasche für mich zu packen? Einige der Sachen gehörten mir.«

Mara zuckte mit den Schultern. »Ich habe keine Ahnung. Da musst du Julian fragen.«

»Die einzigen Menschen, die einen Schlüssel zu meiner Wohnung haben, sind meine Eltern und du«, sagte Kristin, noch immer erstaunt darüber herauszufinden, dass Mara nicht diejenige gewesen war, die ihr die sexy Unterwäsche in den Koffer gelegt hatte ... oder das winzige Kleid.

Das Unwissen machte sie noch ganz verrückt und sie wusste, dass sie ihren Eltern später einen Besuch abstatten musste.

»Frag deine Mom und deinen Dad. Vielleicht haben sie jemandem deine Sachen gegeben, um sie einzupacken.«

»Julian hat gelogen. Er hat mir gesagt, dass du es warst.«

»Ist das wirklich so wichtig?«, fragte Mara leise. »Ich kenne dich schon mein gesamtes Leben, Kristin. Wenn er nicht so hartnäckig gewesen wäre, wärst du hiergeblieben und hättest dir den Kopf über das *Shamrock's* zerbrochen.«

»Das ist gut möglich«, entgegnete Kristin steif. Sie machte sich nicht die Mühe, ihrer besten Freundin etwas vorzuspielen. Mara kannte sie einfach zu gut.

»Wenn Julian mich gefragt hätte, wäre ich seine Komplizin geworden«, gestand Mara. »Aber das hat er nicht getan. Es müssen deine Eltern gewesen sein.«

Als sie über die Möglichkeiten nachdachte, erschauderte sie. War Julian direkt zu ihren Eltern gegangen oder hatte noch jemand anderes mitgeholfen?

»Es ist schon etwas unangenehm, nicht zu wissen, wer seine Finger in der Schublade mit deiner Unterwäsche gehabt hat«, sagte Kristin unglücklich.

Mara lachte. »Hast du Angst, dein Vater könnte deinen Vibrator finden?«, fragte sie scherzhaft.

Nein. Ich habe Angst, dass ein Fremder eventuell den jämmerlichen Zustand meiner Dessous gesehen haben könnte. Ich hatte nie daran gedacht, dass es mein Vater hätte sein können, doch dieser Gedanke ist beinahe genauso schlimm.

Kristin grinste Mara spitzbübisch an. »Nein. Den verstecke ich nicht in meiner Schublade.«

Ihre beste Freundin lachte nur noch lauter, während sie ihre Mahlzeit aufaß. »Das war lecker.« Als Maras Augen zur Uhr wanderten, fügte sie schnell hinzu: »Mist! Ich muss mich beeilen. Ich habe eine Versammlung in der Fabrik.«

Kristin weigerte sich, Mara bezahlen zu lassen, und sagte ihr, dass die Rechnung aufs Haus ginge, weil sie das neue Essen getestet hatte. Sie sah zu, wie ihre Freundin einen wunderschönen Wollmantel anzog. Es war für Kristin noch immer gewöhnungsbedürftig, Mara, die früher einmal Puppenmacherin gewesen war, als erfolgreiche Geschäftsführerin ihres eigenen Unternehmens zu sehen.

Kristin drückte sie, als Mara ihre Arme um sie schlang und ihr mitteilte: »Ich werde an deinen Verabredungen arbeiten. Jetzt, da du abends endlich Zeit hast, gibt es keine Ausreden mehr, nicht ein paar neue Männer kennenzulernen. Nur weil die bisherigen egoistische Idioten waren, heißt das nicht, dass alle so sind.«

»Lesezeit, schon vergessen?«, erinnerte Kristin sie, als sie ihre Freundin zur Tür begleitete.

»Ja, ja.« Mara war nicht überzeugt. »Fang schnell an zu lesen. Ich werde Rob fragen, ob er morgen zum Abendessen schon etwas vorhat.«

Eigentlich hatte Mara Recht. Jetzt, da sie die Abende frei hatte, gab es für sie keinen Grund, sich *nicht* unverbindlich mit Männern zu treffen, doch aus irgendeinem Grund hatte sie ganz und gar kein Interesse an dieser Idee.

Warte ich insgeheim auf Julian? Er wird meinetwegen nicht zurückkommen. Das Ganze war nur eine Wochenendgeschichte. Das war mir klar, als wir zusammen waren. Es ist vorbei. Er hat die Sache bereits hinter sich gelassen und ich habe auch kein Wort von ihm gehört.

Sie winkte Mara zu, die aus der Tür huschte, noch bevor Kristin antworten konnte.

Sie kramte ihre eigene Jacke und ihre Handtasche hinter dem Tresen hervor, zog sich das alte Kleidungsstück an und verließ nach ihrer Freundin eilig das Lokal. Sie wollte unbedingt herausfinden, wie genau all die Veränderungen im *Shamrock's* vorgenommen worden waren ... und viel wichtiger noch ... warum?

Ihr Vater hatte ihr eine halbherzige Erklärung geliefert, doch sie war sich ziemlich sicher, dass sie nicht der ganzen Wahrheit entsprach.

Die kalte Luft verschlug ihr den Atem, als sie nach draußen trat und entschlossen den Bürgersteig entlang stapfte. Sie wusste ganz genau, wo sie mit ihren Nachforschungen beginnen würde.

»Du sagst mir also, dass du dich einfach so dazu entschlossen hast, völlig grundlos in die Bar meines Vaters zu investieren?«, fragte Kristin Liam Sullivan, als sie im neu renovierten Restaurant *Sullivan's Steak and Seafood* stand und mit Tessas Bruder sprach.

Ihr Vater hatte ihr gesagt, dass Liam ihm ausgeholfen hatte, nachdem sie aus Las Vegas zurückgekehrt war. Kristin wollte wissen, wie sehr Tessas Bruder in die Sache involviert war.

Das Restaurant war noch nicht für die Kundschaft geöffnet, würde es in Kürze jedoch sein. Sie hatte angenommen, dass Liam sich bereits im *Sullivan's* befinden würde. Glücklicherweise hatte sie ihn während der Vorbereitungszeit erwischt und war fest entschlossen, ihn zum Reden zu bringen.

»Nicht *grundlos*«, antwortete Liam ausweichend. Er hatte ihr den Rücken zugewandt und präparierte gerade den Hummer für die berühmten Hummerbrötchen des *Sullivan's*. »Ich war immer der Meinung gewesen, dass man aus dem Lokal ... mehr machen könnte. Jetzt, wo Tessa verheiratet ist, steht mir mehr Zeit zur Verfügung.«

Kristin stemmte die Hände in die Hüften. Sie wusste, dass sie diesen Schwachsinn aufdecken musste. »Und Unmengen von Geld? Irgendjemand muss meinem Vater sehr viel Geld zur Verfügung gestellt haben. Ohne eine satte Investition wäre das alles gar nicht möglich gewesen.«

»Ich habe Geld und ich habe ... einen Partner.«

»Wen?«, fragte Kristin hartnäckig.

Liam drehte sich zu ihr, sein Gesicht frustriert. »Julian Sinclair. Ich habe mich mit Julian geeinigt, weil ich der Meinung war, dass er gute Ideen und Visionen hatte. Ich kannte ihn nicht wirklich und er kannte mich nur durch meinen Ruf, weil wir zu meiner Zeit in Hollywood in der gleichen Branche tätig waren. Aber er hatte gar keinen direkten Kontakt zu deinem Vater. Er wollte die Hälfte meiner Investition übernehmen.«

Sie starrte ihn an und versuchte noch immer zu verstehen, warum Julian sich einer Geldanlage in Amesport verschrieben hatte. Liam war nicht das, was sie gemeinhin attraktiv nennen würde, doch er war groß und muskulös und die Gespräche mit ihm waren immer herzlich gewesen. »Hast du meinen Koffer für Las Vegas gepackt?«

Er warf ihr einen verwirrten Blick zu. »Auf gar keinen Fall. Warum würde ich das wollen?«

»Irgendjemand hat es getan.«

Liam zuckte mit den Schultern. »Vermutlich Julian. Er hat sich vielleicht den Schlüssel bei deinen Eltern abgeholt, als wir bei ihnen waren, um die Verträge zu unterschreiben.«

»Ich kann nicht fassen, dass meine Eltern das getan haben, ohne mich überhaupt zu fragen«, antwortete sie verstimmt.

»Warum? Es ist ihr Geschäft.«

»Ein Geschäft, für das ich mir jede freie Minute des Tages den Arsch aufgerissen habe, um uns über Wasser zu halten«, explodierte Kristin, als sie nach Atem rang. »Ich war jeden Abend im Lokal, weil ich wusste, dass mein Vater zu Hause bleiben musste. Ich habe mich um ihr Wohlergehen zu Tode gesorgt. Ich hätte gedacht, dass sie mich zumindest nach meiner Meinung fragen.«

»Tut mir leid«, brummte Liam. »Ich weiß, dass das alles nicht leicht für dich gewesen ist. Aber der Laden wirft Geld ohne Ende ab. Die Kunden sind wegen der Qualität des Essens hier ins *Sullivan's* gekommen, noch bevor wir renoviert haben. Dieses Restaurant war immer schon erfolgreich. Aber ich habe die Bücher des *Shamrock's* gesehen. Die Kneipe hat kaum einen Gewinn erzielt, obwohl ihr den besseren Standort habt. Der Laden hat einen Schub gebraucht, Kristin. Entweder das oder ihr hättet irgendwann rote Zahlen geschrieben und wärt dann vollkommen pleitegegangen. Und du konntest nicht ewig so viele Stunden arbeiten. Deine harte Arbeit war das Einzige, das deinen Vater vor dem Bankrott bewahrt hat.«

Er hatte Recht. Kristin wusste, dass Liam die Wahrheit sagte. Es half ihr jedoch nicht mit dem leeren Gefühl zu wissen, dass ihre Eltern sich nicht einmal die Mühe gemacht hatten, sie zu fragen, bevor sie die Hälfte der Bar verkauften. »Ich wünschte, sie hätten es mir gesagt.«

»Was hättest du ihnen geraten?«, fragte Liam neugierig.

Mit dem Wissen, das sie jetzt hatte, hätte sie sich für einen Verkauf eingesetzt. Ihr Vater konnte sich im Hintergrund halten und das Geschäft würde ihm dabei helfen, die Sorge loszuwerden, nicht genügend Geld zum Leben zu erwirtschaften. Und dennoch, wenn sie es gewusst hätte, bevor die ganzen Änderungen vorgenommen worden waren, hätte sie vielleicht anders darüber gedacht. »Ich weiß nicht«, gab sie leise zu.

»Dann ist am Ende vielleicht alles genau richtig gelaufen.«

»Warum war Julian interessiert?«, bohrte sie nach.

»Ich glaube, das musst du ihn fragen. Eigentlich war er derjenige, der die Idee gehabt hat. Nachdem wir herausgefunden hatten, dass wir uns vom Hörensagen kennen, haben wir uns eines Abends auf ein Bier getroffen. Es war seine Idee. Danach hat er die Dinge ziemlich schnell ins Rollen gebracht und ich wollte an dem Projekt teilhaben. Ich hatte das Geld für die Investition und konnte mir keinen besseren Ort vorstellen, der mit der richtigen Menüauswahl, Unterhaltung und gutem Management jede Menge Kunden anziehen würde. Es ist nicht die Schuld deines Vaters, dass das *Shamrock's* heruntergekommen war, genauso wenig, wie es deine ist. Es sind die Umstände.«

»Er hat eine gute Wahl getroffen«, antwortete sie und warf Liam ein kleines Lächeln zu. »Ich weiß, dass du viel Zeit im *Shamrock's* verbracht und einige ausgezeichnete Entscheidungen getroffen hast.«

Er zuckte mit den Schultern. »Es gibt mir etwas zu tun, wo wir doch nur abends geöffnet haben.«

Kristin grinste jetzt schon fast. Liam erzählte wirklich nur Blödsinn. Er hatte in das *Shamrock's* investiert und war zielstrebig genug, um es erfolgreich zu machen. »Welche Rolle spielt Julian in dieser Teilhaberschaft?«

»Er hat sich darum gekümmert, dass das Personal angelernt wird, was ziemlich gut funktioniert hat. Aber weil er die meiste Zeit unterwegs ist, hat er sich damit einverstanden erklärt, nach Ende der Einarbeitungszeit ein stiller Partner zu sein. Eigentlich hatte er nicht gewollt, dass irgendjemand erfährt, was er tut, aber du bist ziemlich gut darin, Informationen aus einem Mann herauszuquetschen.«

»Nicht immer«, sagte sie seufzend und dachte an die Tatsache, dass sie nicht annähernd so viel von Liam erfahren hatte, wie sie sich gewünscht hätte. Was zum Teufel war Julians Motivation, das alles für ihre Eltern zu tun?

»Wenn es dich beruhigt, ich glaube, er wollte nur helfen«, sagte Liam ernst. »Die Investition und die Gewinne werden für ihn nicht mehr als Wechselgeld sein.«

»Und für dich?«, wollte sie neugierig wissen.

Er drehte sich um und grinste sie an, dabei verzog er das Gesicht so, dass es kantig, aber dennoch attraktiv war. »Taschengeld«, antwortete er geheimnisvoll. »Ich bin zwar nicht so reich wie die Sinclairs, doch diese Geldanlage hat weder auf die eine noch auf die andere Weise großen Einfluss auf mich.«

Sie dankte Liam und verließ das Restaurant, mittlerweile schon sehr viel mehr im Bilde darüber, was im *Shamrock's* vor sich gegangen war. Was jedoch Julian Sinclair betraf war sie verwirrter, als sie es jemals in ihrem gesamten Leben gewesen war.

Kapitel 10

ara hatte Wort gehalten und eine Verabredung zum Kaffee mit ihrem Marketing Manager Robert Larkin arrangiert. Da Kristin keinen Ausweg aus der Situation sah, ohne unfreundlich zu wirken, hatte sie sich einverstanden erklärt, den Typen am nächsten Abend im *Brew Magic* zu treffen. Und es stellte sich heraus, dass er ziemlich attraktiv, ziemlich nett und auch ziemlich höflich war.

Leider würde Kristin in ihm jedoch niemals mehr als nur einen Freund sehen können. Zwischen ihnen sprühten einfach nicht die Funken, es fehlte die gegenseitige Anziehung.

Weil er nicht Julian ist.

Wütend auf sich selbst, weil sie immer noch an *ihn* dachte, nahm sie einen weiteren Schluck von ihrem Karamellkaffee mit Schokolade und hörte sich Robs Erzählungen darüber an, wie gern er Mara hatte und wie sehr er seinen Job schätzte.

»Kristin?«

Mit einem Mal wurde ihr bewusst, dass sie während Robs Lobgesang auf Maras Firma mit ihren Gedanken ganz woanders gewesen war. »Ja?« Sie richtete ihre Augen auf sein Gesicht, dieses Mal fest entschlossen, gedanklich nicht schon wieder abzudriften.

Rob sah freundlich aus, hatte dunkle Haare und Augen und den hochgewachsenen, schlanken Körperbau eines Mannes, der aussah, als würde er im Büro arbeiten.

»Ich habe dich gefragt, ob du Lust hast, mich zu der Weihnachtsfeier der Firma zu begleiten. Du hast mir nicht geantwortet.«

Vielleicht weil sie die Frage nicht gehört hatte. »Es tut mir leid. Ich weiß nicht, was ich sagen soll.«

Er lächelte sie an und ihr fiel auf, dass seine Zähne perfekt waren. Rob besaß das freundliche Lächeln und das ausgezeichnete Gebiss, das man sich bei einem Marketingfachmann vorstellte. Kristin war sich ziemlich sicher, dass er vor dem richtigen Publikum sehr überzeugend sein konnte.

»Sag Ja«, bat er und sein Lächeln wurde noch breiter und einladender.

Sie wollte nicht über Weihnachtsfeiern nachdenken, aber die Festtage würden in diesem Jahr schneller wieder vorbei sein, als sie es wahrhaben wollte, wenn sie nicht langsam ihre Weihnachtsliste in Angriff nehmen würde. Die Weihnachtskarten für Sarahs Praxis hatte sie bereits direkt nach Thanksgiving abgesandt, doch für ihre Freunde hatte sie bislang noch gar nichts gemacht.

Das hier bringt einfach nichts!

Rob war ein netter Kerl und er verdiente es, mit einer Frau zu dieser Party zu gehen, die wirkliches Interesse an ihm hatte. So sehr sie es an diesem Abend auch versucht hatte, Kristin wusste insgeheim, dass sie ungeduldig und abgelenkt wirkte. Und sie fragte sich ehrlicherweise, warum Rob überhaupt wollte, dass sie ihn zu der Feier begleitete.

Vielleicht weil ich Maras beste Freundin bin und er denkt, dass es ihn bei seiner Chefin in ein besseres Licht rückt?

Sofort hasste Kristin sich dafür, dass sie das Schlimmste von einem Mann dachte, der sich die Zeit genommen hatte, sie heute Abend zu treffen. Sicher, Rob war redegewandt, doch gute Kommunikation war Teil seiner Arbeit, ein höflicher Mensch, der potenzielle Kunden davon überzeugen konnte, Maras Produkte zu kaufen.

Kristin wollte ihm jedoch keine falschen Hoffnungen machen und den Eindruck erwecken, sie sei an mehr als nur einer Freundschaft interessiert, indem sie seine Einladung annahm. Es wäre ihm gegenüber nicht fair. »Ich habe wirklich –«

»Keine Zeit«, beendete ein heiserer Bariton ihren Satz und setzte sich auf den Platz neben sie. »Tut mir leid, sie kann dich nicht begleiten.«

Überrascht drehte sie den Kopf zur Seite, obwohl sie bereits wusste, wer neben ihr saß, denn sein Geruch und seine Stimme hatten sofort ihre Aufmerksamkeit erweckt.

Julian.

Er sah wütend aus und in seinen blauen Augen funkelte die Häme, als er Rob ansah.

Genervt teilte Kristin Rob mit: »Das hatte ich nicht sagen wollen.« Dann wandte sie sich Julian zu und fragte ärgerlich: »Was tust du hier?«

Er zuckte mit den Schultern. »Wo sollte ich denn sonst sein, Süße? Entschuldige, dass es so lange gedauert hat, bis ich zurückgekommen bin. Während des Drehs hat es einen kleinen Unfall gegeben, deswegen hat sich zeitlich alles verzögert. Und der Drehort war mitten im Nirgendwo. Ich hatte mit meinem Mobiltelefon kaum Empfang.«

Er sah fürchterlich mitgenommen aus, hatte blaue Flecke an seiner Stirn und unzählige Kratzer im Gesicht. »Was ist passiert?«, fragte sie, besorgt beim Anblick seiner sichtbaren Verletzungen.

»Nichts Ernstes.« Er wechselte das Thema. »Wer ist dein *Freund?*«

»Meine Verabredung«, korrigierte sie und sah Rob an. »Das ist Julian Sinclair.«

Als Mann, der offensichtlich keine Gelegenheit verpasste, um einen guten Kontakt zu knüpfen, streckte Rob seine Hand über den Tisch aus. »Ich habe dich erkannt. Robert Larkin. Ich arbeite für Mara, die Frau deines Cousins. Es freut mich, dich kennenzulernen. Ich habe deine Filme gesehen. Der letzte hat mir am besten gefallen.«

Julian murmelte zu sich selbst: »Du scheinst genau der Typ zu sein, bei dem das der Fall wäre.«

Kristin stieß ihm den Ellbogen in die Seite, nur um ihn vor Schmerzen aufstöhnen zu hören. »Oh Gott! Du bist ja wirklich verletzt.«

Sie fing an, sich Sorgen um Julians körperlichen Zustand zu machen.

»Mir geht es gut«, antwortete Julian ruppig, seine Augen noch immer auf Rob gerichtet. »Du hast gerade nicht wirklich eine Verabredung«, informierte er Rob nüchtern.

»Doch, die haben wir«, verkündete Rob fröhlich. »Ich habe Kristin erst heute Abend kennengelernt, doch ich kann schon jetzt erkennen, dass sie etwas Besonderes ist. Sie und Mara sind seit Ewigkeiten befreundet. Ich kann sehen warum. Ich hätte gern, dass sie mich zu der diesjährigen Weihnachtsfeier begleitet.«

»Das kann sie nicht«, warf Julian böse ein.

»Ich sehe keinen Grund warum nicht«, entgegnete Rob und zeigte noch immer sein Gewinnerlächeln.

Julian lehnte sich nach vorne, um körperlich näher an Rob heranzureichen, und warf dem kleineren Mann einen bitterbösen Blick zu. »Weil ich dich umbringen muss, wenn du sie nur anfasst.«

»Julian, mach dich nicht lächerlich«, sagte Kristin zu ihm, während ihr Herz alarmiert schneller schlug. Was zum Teufel war los mit ihm? Hatte er sich den Kopf schlimmer angeschlagen, als sie gedacht hatte?

»Hey Mann, ich habe nicht gewusst, dass du sie magst.« Rob hielt kapitulierend seine Hände nach oben.

»Selbstverständlich mag ich sie. Sie ist meine Frau!«, knurrte Julian, ergriff Kristins Hand und zog sie auf die Füße. »Lass uns nach Hause gehen.«

Rob warf Kristin einen fragenden Blick zu. »Du bist mit Julian Sinclair verheiratet?«

Sie schüttelte Julians Hand ab, denn ihr fiel auf, dass die Menschen um sie herum sie bereits anstarrten. »Hör auf damit! Hör auf, eine Szene zu machen!« Sie wandte sich wieder Rob zu. »Nein, wir sind *nicht* verheiratet. Ich glaube, er hat Wahnvorstellungen. Vielleicht hat er sich am Kopf verletzt. Aber ich bin nicht mit Julian Sinclair verheiratet. Es tut mir leid. Ich muss ihn zu einem Arzt bringen.«

»Nichts, was ein wenig von deiner Aufmerksamkeit nicht heilen würde«, flüsterte Julian ihr ins Ohr und rückte näher an sie heran.

Kristin nahm Julians Hand und drückte sie fest, damit er aufhörte zu reden. Dann zog sie ihn in Richtung Tür.

Er folgte ihr bereitwillig, hielt jedoch kurz an, um Rob mitzuteilen: »Mir war es ernst mit dem, was ich gesagt habe.«

Peinlich berührt führte Kristin Julian aus dem *Brew Magic* ins Freie. »Bist du verrückt?«, fragte sie ihn, als sie draußen standen.

»Ja. Das bin ich vermutlich.«

Sie drehte sich herum, um ihn anzusehen, und ließ dabei seine Hand los. »Bist du körperlich in Ordnung? Wenn ja, dann schwöre ich, dir in die Eier zu treten, weil du Rob erzählt hast, dass wir verheiratet sind.«

Zum ersten Mal, seit Kristin ihn heute Abend gesehen hatte, grinste Julian. »Dann trittst du also keinen Mann, der bereits am Boden liegt?«

Sie besah sich seinen riesigen, durchtrainierten Körper, der in Jeans und einem Hemd steckte. Sein schwarzer Wollmantel war geöffnet und flatterte im kalten Wind.

»Das würde ich gern. Aber nein, das kann ich nicht.« Sie war zu besorgt darüber, ob er nun ganz richtig im Kopf war oder nicht.

Er zeigte zu einem schwarzen Geländewagen, der am Straßenrand geparkt war. »Steig ein.«

»Du solltest nicht fahren«, schalt sie ihn.

»Mir geht es gut«, antwortete er heiser. »Aber ich erhole mich immer noch davon, dich bei einer Verabredung mit einem anderen Mann gesehen zu haben. Was zum Teufel hast du dir dabei gedacht?«

Er drückte auf seinen Schlüssel, um die Autotüren zu entsperren, und hielt ihr die Beifahrertür auf.

Sie setzte sich in den Wagen. Der kalte Wind wurde langsam aber sicher ungemütlich.

Als Julian auf der Fahrerseite Platz nahm, fragte sie erneut: »Solltest du fahren? Du hast fast schon so ausgesehen, als würdest du glauben, was du da eben gesagt hast.«

Er griff in seine Jackentasche, zog ein gefaltetes Blatt Papier heraus und ließ es in ihren Schoß fallen. »Es ist mir todernst, Scarlet. Wir *sind* verheiratet. Es gefällt mir nicht, dich mit einem anderen Mann zu sehen, während ich bei der Arbeit bin. Darüber hinaus weiß ich sehr genau, was ich sage.«

Ihre Hand wanderte zur Decke, wo sie das Leselicht einschaltete, während Julian den Wagen startete.

Es war eine Heiratsurkunde mit ihrem und Julians Namen als Braut und Bräutigam. Ihre Augen suchten nach ihrer Unterschrift und sahen, dass sie ihr ähnelte, wenngleich sie etwas krakelig war. »Ich kann das unmöglich unterschrieben haben. Wann ist das passiert?«

»Irgendwann nach dem Champagnerfrühstück und bevor ich gegangen bin. Ich kann mich inzwischen an einige Dinge der Zeremonie erinnern, aber bevor ich abgereist bin, habe ich von nichts gewusst.«

»Oh Gott.« Kristin starrte das Papier an, doch ihr Körper verspannte sich bei dem Gedanken, dass sie tatsächlich in Las Vegas geheiratet hatte. »Warum würden wir so etwas tun?«

Er schüttelte den Kopf. »Was in Las Vegas passiert, bleibt nicht immer dort. Manchmal tut man dort etwas, das Konsequenzen für den Rest des Lebens birgt.«

»Wir können das nicht getan haben, Julian. Das muss ein Witz sein.«

»Sieht dieses Papier deiner Meinung nach so aus wie eine gefälschte Heiratsurkunde? Ich habe angefangen, mich an mehr und mehr zu erinnern, also habe ich eine Kopie angefordert. Es ist legitim, Kristin. Wir haben geheiratet, als wir beide vollkommen betrunken waren.«

»Wir können die Hochzeit annullieren lassen, nicht wahr?« Kristin brach jetzt in Panik aus.

»Vermutlich nicht auf legalem Weg. Wir hatten Sex und an den Teil erinnere ich mich verdammt gut«, sagte er. »Die beste Nacht meines Lebens. Auch wenn die Erinnerung an das, was nach unserer Hochzeit passiert ist, eher verschwommen ist, bin ich mir sehr sicher, dass wir unsere Hochzeitsnacht vollständig ausgekostet haben, als wir ins Hotel zurückgekehrt sind. Das war allerdings vielleicht nicht meine beste Vorstellung, denn wir waren beide ziemlich betrunken.«

»Bleib ernst!«, antwortete sie verstimmt. »Wir haben hier ein Problem, das wir lösen müssen. Ich kann mich an gar nichts davon erinnern.«

»Was ist das Letzte, das dir noch einfällt? Ich werde versuchen, deinem Gedächtnis auf die Sprünge zu helfen.«

Kristin durchsuchte ihr Gehirn nach Informationen. »Ich erinnere mich daran, gesagt zu haben, dass wir nun frühstücken gehen. Dann weiß ich nur noch, dass ich mit dem schlimmsten Kater meines Lebens aufgewacht bin. Das allein war schon genug, um mich dazu zu bringen, nie mehr trinken zu wollen.« Seit diesem Morgen hatte sie keinen Tropfen Alkohol mehr angerührt.

»Zumindest erinnerst du dich an den Teil mit dem heißen Sex«, sagte er und grinste sie an.

»*So* heiß war er gar nicht«, log sie.

»Dummes Zeug«, antwortete er amüsiert. »Du hast es mir gesagt. Es war perfekt.«

»Ich erinnere mich nicht daran«, log sie erneut. »Ich dachte, wir wären nicht dazu in der Lage gewesen, das Gebäude noch einmal zu verlassen.«

»Der Sicherheitsdienst hat uns dabei geholfen, aus der Hintertür zu verschwinden, und ich habe meine Baseballkappe und meine Sonnenbrille getragen. Ich erinnere mich daran, wie glücklich du warst, besonders nachdem wir dort, wo wir gegessen haben, jede Menge kostenlosen Champagner getrunken haben. Danach erinnere ich mich dunkel daran, dass wir die Formulare für eine Heiratsurkunde ausgefüllt haben, und an die kurze Zeremonie, bei der fremde Menschen unsere Trauzeugen waren. Du hast gesagt, dass du keine Fotos machen willst, weil du dich an solche Momente immer detailliert für den Rest deines Lebens erinnern würdest. Ich gehe davon aus, dass da der Alkohol in dir gesprochen hat, weil du dich an gar nichts erinnern kannst«, erklärte er trocken.

Sie schaltete das Leselicht aus, um Julian das Fahren zu erleichtern, dann steckte sie die Urkunde in ihre Handtasche. »Wenn wir die

Hochzeit schon nicht annullieren lassen können, könnten wir uns aber mit Sicherheit scheiden lassen.«

»Das könnten wir«, stimmte er freundlich zu. »Aber ich denke nicht, dass wir das tun werden.«

»Was soll das heißen? Selbstverständlich müssen wir das aufklären und uns scheiden lassen. Keiner von uns wusste, was wir taten. Ich will nichts von deinem Geld. Ich will nur frei sein.«

»Damit du mit Rob zusammen sein kannst?«, knurrte Julian.

»Damit ich eines Tages jemanden heiraten kann, der mich liebt, und damit du dieselbe Möglichkeit hast. Wir können nicht einfach so tun, als wäre nichts geschehen, Julian. Irgendwann wird es einen von uns in den Hintern beißen.« Höchstwahrscheinlich würde er es sein, denn sie hatte definitiv keinen heiratsfähigen Mann in Aussicht.

»Was ist mit dem schleimigen Verkäufer?«

»Woher weißt du, dass er im Verkauf arbeitet?«

»Weil er sich so verhalten hat, als wollte er versuchen, etwas zu verkaufen.«

»Er ist nicht der richtige Mann für mich«, gab Kristin seufzend zu. »Aber es könnte in der Zukunft jemanden geben. Bevor du uns so unhöflich unterbrochen hast, war ich gerade dabei, Rob einen Korb zu geben.«

»Gut«, entgegnete Julian selbstzufrieden.

Kristin lehnte sich in ihrem Sitz zurück und schloss entsetzt die Augen. »Ich kann nicht fassen, dass ich dich geheiratet habe. Wir mögen uns nicht einmal.«

»In dem Punkt täuschst du dich, Kristin. Ich habe dich nie nicht gemocht.«

»Wir streiten uns viel.«

»Vorspiel«, erklärte er ihr mit einem spitzbübischen Lächeln.

»Eine Heirat besteht aus sehr viel mehr als nur Sex«, warf Kristin ein. »Man muss loyal zueinander sein. Der Partner muss gleichzeitig der beste Freund sein.«

»Ich habe mit keiner anderen Frau geschlafen. Und ich habe dir Dinge erzählt, über die ich normalerweise nicht spreche«, sagte

Julian, als er auf eine zweispurige Autobahn wechselte, die aus der Stadt herausführte.

Ihr Herz raste noch schneller. »Du hast mit niemand anderem Sex gehabt?«

»Natürlich nicht. Ich wusste, dass ich verheiratet war.«

»Warum hast du mir nichts gesagt?«

Julian lehnte sich in seinem Sitz zurück und trommelte mit den Fingern auf das Lenkrad. »Wir hatten wirklich schlechten Handyempfang. Und ich wollte es dir nicht so mitteilen, ohne dass du es gewusst hattest.«

»Wo fährst du hin? Du hast die Ausfahrt zu meiner Wohnung verpasst.«

»Mein Haus ist fertig. Es ist schön. Wir können dorthin fahren.«

»Ich habe nicht einmal frische Anziehsachen mitgenommen. Ich muss nach Hause, Julian.«

»Wir fahren nach Hause. Und ich habe meiner Assistentin aufgetragen, neue Kleidung für dich zu kaufen.«

»Ich kann nicht mit dir zusammenleben.« *Meine Güte!* Kristin fragte sich zum wiederholten Mal, ob er noch ganz zurechnungsfähig war. An seinen Fahrkünsten war nichts auszusetzen und er schien zu wissen, wo er hinwollte.

»Du vergisst etwas sehr Wichtiges«, sagte er mit besorgter Stimme.

»Was? Dass wir geheiratet haben und ich nicht einmal weiß, ob unser Ehebund durch Elvis oder auf die Schnelle von irgendeinem Vegas-Pfarrer geschlossen wurde?«

»Nein«, sagte er ruhig. »Aber wir haben heißen, verschwitzten Sex gehabt, ohne zu verhüten. Das ist wahrscheinlich der Grund, warum ich dich so schnell sehen musste. Das und die Tatsache, dass ich dich vögeln wollte, seit du deinen frechen Mund aufgemacht hast.«

»Ich weiß, dass wir miteinander geschlafen haben. An den Sexteil erinnere ich mich.«

»Dann ist dir sicher auch bewusst, dass die Möglichkeit besteht, dass du schwanger geworden sein könntest?«

Plötzlich sagte Kristin nichts mehr. Sie legte sich ihre Hand auf den Bauch und musste erschrocken zugeben, dass ihr dieser Gedanke *nicht* gekommen war.

Kapitel 11

»Ist es das, worum du dir Sorgen machst?«, fragte sie leise.

»Ja, um Himmels willen! Ich habe keine Ahnung, ob du bereit bist, ein Kind zu kriegen. Aber um alles andere mache ich mir keine Gedanken. Ich bin mir sicher, dass ich eine ganze Reihe von Kindern finanziell unterstützen könnte, und ich hätte gern ein Kind. Vielleicht jetzt noch nicht, aber irgendwann einmal.«

Sie wollte ihn fragen, was er tun würde, *falls* sie schwanger wäre, doch sie konnte ihn nicht weiter zappeln lassen. »Ich bin nicht schwanger. Nach meinem letzten Freund, mit dem es vor ein paar Jahren auseinanderging, habe ich die Pille nie abgesetzt. Sie hilft mir dabei, meine Periode regelmäßig zu bekommen, deswegen habe ich sie weiter genommen. Ich habe meine Tage bereits gehabt. Es gibt kein Baby.«

Kristin rieb sich unterbewusst über ihren Bauch, beinahe schon über etwas trauernd, das gar nicht erst begonnen hatte.

»Bist du dir sicher?«, fragte er und klang fast schon enttäuscht.

»Ganz sicher.« Sie konnte sich nicht helfen, doch in ihrer Stimme schwang die Traurigkeit mit.

»Süße, möchtest du ein Kind?«

Sie nickte, obwohl er sie nicht sehen konnte. »Mehr als alles andere. Aber ich glaube nicht, dass ich einem Kind etwas bieten könnte. Verdammt, ich kann mich kaum selbst über Wasser halten.«

»Damit ist es jetzt vorbei«, teilte er ihr ruhig mit. »Du hast einen Mann. Du hast mich.« Julian bog auf eine frisch asphaltierte Straße ein und dann in eine Einfahrt, die von Straßenlaternen in perfektem Abstand gesäumt war, um den Weg zu seinem Haus zu erhellen. »Wir sind zu Hause.«

Kristin blieb der Mund offen stehen, als sie das hell erleuchtete Backsteinhaus sah. Es war nicht nur riesig, es war auch elegant. »Wirst du hier ganz alleine wohnen?« Das Gebäude war enorm, eine Villa der ganz exklusiven Sorte. Nicht dass sie von einem Sinclair weniger erwartet hätte, doch es war noch immer sehr eindrucksvoll.

»Nein. Ich werde hier mit dir wohnen«, antwortete er lachend, als sich die Garagentür öffnete und er den Wagen hineinfuhr.

»Auf. Keinen. Fall«, sagte sie steif. »Ich gehe nach Hause.«

Julian zuckte mit den Schultern. »Wir sind zu Hause.«

»Ich habe meine eigene Wohnung und ich hätte gern, dass du mich zurück in die Stadt fährst.«

Als er fertig geparkt hatte, schloss er das automatische Garagentor und stieg aus dem Wagen. »Warum? Wir sind verheiratet.«

Kristin zeigte ihre Zähne, denn sie wusste, dass er sich mit Absicht dumm stellte. Sie konnte nur nicht verstehen wieso. »Wir müssen uns scheiden lassen«, teilte sie ihm ärgerlich mit, als sie ebenfalls ausstieg, um mit ihm zu reden, und ihm durch die Garagentür folgte. »Ich weiß, dass wir Sex hatten, bevor wir losgezogen sind und geheiratet haben, aber bist du dir sicher, dass wir es nach der Hochzeit getan haben? Erinnerst du dich daran?«

»Nicht an die Einzelheiten. Aber da ich mich kenne und dich jedes Mal vögeln will, wenn ich dich nur ansehe, kann ich mir schon vorstellen, dass wir es getan haben«, antwortete er vage.

Also keine Annullierung. Sie konnte nicht das Risiko eingehen, dass es nicht legal sein würde.

Wie erwartet war das Haus gigantisch, doch es verströmte nichtsdestotrotz eine heimelige Atmosphäre. Sie zog ihre Schuhe im Vorraum aus und ging hinter Julian her, der, ohne ein Wort zu sagen, das Haus betrat.

Das Gebäude war mit Gewölbedecken und einer professionellen Küche ausgestattet und wirkte einladend und warm; ein Gasofen, der bereits angezündet war, stand zwischen der Küche und einem Raum, der aussah wie ein riesiges Wohnzimmer. »Diese Küche ist der Wahnsinn«, murmelte sie und strich mit der Handfläche bewundernd über die Arbeitsflächen aus Granit.

»Ich habe davon keine Ahnung. Ich benutze immer nur die Mikrowelle«, teilte Julian ihr grinsend mit, als er seinen Mantel auszog und ihr die Jacke abnahm. »Möchtest du einen Rundgang?«

Sie sollte ablehnen, doch sie musste zugeben, dass sie neugierig war zu sehen, wie genau Micah ein Haus für Julian entwerfen würde. Ein riesiges Filmzimmer? Einen Ort, an dem man Videospiele spielen konnte? Welche Farben? In welchem Stil? Niemand kannte Julian so gut wie sein älterer Bruder. Nachdenklich fragte sie sich, ob Julian mit der Inneneinrichtung geholfen hatte.

»Ja«, antwortete sie schließlich kleinlaut und gab ihrem Wunsch nach, mehr von dem Haus zu sehen. Sie folgte ihm von Zimmer zu Zimmer, bis sie schließlich vor einem Aufzug haltmachten.

»Du hast einen Fahrstuhl in deinem Haus?«, fragte sie amüsiert. »Du siehst eigentlich so aus, als ob du die Treppe noch schaffen würdest.« Ihre Augen wanderten über seinen breiten, starken Körper.

Er bedeutete ihr, in den Aufzug zu treten. »Ich habe vielleicht keine Eltern mehr, du aber schon.«

Als sie verstand, was er ihr damit sagen wollte, musste sie schlucken. »Meine Mutter ...« Ihre Stimme verstummte.

Er nickte einfach nur und sagte dann: »Ich habe ebenfalls darüber nachgedacht, einen Hund zu adoptieren. Und was, wenn ich einen älteren Hund bekäme, der die Treppe nicht mehr bewältigen könnte?«

Kristin schüttelte sich, um ihren Kopf wieder frei zu bekommen. Sie erinnerte sich daran, dass es nicht Julians Plan gewesen war, mit ihr hier zu leben, als das Haus gebaut worden war. Einen Aufzug einzubauen war vermutlich Micahs Idee gewesen. Wenn jemand eine Luxusvilla haben würde, dann machte ein Fahrstuhl schon Sinn.

»Du willst wirklich einen Hund haben?« Kristin musste zugeben, dass sie überrascht war.

»Ich mag Hunde. Aber seit mein Labrador gestorben ist, als ich ein Jugendlicher war, habe ich nie mehr einen Hund besessen. Ich habe nie die Zeit für ein Tier gehabt.«

Kristin seufzte, als sie das obere Stockwerk betrat. »Ich habe immer eine Katze haben wollen.«

»Ich hatte nie eine, aber ich bin bereit, es auszuprobieren. Ein Hund und eine Katze, die sich miteinander verstehen.«

»Julian«, sagte sie warnend.

»Was?«, fragte er unschuldig, während er ihr die Schlafzimmer zeigte, von denen eines tatsächlich eine Suite war, die ihr eigenes kleines Wohnzimmer und Badezimmer besaß. »Ich unterbreite dir nur ein paar Möglichkeiten.«

»Ich werde nicht mit dir zusammenleben.«

Kristin stutzte, als sie die riesige Bibliothek sah, die an das Wohnzimmer der Suite angeschlossen war. »Meine Güte!«

Der Raum war von Regalen gesäumt, die vom Boden bis zur Decke reichten, und sie alle waren voller Bücher, die wiederum alle nach Kategorie beschriftet waren. Während Kristin langsam den Raum durchschritt und beeindruckt von oben nach unten sah, stellte sie fest, dass er von Philosophie über die Klassiker bis hin zu einer Horrorkollektion mit Science-Fiction gleich daneben alles besaß.

»Du liest wohl gern«, sagte sie leise, als sie mit den Fingern zärtlich über die Einbände einiger Bücher strich. »Du hast hier eine ziemlich große Sammlung.« Sie saß in dem gemütlichen Eckfenster, in dem locker zwei Platz hatten. »Ich liebe das hier!«

Julian verschränkte die Arme vor der Brust und grinste. »Ich habe mir bereits gedacht, dass es dir gefallen könnte. Von diesem Fenster aus kannst du das Meer sehen. Im Sommer wirst du hier sitzen und lesen können, während du den Wellen beim Rauschen zuhörst.«

»Oder dabei, wie ein Sturm aufzieht«, sagte sie sehnsüchtig und gab sich einen Augenblick lang Julians Fantasie hin. »Ich liebe Gewitter.«

F. A. Scott

»Ich auch«, stimmte er heiser zu. »Sie erinnern mich daran, dass es Dinge gibt, die außerhalb unserer Kontrolle liegen, Dinge, die so viel größer sind als wir.«

Vielleicht war es merkwürdig, diese Worte aus Julians Mund zu hören, doch Kristin empfand dasselbe.

Er trat einen Schritt nach vorn und streckte seine Hand aus. Sie nahm sie und ließ sich von ihm beim Aufstehen helfen.

»Da ist noch eine Sache«, sagte er erfreut. »Das Schlafzimmer.«

Sie kicherte, denn er klang wegen seines neuen Zuhauses so aufgeregt, dass sie ihm bereitwillig folgte. »Was ist damit?«

Als er eine Verbindungstür im Schlafzimmer erreichte, drehte er einen Knauf, drückte die Tür auf und winkte sie hinein.

Das Erste, was ihr auffiel, war die Badewanne. Sie hätte sie auch kaum übersehen können. Sie war riesengroß und das Herzstück des Raumes. Es sah so aus, als hätte jemand einen übergroßen Kristall aufgespalten und die Wanne herausgeschnitzt, die sich direkt neben der gigantischen Dusche im Badezimmer befand. Die Wanne war halb in den Boden eingelassen, um ein- und aussteigen zu können. Blaue Farbtöne schimmerten auf der weißen Oberfläche und es war eines der einladendsten Dinge, die sie je gesehen hatte. Als sie sich umsah, fielen ihr die Größe des Raumes und das elegante, zeitgenössische Design auf, das allem das i-Tüpfelchen aufsetzte. »Du heiliger Strohsack«, flüsterte sie.

»Wann immer du sie benutzten willst, gehört diese Badewanne dir«, schmeichelte Julian.

»Es ist *deine* Wanne. Ich würde darin vermutlich ertrinken«, antwortete Kristin, wobei sie versuchte, sich in dieser enormen Wanne vorzustellen, und kläglich scheiterte.

»Es wäre mir ein außerordentliches Vergnügen, hineinzuspringen und dich zu retten«, sagte er freundlich.

Kristin dachte daran, wie sie untertauchen würde, nur damit Julian seinen attraktiven Körper entblößen und ihr zu Hilfe kommen würde. In diesem Ding war genügend Platz für zwei. Tatsächlich war darin sogar so viel Platz, um eine Orgie feiern zu können, falls irgendjemand auf solche Praktiken stand.

Sie sah ihn resigniert an. »Du hast ein wunderschönes Haus. Vielen Dank, dass du mir alles gezeigt hast. Aber jetzt muss ich wirklich wieder zurück in die Stadt.«

»Es ist auch dein Haus«, brummte er unglücklich.

Das Märchen hatte geendet, als sie Las Vegas verlassen hatte, und das durfte sie nicht vergessen. »Das hier ist dein Leben, nicht meins«, sagte sie ernst und ging in Richtung Treppe.

Er kam ihr hinterher. »Kristin? Was ist los?«

»Ich kann das nicht. Ich kann nicht so tun, als sei diese Ehe irgendetwas anderes als ein riesiger Fehler.« Sie unterdrückte ein Schluchzen und ihre Augen füllten sich mit Tränen, als sie die erste Stufe nehmen wollte, die Entfernung falsch einschätzte und nach vorne fiel.

»Scheiße. Kristin. Nein!«

Ein muskulöser Arm schlang sich um ihre Taille und zog sie zurück, doch Julian schlug seitlich auf und stöhnte, bevor er die lange Treppe hinunterfiel, weil er bei der Aktion, sie zurückzuhalten, damit sie mit ihrem Hintern auf der zweiten Stufe landete, sein Gleichgewicht verlor.

»*Oh Gott!* Er ist verletzt«, entfuhr es ihr und mit einem Mal verstand sie, warum er kurz vor seinem Fall so geklungen hatte, als hätte er Schmerzen. »Julian!«

So schnell es ihr möglich war lief Kristin die Stufen hinunter und fiel neben seinem reglosen Körper am Fuß der Treppe auf die Knie.

Julian lag mit geschlossenen Augen auf dem Rücken, sein Kopf blutete. Die Stufen waren aus Marmor und es hatte absolut nichts gegeben, das seinen Fall hätte abfangen können.

»Oh Gott! Es tut mir so leid«, stammelte sie vor sich hin, während sie nach seinem Puls suchte und dann erleichtert merkte, dass sich seine Brust hob und senkte.

Sie war zwar voller Reue, doch sie schaltete sofort in den Medizinmodus um. Die blutige Pfütze auf dem Boden ignorierend zog sie ihr Telefon aus der Gesäßtasche ihrer Jeans und wählte die Notrufnummer, um einen Krankenwagen anzufordern.

Ich hätte mich nicht so aufführen sollen. Er hat sich nur noch mehr verletzt, um mich vor dem Fall zu bewahren.

Nachdem sie aufgelegt und das Telefon wieder in ihrer Tasche verstaut hatte, lief sie in die Küche und öffnete eine Schublade nach der anderen, bis sie ein sauberes Handtuch gefunden hatte. Das benutzte sie, um Druck auf die riesige Platzwunde auf seiner Stirn auszuüben.

Als er begann, sich zu bewegen, versuchte sie, ihn ruhig zu halten. »Lieg still. Ich bin mir nicht sicher, ob du dich am Hals oder an der Wirbelsäule verletzt hast«, sagte sie ernst. »Der Krankenwagen ist unterwegs.«

Er blinzelte, als er seine wunderschönen blauen Augen öffnete, und sein Blick landete beinahe sofort auf ihrem Gesicht. »Lauf nicht weg«, bat er erschöpft.

»Ich gehe jetzt nirgendwohin. Du hast dich fast umgebracht. Was hast du dir nur gedacht?« Sie hielt das Handtuch weiterhin fest auf seinen Kopf gedrückt und sah auf ihn herab. Als sie darüber nachdachte, dass er sich in Gefahr gebracht hatte, um sie davor zu bewahren, die Treppe hinunterzufallen, schmolz ihr Herz dahin.

»Entweder wäre ich gefallen oder du«, antwortete er und versuchte sich an einem schiefen Grinsen.

»Du hättest mich einfach loslassen können. Vielleicht hätte ich mich noch gefangen.«

»Vielleicht aber auch nicht«, widersprach er. »Besser ich als du. Mein Kopf ist härter.« Er versuchte aufzustehen.

Kristin drückte ihn sanft wieder auf den Boden. »Kannst du nur ein einziges Mal auf mich hören? Versuche nicht, jetzt aufzustehen.«

»Du bist so hübsch, wenn du versuchst, ernst zu sein.« Sein Gesicht war amüsiert. »Mir geht es gut.«

Wieder drückte sie ihn zurück. »Wenn du nur noch ein Mal versuchst, dich zu bewegen, ziehe ich dir eine über, damit du still bleibst«, drohte sie ihm.

Sie sah ihn böse an und er reagierte auf eine Art, die sie nicht erwartet hätte.

Er fing an zu lachen.

Kapitel 12

Am Ende blieb Kristin das Wochenende, um Julian zu pflegen, was ihn nicht unbedingt traurig machte. Wenn er einen Schlag auf den Kopf hinnehmen musste, damit Kristin sein Haus nicht verließ, würde er sich liebend gern noch einmal die Treppe hinunterwerfen, nur damit sie länger bei ihm bliebe.

Das Problem war nur, dass er sie nicht unter diesen Bedingungen bei sich haben wollte.

Er wollte sie hier haben, weil es für sie keinen anderen Ort auf dieser Welt gab, an dem sie lieber wäre, denn so empfand er für sie.

Er wollte alles.

Man konnte ihn egoistisch nennen, doch er wollte, dass sie mit *ihm* zusammen sein wollte.

Sie war gereizt und professionell gewesen, als sie bei ihm Anzeichen einer Gehirnerschütterung gesucht hatte, obwohl seine Röntgenaufnahmen in Ordnung gewesen waren. Er fühlte sich wirklich besser. Seine geprellten Rippen heilten gut und bis auf einige Verletzungen an seinem harten Kopf, die nach dem Treppensturz hatten genäht werden müssen, und der Frustration, die er spürte, weil er für zwei Tage zu einer faulen Couchkartoffel geworden war, ging es ihm gut.

»Du solltest bald wieder auf den Beinen sein«, informierte Kristin ihn kühl. »Ich muss jetzt los.«

Sie trug ihren Mantel, als wäre sie bereit zu gehen. »Wir müssen uns unterhalten«, sagte er aufrichtig.

»Wenn du wieder vollkommen gesund bist.«

»Das bin ich. Setz dich!«, forderte er und war zufrieden, dass sie sich auf einem der Stühle im Wohnzimmer niederließ, nicht jedoch ohne ihm einen sturen und genervten Gesichtsausdruck zu präsentieren.

Julian hatte sich bereits an *diesen* Blick gewöhnt und in der Regel bot er keine gute Basis für ein vernünftiges Gespräch, doch er war es verdammt leid, diese Diskussion immer wieder zu vertagen.

»Wir müssen verhandeln.«

Sie zog eine Augenbraue hoch. »Warum? Wir müssen dieses Problem aus der Welt schaffen, bevor alle davon erfahren. Es war ein Fehler.«

Autsch! Verdammt, sie wusste, wie sie dem Ego eines Mannes einen Dämpfer verpassen konnte.

Da er zum Glück normalerweise ziemlich dickköpfig war, nahm er es nicht persönlich. »Du willst die Scheidung. Ich nicht. Wie lösen wir das? Mir würden eine Milliarde Dinge einfallen, um diesen Prozess in die Länge zu ziehen.«

»Jetzt willst du mich also schikanieren und dein Geld zu deinem Vorteil einsetzen?«, fragte Kristin und klang dabei mehr traurig als wütend.

Scheiße! Das hasste er. Es war für ihn schlimmer, dass sie enttäuscht von ihm war, als sauer auf ihn zu sein. Tatsächlich würde er einen Streit mit ihr vorziehen. »Wenn es nötig ist«, antwortete er und hasste sich dafür, dass er der Folterer war, der er beschuldigt wurde zu sein. Aber er war verzweifelt und wusste, dass sie nicht nachgeben würde.

»Was willst du, Julian?«

Ich will deine Haare aus dem Pferdeschwanz befreien und dabei zusehen, wie sie über deine Schultern fallen, bis die wunderschönen roten Strähnen ungezähmt sind. Ich will dich nackt und heiß, und ich will, dass du mich berührst. Ich will alles, das du zu geben hast, und dann werde ich immer noch mehr wollen.

»Ich will, dass du bleibst«, sagte er endlich. »Gib uns eine Testphase von drei Monaten. Wenn du dann immer noch nicht mit mir zusammenleben willst, dann werde ich dafür Sorge tragen, dass die Scheidung schnell über die Bühne geht.«

»Warum? Das macht doch keinen Sinn.«

»Doch, das tut es. Sehr sogar. Wir beide funktionieren auf eine gewisse Art und Weise. Du kannst es abstreiten, so lange du willst, aber du fühlst genau wie ich, Scarlet. Ich sitze hier und denke daran, wie du mir nackt und auf Knien ausgeliefert bist, und ich weiß, dass dir genau das Gleiche im Kopf herumgeht.«

Sie rollte mit den Augen, doch ihr Gesichtsausdruck wirkte etwas schuldig. »Dann geht es also nur um Sex?«

Ja. Nein. Vielleicht.

Er verlor die Geduld. »Gut. Ja. Vielleicht können wir einfach so lange miteinander vögeln, bis wir übereinander hinweg sind. Vielleicht wird uns beiden langweilig werden und wir wollen aus dieser Nummer herauskommen. In diesem Augenblick ist mir jedoch lediglich klar, dass wir es höchstwahrscheinlich bereuen werden, wenn wir es nicht herausfinden. Ich weiß, dass es bei mir der Fall sein wird.«

Verdammt, er hatte schon seit geraumer Zeit gewusst, dass er Kristin begehrte, und war deswegen länger verstört gewesen, als er zugeben würde.

»Einer von uns könnte verletzt werden«, murmelte sie und ihre ausdrucksstarken grünen Augen sagten ihm, dass sie Angst davor hatte, dass sie es sein würde.

»Das ist möglich«, gab er zu, doch er wusste verdammt gut, dass er ihr niemals wehtun würde. Er war dazu nicht in der Lage. »Dieses Risiko besteht immer. Aber würdest du nicht lieber mit einem Arschloch abhängen, das du bereits kennst, um auszutesten, was möglich ist, als dies mit jemandem zu tun, der neu in dein Leben tritt?«

Sie musste sich auf die Lippe beißen, um nicht zu lachen. Auch Julian konnte sich nicht beherrschen und grinste zurück.

Und dann begann sie zu schnauben und lachte laut los. »Du bist verrückt!«, sagte sie, als sie endlich wieder zu Atem kam.

Er zuckte mit den Schultern. Es wäre nicht das erste Mal, dass er beim Thema Kristin seinen eigenen Verstand anzweifelte. »Sag einfach, dass du einverstanden bist. Dann können wir endlich zum angenehmeren Teil der Verhandlung übergehen.«

»Ich werde dich gar nicht erst fragen, was dieser Teil wohl beinhalten mag. Du erholst dich noch immer von einer Kopfverletzung, von den Prellungen und Schürfwunden, die du dir bei deinem letzten Filmdreh zugezogen hast, einmal ganz zu schweigen. Ich bin mir nicht einmal sicher, ob du im Moment noch ganz richtig im Kopf bist.«

»Baby, ich weiß ganz genau, was ich sage.« Sein Körper wies zwar ein paar Verletzungen auf, aber er war vollkommen zurechnungsfähig.

Sie verschränkte die Arme. »Ich könnte dich am Ende hassen, weil du mich so erpresst hast.«

»Das wirst du nicht«, versprach er. Er würde sie so gut behandeln, dass sie es nach einigen Wochen bereits vergessen haben würde. Das hoffte er zumindest!

»Ich werde alles tun, um dir das Leben schwer zu machen«, warnte sie.

»Und ich werde alles tun, um dir Lust zu bereiten«, sagte er geradeheraus. »Dann werden wir sehen, wer von uns gewinnt.«

»Morgen wirst du mich bereits anbetteln, dieses Haus zu verlassen«, sagte sie voraus und legte drohend ihre Stirn in Falten.

»Heute Abend wirst du mich anflehen, dich zu ficken«, gab er mit einem selbstzufriedenen Lächeln zurück. Sie konnte sagen, was sie wollte, er jedoch wusste, dass sie sich von ihm angezogen fühlte.

Sie seufzte und erhob sich, zog ihre Jacke aus und hing sie in den nächstbesten Schrank. »Gut. Mach was du willst.«

Ich habe soeben meinen Willen gekriegt.

Er hatte sie herausgefordert und sie konnte einfach nicht ablehnen.

Sie lehnte sich auf ihrem Stuhl zurück und blitzte ihn an. »Was passiert denn eigentlich, wenn du wegmusst? Oder hast du darüber nicht nachgedacht?«

»Ich fahre nirgendwohin«, verriet er. »Ich werde einige mehrtägige Reisen nach Kalifornien machen müssen, aber ansonsten bin ich zu Hause.«

Der ungläubige Blick auf ihrem Gesicht amüsierte ihn. »Du kannst nicht für unbestimmte Zeit hier in Amesport bleiben.«

»Selbstverständlich kann ich das. Es ist mein Haus. Ich wohne hier.« Ja, er wusste, dass er sie zur Weißglut trieb, wenn er sich absichtlich dumm stellte, doch er tat es trotzdem.

»Was ist mit deiner Karriere?«

»Ich habe mich verändert«, gestand er ihr mit ernstem Gesicht. »Der Ruhm ist nicht mein Ding und mir gefällt das Schreiben von Drehbüchern so viel besser als das Drehen von unterhaltsamen Filmen. Das überlasse ich den Schauspielern, denen am Schreiben nichts liegt. Ich ziehe es vor, mir lieber die Geschichten auszudenken, als sie zu spielen.« Er holte tief Luft und atmete aus, bevor er weitersprach. »Xander kommt nach seinem Entzug hierher und für mich wird es Zeit, mich bei Micah dafür zu revanchieren, dass er der Erwachsene in der Familie ist. Meine Eltern leben nicht mehr. Meine Brüder und Cousins sind alles, was mir noch bleibt.«

»Willst du mehr Zeit mit ihnen verbringen?«, fragte sie und ihr Ausdruck wurde freundlicher.

»Ja. Meine Eltern zu verlieren und beinahe auch meinen jüngsten Bruder hat mir gezeigt, wie wichtig Familie wirklich ist. In Amesport fühle ich mich zuhause. Frag mich nicht warum. Vielleicht weil meine Familie hier wohnt oder wegen dieses dämlichen Steins, den Beatrice mir gegeben hat, um auf den rechten Weg zu finden, aber hier ist, wo ich sein möchte. Wenn ich nicht hier bin, dann vermisse ich es, hier zu sein.«

Er war sich ziemlich sicher, dass seine Emotionen etwas mit der Tatsache zu tun hatten, dass eine heiße rothaarige Bedrohung hier ebenfalls lebte. Das erwähnte er jedoch nicht.

»Hast du deinen Kristall noch?«, fragte sie neugierig.

Er zog ihn aus seiner Tasche und hielt ihn hoch. »Du nicht?«

»Doch«, gab sie errötend zu. »Er ist in meiner Tasche. Warum haben wir sie behalten? Es sind doch nur Steine.«

»Apachentränen«, korrigierte er. »Bei mir hat es funktioniert. Ich glaube, er hat mir dabei geholfen, das zu erkennen, was ich wirklich will. Wenn ich das nicht getan hätte, wäre ich jetzt nicht hier.«

Sie nickte. »Um deiner Familie zu helfen und näher bei ihr zu sein.«

Und um dir näher zu sein. »Warum ist es so schwer zu glauben, dass ich einfach nur Zeit mit dir verbringen will?«

Sie sah verwundert zu ihm auf. »Weil ich es nicht verstehe. Wir haben uns immer nur gestritten.«

»Nicht immer«, antwortete er mit tiefer, roher Stimme.

»Gut. Wir hatten *ein* gutes Wochenende. Aber ansonsten haben wir nichts gemeinsam. Ich bin in einer Welt aufgewachsen, in der jeder Pfennig gezählt hat. Ich war nie attraktiv. Um ehrlich zu sein wurde ich in der Schule gehänselt, weil ich eine Außenseiterin war – eine *pummelige, rothaarige, sommersprossige* Außenseiterin. Mara war damals eine meiner einzigen Freundinnen.«

Okay. Das war zwar schon Jahre her, doch Julian musste noch immer seine Fäuste ballen, um sich zusammenzureißen und nicht auf etwas einzuschlagen. »Was ist passiert?«

»Mein Dad war als junger Mann ein Boxer. Ich bin irgendwann an dem Punkt angelangt, an dem ich jeden verprügeln konnte, der mir irgendwie blöd gekommen ist«, erzählte sie ihm stolz.

»Deswegen hasst du den Spitznamen *Rotschopf*?«

Sie nickte. »Er wurde nie auf nette Art und Weise benutzt.«

»Das tut mir leid, Süße.«

Sie winkte ab. »Das ist lange her.«

Julian wusste, dass diese Erfahrungen ihr Selbstbild geprägt hatten. »Aber du weißt schon, dass du ein ziemlich falsches Bild von dir hast, nicht wahr?«

»Ich bin nur realistisch«, verteidigte sie sich.

»Nein, das bist du nicht. Das niedliche, rothaarige, sommersprossige Mädchen ist zu einer rothaarigen Sexbombe herangewachsen, die so heiß ist, dass fast jeder Mann deinetwegen feuchte Träume haben würde.«

»Du bist der Einzige, der das sagt«, antwortete sie und klang nervös.

»Vielleicht sagen es die Männer nicht, aber sie denken es. Glaub mir. Ich habe dich in einem kleinen schwarzen Kleid gesehen, das alle Schwänze aufrecht stehen ließ.«

»Warst du derjenige, der meine Unterwäsche durchwühlt hat?«

»Baby, wenn ich in deinem Höschen gewesen wäre, dann würdest du es wissen.« Er gab ihr die Antwort eines Klugscheißers.

Sie blickte böse drein und seufzte genervt. »Du weißt, was ich meine. Hast du das Kleid gekauft? Die Unterwäsche? Alles?«

»Eine meiner Assistentinnen in Kalifornien hat mir beim Aussuchen geholfen. Sie hat gesagt, dass es einer Rothaarigen gut stehen würde. Sie hat Recht gehabt.«

»Woher hattest du meinen Schlüssel?«

Oh verdammt, sie hat mit Mara gesprochen. Sie weiß, dass Mara mir nicht geholfen hat.

»Liam gehören die Wohnblöcke. Die Miete, die du zahlst, geht an eine seiner Hausverwaltungen.« Weil er auf ihrem Gesicht ablesen konnte, dass sie außer sich vor Wut war, fügte er schnell hinzu: »Gib ihm nicht die Schuld. Ich habe ihm gesagt, dass wir es eilig haben, die Stadt zu verlassen, um nach Las Vegas zu fliegen. Er hat mich reingelassen, bevor er gegangen ist.«

»Das ist immer noch sehr hinterhältig. Und er hat mich angelogen. Er hat mir gesagt, dass meine Eltern dir möglicherweise den Schlüssel gegeben haben. Was, wenn du nicht ehrlich zu mir wärst? Was, wenn irgendjemand anderes in meine Wohnung eindringen wollte?«

»Er denkt, dass du mich darum gebeten hast, deine Sachen zu holen. Er hatte keinen Grund, mir nicht zu glauben. Er ist nicht der Typ, der einen beliebigen Menschen in deine Wohnung lässt. Ich habe ihn angelogen und er hat versucht, mich nicht zu verraten. Vermutlich hat er nicht gewusst, was er sagen sollte, als er erkannt hat, dass du mich nicht wegen deiner Sachen geschickt hattest. Er war sich ziemlich sicher, dass ich nicht hinter deinem Geld oder deinen Kreditkarten her war, deswegen erwarte ich, dass er mich konfrontieren wird und die Wahrheit wissen will, bevor er die Tatsache gesteht, dass er mich hereingelassen hat.«

»Ich will nicht, dass Männer meine Unterwäsche durchwühlen.« Sie warf ihm einen genervten Blick zu.

Julian wollte nicht, dass irgendein anderer Mann außer ihm ihre Dessous berührte. »Ich habe nicht gewühlt. Ich habe nur einige Teile genommen und sie in den Koffer geworfen«, polterte er.

»Und meine Eltern? Mit wem haben sie das Geschäft gemacht? Mit dir oder Liam?«

»Ich habe zuerst mit ihnen geredet. Ich mag sie beide wirklich. Ich wollte ihnen helfen.«

Er sah, wie sich ihr Körper zum Schutz anspannte. »Du hast meine Mom und meinen Dad getroffen. Und sie *mögen* dich.«

»Ich kann charmant sein«, protestierte er. »Selbstverständlich mögen sie mich.«

»Ich habe mit ihnen noch nicht darüber gesprochen«, gestand sie. »Ich glaube, ich war verletzt, weil sie mir nie gesagt haben, dass sie einen Partner ins Boot holen ... oder gleich mehrere. Die Bar gehört mir zwar nicht, aber ich habe mir den Arsch abgerackert, damit wir nicht schließen müssen.«

»Ich habe sie gebeten, nichts zu sagen, bis ich es dir selbst erzählen kann.« Oh Gott, Julian hasste sich dafür, dass er nicht schon eher reinen Tisch gemacht hatte. Wieder sah er den enttäuschten Blick auf ihrem Gesicht. »Sie trifft keine Schuld. Ich weiß, wie viel Arbeit du in die Bar investiert hast. Ich hätte sie nicht darum bitten sollen, auf mich und mein Geständnis zu warten. Ich glaube, sie hatten zuerst deine Meinung einholen wollen.«

»Das bezweifele ich«, gab sie zurück. »Sie haben zu viele andere Sachen im Kopf.«

Julian spürte einen Stich in der Brust, einen Schmerz, der nicht verschwinden wollte. »Es muss schwierig gewesen sein, mit einer kranken Mutter aufzuwachsen.«

»Du weißt, dass sie Multiple Sklerose hat?«, fragte sie neugierig.

»Ja, das weiß ich. Hat sich ihr Zustand verschlechtert?«

Sie antwortete nicht und auch Julian wusste nicht, was er sagen sollte, damit sie sich besser fühlte. Ihre Mutter war arbeitsunfähig und nutzte eine Gehhilfe, manchmal sogar einen Rollstuhl, um sich fortzubewegen. Als er Dale und Cindy Moore getroffen hatte, war ihm sofort klar geworden, warum Kristin so verdammt hart schuftete.

Als er sah, wie die Tränen über Kristins Wangen strömten, war ihm alles egal. »Komm her«, forderte er sie auf und breitete die Arme aus. »Entweder du kommst zu mir oder ich werde dich holen.«

Innerhalb weniger Sekunden war sie aufgestanden und ließ sich von ihm halten.

Kapitel 13

Nachdem sie ihren Tränen erst einmal freien Lauf gelassen hatte, konnte Kristin nicht mehr aufhören zu weinen. Es fühlte sich an, als hätte die Wucht des Wassers den Damm gebrochen, der schon seit langer Zeit nicht mehr ganz stabil gewesen war. Jetzt musste alles aus ihr herausfließen.

»Pssst ... Süße. Erzähl mir davon«, sagte Julian mit tiefer, tröstender Stimme an ihrem Ohr.

Er lag auf dem Sofa und hielt ihren Körper an seinen gepresst. Die Atempause, die sie in dieser Position erhielt, fühlte sich himmlisch an. Julians Kraft war für sie ein willkommener Hafen. Wütend wischte sie sich mit den Fingern die Tränen aus dem Gesicht. »Ich war acht, als sie die Diagnose erhalten hat. Mom war fünfundvierzig und hat die sekundär progrediente MS. Jeder Patient ist anders und der Krankheitsverlauf ist niemals gleich, deswegen war es schwer zu sagen, was von einem Tag auf den nächsten geschehen würde. Ich hatte aber nicht nur wenige Freunde, weil ich gehänselt wurde. Mit den Idioten in der Schule bin ich schon fertiggeworden. Aber ich war eine Außenseiterin, weil ich so viel zu Hause war. Ich wollte immer bei ihr sein, um dafür zu sorgen, dass es ihr gut geht.«

»Du hast dich als Kind also für sie verantwortlich gefühlt?«

Kristin hatte nie wirklich darüber nachgedacht, aber sie nahm an, dass sie *tatsächlich* Angst davor gehabt hatte, ihrer Mom könnte es schlechter gehen, wenn sie nicht da wäre. »Ich denke schon«, antwortete sie. Sie machte es sich zwischen Julians Beinen gemütlich und ruhte mit ihrem Rücken an seiner Brust. »Damals habe ich nicht viel verstanden, außer dass sie sich die meiste Zeit nicht gut gefühlt hat. Ab und zu hatte sie ein paar gute Tage, aber es war schwer für sie. Sie konnte zwar gehen, doch sie hatte immer Probleme mit dem Gleichgewicht.«

Er schlang seine Arme um ihre Taille. »Was ist dann passiert?«

»Als ich älter wurde, ist alles nur noch schlimmer geworden. Aus finanzieller Sicht war es immer schon schwierig gewesen, dass Mom eine chronische Krankheit hat. Ich bin eigentlich nur zur Schule gegangen und habe mich danach beeilt, nach Hause zu kommen. Dad musste sich um das *Shamrock's* kümmern. Wir konnten uns nicht viele Angestellte in der Bar leisten.«

Diese Jahre waren hart gewesen. Keine außerplanmäßigen Unternehmungen und keine wirkliche Auseinandersetzung mit irgendetwas, das außerhalb von Elternhaus und Klassenzimmer geschah. Es war nicht so, dass Kristin es bereute, diese Jahre mit ihrer Mutter verbracht zu haben. Sie liebte sie. Doch in all den Jahren hatte es durchaus Momente gegeben, in denen sie sich gewünscht hatte, kein Einzelkind zu sein, ein oder zwei Geschwister zu haben, mit denen sie über ihre Ängste hätte sprechen können. Ihr Vater war immer so ängstlich und besorgt gewesen, dass sie ihm niemals anders als positiv gegenübertreten wollte.

»Du warst also sozial isoliert?«, fragte er besorgt.

»Ja. Nein. Vielleicht ein wenig, aber das hätte ich möglicherweise nicht sein müssen.« Kristins Angst war ihre eigene. Ihre Mutter war stets erschöpft gewesen und hatte Probleme beim Gehen gehabt. Doch sie hatte ihr nie gesagt, sie solle zu Hause bleiben. Kristin hatte diese Entscheidungen selbst getroffen.

»Du hast dich dazu entschlossen, dich um sie kümmern zu müssen«, folgerte Julian. »Warum überrascht mich das nicht?«

»Sie brauchte Hilfe«, verteidigte Kristin sich.

»Vielleicht war das so, Süße. Aber du hättest die Rolle als Kind nicht annehmen müssen.«

»Es gab niemand anderen. Und es ist auch egal. Ich bin kein Kind mehr. Ich bin zur Schule gegangen, habe meine Facharbeiterlizenz erhalten und angefangen zu arbeiten.«

»Selbstverständlich im Gesundheitswesen«, sagte Julian.

»Es bereitet mir zufällig Freude, mich um Menschen zu kümmern«, entgegnete sie empört.

»Ich bestreite ja gar nicht, dass du ein gutes Herz hast, Scarlet. Ich sage nur, dass du bis jetzt dein Leben nicht wirklich gelebt hast. Ich bewundere die Tatsache, dass du immer für deine Eltern da gewesen bist. Ich wünschte, ich könnte das Gleiche von mir behaupten.«

»Deine Eltern waren nicht krank«, gab Kristin zurück.

»Ich wünschte immer noch, mir öfter vor Augen geführt zu haben, dass sie nicht für immer da sein würden«, brummte er. »Ich war egoistisch. Ich habe gedacht, dass die ganze Welt stillsteht, während ich dabei bin, an die Spitze in meiner Branche zu gelangen. Meine Eltern waren meine größten Befürworter. Ich hatte ja nicht ahnen können, dass sie meinen Erfolg nicht mehr mitbekommen würden.«

In Julians Stimme schwang Reue, eine echte Traurigkeit, die Kristin schwer ums Herz werden ließ. »Es tut mir leid. Aber du hattest einfach nicht wissen können, was passieren würde, Julian.« Ihre Mutter war jetzt zwar auf eine Gehhilfe angewiesen und fühlte sich vielleicht nicht immer gut, aber zumindest hatte ihr Vater nie daran gedacht, sie zu verlassen, und Kristin hatte immer noch ihre beiden Eltern. MS selbst war nicht tödlich. Die Krankheit beeinflusste eher die Lebensqualität ihrer Mutter, nicht die Lebensdauer an sich.

»Das vielleicht nicht. Aber ich werde mir immer vorhalten, wie selten ich meine Eltern in dem Jahrzehnt, bevor sie ermordet wurden, besucht habe. Wenn ich eins gelernt habe, dann ist es, nichts mehr als selbstverständlich anzusehen.« Ihm entfuhr ein männlicher Seufzer, dann wechselte er das Thema. »Bist du schnell erwachsen geworden? War es dir nie erlaubt gewesen, ein Kind zu sein? Kein Wunder, dass du dich schuldig fühlst, wenn du Spaß hast.«

»Ich fühle mich nicht ...« Ihre Stimme verstummte und sie dachte genauer über Julians Worte nach. Es konnte schon sein, dass in seiner Aussage ein kleines bisschen Wahrheit steckte. »Spaß war keine echte Option«, gab sie traurig zu. »Ich meine, ich hatte keine schlimme Kindheit. Meine Eltern haben mich nicht missbraucht oder vernachlässigt. Sie trifft keine Schuld.«

»Ich habe nicht gesagt, dass es ihre Schuld sei oder sie dazu beigetragen haben, dass du dich so fühlst, aber es *ist* nun einmal so, dass du das Gefühl hast, in deinem Leben habe Spaß nichts verloren«, sagte er.

»Vielleicht bin ich einfach nur langweilig«, gab sie schnippisch zurück, denn es machte sie wütend, wie nahe er der Wahrheit gekommen war.

»Nein«, murmelte er in einem tiefen Bariton, der an Kristins Ohr vibrierte. »Ich würde vermuten, dass du dir immer viel mehr Sorgen um andere gemacht hast als um dich selbst. Du hast dein gesamtes Leben dem Wohlbefinden anderer Menschen verschrieben. Aber wer kümmert sich denn um dich?«

Sie schnaubte. »Ich komme sehr gut allein zurecht.«

»Ich will dir mal etwas sagen, Scarlet, du leistest keine besonders gute Arbeit. Ich sehe doch, dass du erschöpft und gestresst bist. Ich würde wetten, dass du in Las Vegas zum ersten Mal in deinem Leben bis zum Exzess getrunken hast.« Er spielte mit einer ihrer Locken. »Warum dort? Warum nur, als du in Las Vegas warst?«

»Weil es die einzige Gelegenheit war, die ich je bekommen habe«, antwortete sie mit schriller Stimme.

»Meine süße, kleine Lügnerin«, knurrte er. »Du hast es aus demselben Grund getan wie ich. Ich trinke nicht viel, aber in dieser besagten Nacht war ich mehr als nur ein klein wenig beschwipst.«

»Dann sag du mir, warum wir es getan haben, Dr. Freud«, antwortete sie in sarkastischem Ton, denn sie wusste bereits, dass Julian eine Theorie hatte.

»Weil der Versuch, dich nicht anzufassen, dem Bemühen gleichkommt, nicht zu atmen«, antwortete er ernst.

Die Hitze in seiner Stimme ließ Kristin ein Stöhnen unterdrücken. Hier zu sein, mit ihm zusammen zu sein, war Qual und Glückseligkeit gleichzeitig. »Das Betrunkensein hat für alles eine Erklärung geliefert«, gab sie widerwillig zu.

Julian drehte sich so schnell, dass Kristin kaum seine Bewegung verfolgen konnte. Bevor sie protestieren konnte, hatte er sich auf sie gelegt und drückte sie mit seinem Körper in das Sofa.

Er atmete schwer und in seinen Augen tobte ein tosender Sturm, als er antwortete: »Wir sind nicht mehr betrunken.« Er ergriff ihre Handgelenke und hielt sie fest. »Und ich spüre es noch immer, Kristin. Genau wie du.«

Ihr erster Gedanke bestand darin zu verleugnen, dass sie sich noch immer auf unerklärliche Weise zu Julian hingezogen fühlte, doch seine ungeschminkte Offenheit ließ das nicht zu. »Ich habe Angst«, sagte sie schließlich und ihr stockte der Atem.

Sein Gesicht wurde weich. »Und denkst du, ich nicht? Denkst du, dass es mir Spaß macht, meine Eier von einer wunderschönen Rothaarigen verknoten zu lassen, die mich in den Wahnsinn treibt?«

Der Teil mit der »wunderschönen Rothaarigen« ging ihr nahe, ebenso der Gedanke, dass ein Superstar wie Julian ihretwegen verwirrt sein könnte. »Ich bin nur eine normale Frau, Sportsfreund. An mir ist nichts besonders.« Nicht einmal ansatzweise.

»Das kannst du mir nicht sagen, denn ich werde es dir nicht glauben«, sagte Julian. »Egal was du tust, um mich wütend auf dich zu machen, ich werde dich trotzdem immer noch wollen, Kristin.«

Sie fühlte sich klein und verletzlich und teilte ihm mit Tränen in den Augen mit: »Ich verstehe nicht, was du von mir willst.«

»Alles und nichts«, gab er zurück. »Ich will, dass du uns eine Chance gibst. Ich will, dass du zugibst, diese Sache mit mir ausprobieren zu müssen, damit wir beide nicht verrückt werden. Lass uns drei Monate gemeinsam verbringen und Spaß haben. Gib jemandem die Möglichkeit, sich zur Abwechslung einmal um dich zu kümmern. Ich werde immer für deine Eltern sorgen. Deine Mutter wird niemals mehr etwas benötigen, das sie sich nicht leisten kann. Das verspreche ich dir.«

Oh Gott! Er ist der einzige Mann, der diese Worte sagen und sie sexy klingen lassen kann!

Kristin wollte nicht, dass sich jemand um sie kümmert.

Oder doch?

Je mehr Julian fragte, umso besser klang die Idee. Nur einmal wollte sie gierig, egoistisch sein. Sie wollte ... ihn. Nicht weil er ihr angeboten hatte, sie reich zu machen, sondern weil sie sich einmal so fühlen wollte, als hätten *ihre* Wünsche Vorrang.

»So funktioniert mein Leben aber nicht. Hat es noch nie«, stieß sie hervor.

»Dann ändere es«, brummte Julian. »Im Moment braucht dich außer mir niemand und ich bitte dich zwar um alles, aber ich werde es auch mit absoluter Sicherheit zurückgeben.«

Das würde er. Kristin wusste, dass es so wäre. Aus irgendeinem Grund hatte Julian Sinclair es sich zur Aufgabe gemacht, sie von seinem Vorschlag zu überzeugen. Aber was würde passieren, wenn sie einwilligte?

»Hör auf, so viel darüber nachzudenken, Kristin. Entscheide dich einfach, ob du ein Risiko eingehen und etwas nur für dich tun willst.« Er ließ ihre Hände los, blieb jedoch weiterhin auf ihr liegen.

Es war eine Herausforderung und das war ihr bewusst. Dennoch konnte sie sich eine Antwort nicht verkneifen. »Gut. Ich mache es. Wir sind ja bereits verheiratet. Drei Monate. Und dann beendest du das Ganze«, sagte sie wild und dachte zur Abwechslung einmal nicht an die Konsequenzen.

Julian brachte sie einfach *so* sehr auf die Palme, dass sie verrückt genug war, jeden Fehdehandschuh aufzunehmen, den er ihr vor die Füße warf.

»Ja. Dann werde ich es tun«, stimmte er zu, ganz so, als hätte er keine Lust, darüber nachzudenken, was später passieren würde.

Jetzt, da sie sich geeinigt hatten, wurde Kristin plötzlich panisch. »Lass. Mich. Aufstehen.«

Er grinste auf sie hinab. »Hast du Angst?«

Ja, zur Hölle, sie hatte furchtbare Angst. Sie hatte einen Pakt mit dem bösartigsten Mann geschlossen, den sie kannte, und der gleichzeitig die größte Bedrohung für ihren Verstand darstellte.

Julian rollte sich von ihr und gab ihr Gelegenheit, sich aufzusetzen.

Sie schnaubte. »Natürlich nicht! Drei Monate werden schnell vergehen.«

Er lächelte einfach nur, was in Kristin den Wunsch erweckte, ihm eine zu verpassen.

»Ich liebe deinen Optimismus«, antwortete er amüsiert.

»Ich habe dir ja schon gesagt, dass ich dir das Leben zur Hölle mache. Das werde ich wirklich«, drohte sie, als sie sich erhob. Sie brauchte etwas Abstand zu dem unfassbar betörenden, männlichen Duft, den der heißeste Mann im ganzen Universum verströmte. Selbst *sie* konnte nicht verhindern, dass er ihr unter die Haut ging, was sie wiederum dazu trieb, ihn nackt sehen zu wollen.

Hatte sie irgendeinen Fetisch für Sex, der aus der Wut geboren wurde?

Vorspiel.

Als sie sich in sicherer Distanz zum Sofa befand, drehte sie sich um. »Ich gehe jetzt schlafen. Ich muss morgen arbeiten.« Vielleicht würde sie ein paar Runden in seiner Badewanne mit den Maßen eines olympischen Schwimmbeckens drehen, um Dampf abzulassen.

»Nein, musst du nicht. Eigentlich musst du packen«, erwähnte er beiläufig, bevor sie weggehen konnte. »Wir machen Urlaub. Sarah hat eine Vertretung für dich organisiert und dein Vater hat eine Betreuerin und Assistentin für deine Mutter eingestellt, damit er Zeit mit ihr verbringen kann, ohne sie pflegen zu müssen.«

Kristin sah rot ... schon wieder. »Was? Ich glaube, ich höre nicht recht!«

»Du hast mich schon richtig verstanden. Wir werden eine Weile verschwinden. Irgendwohin, wo es warm ist.«

Da vor Kurzem der erste Schnee gefallen war, erschauderte sie bei dem Gedanken an eine warme tropische Brise und eine Auszeit. Wie das wohl wäre? »Ich kann nirgendwo hinfahren. Ich habe Verantwortung zu tragen.«

»Nicht mehr«, informierte er sie. »Und es ist ja nicht so, als ob wir monatelang weg sein werden. Wir machen Urlaub.«

»Wo?« Nicht dass sie wirklich mitkommen würde. Aber sie war neugierig zu erfahren, was er geplant hatte.

»Maui«, sagte er. »Ich habe dort ein Haus. Nenn es Arbeit, wenn du willst. Ich sollte mal vorbeischauen, um zu sehen, wie die Dinge dort laufen.«

Hawaii? Machte er Witze? »Ich kann nicht einfach so verreisen«, teilte sie ihm wütend mit und kaute auf ihrer Unterlippe, um bei der Aussicht auf einen Urlaub an einem ihrer Traumorte nicht in Aufregung zu verfallen.

»Das werden wir auch nicht. Morgen früh fahren wir zu deinen Eltern, um uns zu verabschieden.«

Er schenkte ihrer Bemerkung keine Beachtung und Kristin wusste, dass er das mit Absicht tat. Sie versuchte, nicht über warmes Meerwasser und tropische Cocktails nachzudenken. »Ich kann nicht.«

»Fang an zu packen«, gab er zurück und ignorierte alles, was sie bislang gesagt hatte. »Ich würde gern früh aufbrechen. Deine Eltern freuen sich übrigens sehr darüber, dass wir tatsächlich eine Hochzeitsreise unternehmen.«

Oh. Gott. »Du hast es ihnen gesagt?«, fragte sie und ihre Stimme verwandelte sich in ein entsetztes Kreischen.

Er erhob sich und stellte sich vor sie. »Natürlich. Ich spreche fast jeden Tag mit deinem Vater. Wir haben ein gemeinsames Geschäft. Du wolltest doch sicherlich nicht, dass ich sie anlüge?«

»Er hat mir nie davon erzählt«, antwortete sie und war traurig, dass ihr Vater mit Julian spricht und diese Tatsache nicht einmal erwähnt hatte.

»Ich habe ihn gebeten, nichts zu sagen. Wenn es dich tröstet, ich habe es ihm an dem Tag erzählt, als ich zurück nach Amesport geflogen bin. Ich habe ihm gesagt, dass wir in Las Vegas geheiratet haben. Dass ich endlich begriffen habe, dich jeden Tag für den Rest meines Lebens sehen zu wollen. Dann habe ich ihm von Maui erzählt, ich habe ihm jedoch gesagt, dass ich dich überraschen will.«

»Das tröstet mich nicht«, sagte sie schnippisch. »Hat er nicht gefragt, warum ich ihm nicht mitgeteilt habe, dass wir verheiratet sind?«

»Natürlich hat er das. Aber ich habe geantwortet, dass wir es ihm und deiner Mutter gemeinsam erzählen wollten«, entgegnete er mit ernstem Gesichtsausdruck.

»Kein Wunder, dass du einen Oscar gewonnen hast«, gab sie wütend zurück. »Das haben sie dir abgenommen?«

»Absolut. Ich kann sehr überzeugend sein.«

»Das bezweifele ich nicht«, murmelte sie unglücklich. »Du gibst mir keine andere Chance, als bei deiner Scharade mitzuspielen. Doch dir ist schon bewusst, dass sie traurig sein werden, wenn sie erfahren, dass es in der näheren Zukunft keine Enkelkinder zu erwarten gibt?«

»Warum? Dafür kann ich sorgen.« Er zog eine Augenbraue hoch und sah sie anzüglich an. »Ich weiß, wie das Kindermachen funktioniert.«

Kristin wollte ihm wehtun. Wenn er sich bei der Aktion, ihren Hintern auf der Treppe vor einem Fall zu bewahren, keine Platzwunde auf der Stirn zugezogen hätte, so hätte sie dabei vermutlich nachgeholfen. »Gut. Ich komme mit. Aber ich will Besichtigungstouren unternehmen. Und zwar sehr viele.« Wenn es eine Sache gab, die Julian hasste, dann war es wahrscheinlich, sich in der Öffentlichkeit aufzuhalten.

»Ich auch. Wir können von Insel zu Insel fahren, wenn du willst«, antwortete er mit einem zustimmenden Grinsen.

»Und ich will ganz viele Cocktails mit kleinen Schirmchen. Oh, und mit den Riesenschildkröten schnorcheln. Das will ich auch machen.« Wenn er dachte, sie würde mit ihm nur an einem wunderschönen Strand herumhängen und glücklich und zufrieden sein, dann hatte er sich getäuscht. »Ich hasse es, in der Sonne zu liegen.«

Innerhalb weniger Minuten würde sie sich einen Sonnenbrand zugezogen haben. Mit ihrer hellen Haut und den roten Haaren wurde sie nicht braun. Sie verbrannte, bis sie aussah wie ein Hummer.

»Ich auch«, stimmte er zu. »Sehr langweilig, es sei denn, man macht etwas Aufregendes.«

Er war so entgegenkommend, dass ihr beinahe schlecht wurde. Es war schon lustig, aber sie hatte angenommen, dass ein Superstar wie Julian es genießen würde, irgendwo am Strand zu liegen. Wie schwer würde es sein, sich Dinge auszudenken, die er langweilig und nervtötend finden würde?

»Pearl Harbor Memorial?«, versuchte sie es verzweifelt.

»Abgemacht. Wir müssen dann zwar rüber nach Oahu, aber das ist kein Problem.«

Konnte sie irgendetwas sagen, mit dem er nicht einverstanden war?

Schließlich gab sie es auf. Sie würde darüber nachdenken müssen, wie sie ihm das Leben so schwer wie möglich machen konnte, damit er sich von ihr scheiden ließ. »Gute Nacht«, sagte sie tonlos.

Endlich wurde er wieder ernst. »Warte. Ich komme mit dir mit.« Er ergriff ihre Hand, damit sie ihm nicht davonlaufen konnte.

Kristin blickte zu ihm auf und sah, dass er sich mit seiner anderen Hand die Stirn rieb. »Ist alles in Ordnung? Ich werde dir deine Medikamente holen.« Er machte den Eindruck, als hätte er Kopfschmerzen.

»Ich habe sie mit nach oben genommen. Das wird schon wieder. Das Einzige, was ich wirklich will, ist meine Frau«, antwortete er mit einer schwachen Stimme, die so echt klang, dass Kristin es nicht übers Herz brachte, sich mit ihm zu streiten.

Ohne ein weiteres Wort zu sagen, brachte sie ihn zum Aufzug, um ihn in das obere Stockwerk zu bringen und ihm keine weiteren Schmerzen zu bereiten. Sie war jedoch immer noch wütend auf sich selbst, weil es so verdammt einfach war, Julian zu vergeben.

Kapitel 14

»Ich kann nicht glauben, dass mein kleines Mädchen verheiratet ist. Zeig mir deinen Ring!«

Kristin zuckte zusammen, als sie gemeinsam mit Julian das Haus ihrer Eltern betrat. Ihre Mutter stand aufrecht direkt neben ihrem Vater, die Hände auf ihre Gehhilfe gestützt.

Julian nickte ihrem Vater zu. »Hallo Dale. Schön, dich wiederzusehen.« Die beiden Männer schüttelten sich die Hände, bevor Julian sich Kristins Mutter zuwandte und sie auf die Wange küsste. »Cindy, du siehst genauso schön aus wie immer. Ich sage ja stets, dass ich weiß, von wem Kristin ihr gutes Aussehen hat.«

Als sie sich alle in das Wohnzimmer begaben, fühlte Kristin die Übelkeit in sich hochsteigen. Sie liebte ihre Eltern und hatte sie noch nie angelogen, weil es niemals einen Grund für sie gegeben hatte, nicht die Wahrheit zu sagen. Sie hatte ihre Jugend mit ihrer Mutter verbracht und war nie in Schwierigkeiten geraten.

Sie hörte zu, wie Julian ihrer Mutter aalglatt erzählte, dass er hatte warten wollen, damit Kristin sich ihren Traumring aussuchen konnte.

Sie hatte eine unruhige Nacht in Julians Gästezimmer verbracht, demselben Raum, in dem sie geschlafen hatte, als sie am Wochenende auf ihn aufgepasst hatte. Zu ihrer Überraschung hatte er sie zärtlich geküsst und sie zu Bett gehen lassen, doch sie hatte nur sehr wenig geschlafen.

Kristin setzte sich neben ihre Mutter auf das Sofa und legte einen Arm um Cindys zerbrechlich wirkende Schultern. Ihr fiel auf, dass sie heute weniger schlimm zitterte als sonst und darüber hinaus ebenfalls ziemlich sicher mit ihrer Gehhilfe wirkte. »Ich habe ein schlechtes Gewissen wegzufahren«, sagte sie ernst zu ihrer Mutter, während Julian und ihr Vater sich ausgelassen unterhielten.

Ihre Mutter blinzelte sie überrascht an. »Warum denn? Ich sterbe nicht. Ich bin nur nicht besonders gut zu Fuß.«

»Ich habe dich und Dad nie sehr lange allein gelassen –«

»Nein, und deshalb wird es höchste Zeit, dass du es tust, mein Mädchen«, teilte Cindy Moore ihrer Tochter streng mit. »Du hast genug deines Lebens für uns geopfert. Jetzt, da du Julian gefunden hast, sollte er deine Priorität sein.«

»Manchmal ist er wirklich lästig«, platzte Kristin, ohne nachzudenken, heraus.

Ihre Mutter kicherte leise. »Das sind sie alle, meine Süße. Einige sind nur schlimmer als andere. Dein Vater behandelt mich, als wäre ich ein Kind. Er vergisst, dass mein Gehirn noch sehr gut funktioniert. Ich kann mich nur manchmal nicht richtig ausdrücken.«

Ab und zu sprach ihre Mutter etwas undeutlich, besonders wenn sie müde war. Während sie ihre Mom musterte, sah sie ein Funkeln in ihren Augen. »Weil er dich liebt«, sagte sie zärtlich.

»Das weiß ich doch«, antwortete Cindy. »Ich liebe ihn auch. Aber das heißt nicht, dass wir uns nicht streiten.«

Kristin schluckte schwer, als sie zu ihrem Vater hinübersah, einem großen, rothaarigen Mann, der all diese Jahre an der Seite seiner Frau geblieben war. Ihr Dad konnte stur und stolz sein, doch seit er kompetentes Personal hatte, das dem *Shamrock's* neues Leben eingehaucht hatte, wirkte er sehr viel weniger angespannt. »Er sieht gut aus.«

»Dank deinem jungen Mann hier«, frohlockte Cindy. »Du hast eine gute Wahl getroffen, Liebes. Er ist eine treue Seele. Ich bin froh, dass du das erkannt und ihn sofort geheiratet hast. Wie er deinem Vater geholfen hat, kam für uns einem Wunder gleich.«

Kristins Augen füllten sich mit Tränen. Trotz allem, was sie getan hatte, war es nie ausreichend gewesen, um ihre Mom und ihren Dad vor einem schwierigen Leben zu bewahren. Aber dann war Julian aus dem Nichts aufgetaucht und hatte das *Shamrock's* mit einer Finanzspritze und exzellenten Arbeitskräften zur besten Adresse der Stadt gemacht. »Ich wünschte, ich hätte mehr tun können«, murmelte Kristin reumütig.

»Liebling, du hast uns doch geholfen. Du hast dafür gesorgt, dass wir nicht schließen mussten. Denkst du, dein Vater und ich wissen nicht, welche Opfer du für uns gebracht hast? Und was du immer aufgegeben hast, um bei mir zu sein«, sagte Cindy unter Tränen. »Deswegen sind wir so glücklich, dass du Julian gefunden hast.«

Kristin wollte weinen, doch sie behielt ihre Trauer für sich, als sie sprach. »Ich habe alle diese Dinge freiwillig aufgegeben, Mom. Ich liebe dich. Du und Dad, ihr seid mein ganzes Leben.«

Ihr Herz schmerzte. Es war offensichtlich, dass ihre Eltern sich Vorwürfe machten, weil sie ihre Kindheit und ihr Leben als Erwachsene so sehr beschnitten hatten. Das wollte Kristin zwar nicht, doch es war schön, dass sie anerkannten, dass Kristin sie so sehr liebte, um alles für das Wohl ihrer Familie aufzugeben.

»Du bist ein gutes Mädchen. Das warst du schon immer. Du bist etwas ganz Besonderes, Liebling.« Sie nickte etwas unbeholfen zu Julian hinüber. »Jetzt bist du an der Reihe. Ich glaube, dass du mit solch einem Mann etwas Zeit für dich benötigst.«

»Ich wollte immer schon nach Hawaii reisen«, antwortete Kristin und versuchte, aufgeregt zu klingen.

»Ich weiß. Ich glaube, dass dein Vater seine Meinung darüber geäußert hat, wohin eure Hochzeitsreise gehen sollte.«

»Also war das gar kein Zufall«, sagte Kristin vorsichtig.

»Ich bezweifele es«, entgegnete Cindy mit einem glücklichen Lächeln.

Julian hat diese Reise geplant? Er wollte mir eine Freude bereiten, indem er ein Ziel ausgewählt hat, das ich gewollt hätte?

Nein. Es musste sich um einen Zufall handeln. »Er hat dort ein Haus«, informierte Kristin ihre Mutter.

Zum ersten Mal seit langer Zeit lachte ihre Mutter. »So wie ich es verstehe, besitzt er Häuser überall. Er hat Anlagen auf der ganzen Welt.«

Weil sie nicht wusste, was sie sagen sollte, antwortete sie: »Na gut, dann freut es mich, dass er Maui ausgesucht hat.«

»Geht und habt eine wunderbare Zeit. Ich möchte viele Fotos sehen. Es freut mich, dass du jetzt glücklich bist, aber ich wünschte, ich hätte die Hochzeit miterleben dürfen«, sagte Cindy wehmütig.

»Wir können einen großen Empfang veranstalten, wenn wir zurück sind, Cindy«, schlug Julian vor, der mit ihrem Vater durch den Raum auf sie zukam.

Kristin sah ihre Mutter an, die Julian glücklich anstrahlte. »Eine wundervolle Idee. Es erscheint mir ebenfalls, als hätten deine Brüder und Cousins auch nicht an der Hochzeit teilgenommen.«

»Das ist richtig«, bestätigte Julian.

»Dann ist ein Empfang absolut überfällig«, sagte Dale erfreut.

»Dann ist es also abgemacht. Nicht wahr, Schatz?« Julian saß auf der Sofalehne und legte seinen Arm um Kristins Schultern, als er diese Bemerkung machte.

»Natürlich, mein Liebling«, antwortete sie durch zusammengepresste Zähne.

Dale Moore gab Julian einen Klaps auf den Rücken. »Wir können uns darum kümmern. Cindy und ich sind jetzt Rentner. Damit werden wir etwas zum Planen haben.«

»Danke Dale«, sagte Julian und klang dankbar.

»Ich wünsche mir so sehr, dass du uns Mom und Dad nennst, so wie Kristin es tut«, teilte Cindy Julian aufrichtig mit.

Kristin sah, wie eine Vielzahl von Emotionen über das Gesicht ihres Mannes huschte. Die Bemerkung ihrer Mutter war unschuldig genug gewesen, doch vielleicht war er aus Respekt vor seinen ermordeten Eltern noch nicht bereit für diese Anreden.

Bevor sie irgendetwas sagen konnte, ergriff Julian das Wort. »Es wäre mir eine Ehre. Ich habe meine eigenen Eltern vor einigen Jahren verloren.«

»Oh, Julian. Das tut mir so leid. Was ist passiert?« Cindys erstaunter Gesichtsausdruck war der Beweis, dass ihre Eltern Julians Schicksal nicht kannten.

»Sie sind beide bei einem Raubüberfall ermordet worden«, sagte er tonlos.

Kristin konnte das erschrockene Gesicht ihrer Mutter sehen, als diese sprach. »Das tut mir so leid. Wir können deine Eltern zwar nicht ersetzen, würden dir jedoch als zweites Elternpaar gern zur Seite stehen.«

Auf seinen Lippen bildete sich langsam ein Lächeln. »Danke. Ihr habt eine kluge, wunderschöne, großzügige und liebevolle Tochter großgezogen. Schon allein dafür werde ich stolz sein, euch meine ehrenamtlichen Eltern zu nennen.«

Auch wenn dieser Moment etwas peinlich für Kristin war, so war er dennoch auch sehr berührend. Sie hatte das Gefühl, dass es eine ausschlaggebende Situation für Julian war und sie war dankbar dafür, dass er ihr ihren Eltern zuliebe mit Würde begegnete.

Sie umarmte ihre Mutter fest und flüsterte ihr ins Ohr: »Ich liebe dich. Ich rufe von unterwegs aus an.«

Ihre Mutter winkte ab. »Mach dir keine Umstände. Ich denke, Julian wird dich schon auf Trab halten. Wenn irgendetwas passiert, werden wir uns schon bei dir melden.«

Es war merkwürdig für sie, ihre Eltern zu sehen, wie sie gesünder und stärker wirkten. Der Stress hatte beiden so einiges abverlangt, doch jetzt machten sie einen besseren Eindruck.

Sie erhob sich, um ihren Dad zu umarmen, und flüsterte: »Werdet ihr ohne mich klarkommen?«

»Ja, ja. Fahr du nur und amüsiere dich. Du bist jetzt eine verheiratete Frau und musst dein Leben unseretwegen nicht mehr in den Hintergrund rücken«, dröhnte er laut genug, dass es jeder im Raum Anwesende hören konnte.

»Ich bereue es nicht.« Sie versuchte nicht, zu verleugnen, dass sie ihr Leben nicht in vollen Zügen ausgekostet hatte. Vielleicht waren die Dinge nicht ganz genau so eingetreten, wie sie es geplant hatte, aber sie würde die Reise nach Hawaii als einen Neubeginn ansehen.

Ihre Eltern brauchten sie nicht mehr.

Irgendwie fühlte sich das merkwürdig gut und schlecht zugleich an.

Sie und Julian verabschiedeten sich und ließen ihre glücklichen Eltern hinter sich zurück.

Er öffnete die Tür seines brandneuen, schwarzen Mercedes Geländewagens für sie. Es war kein protziges Auto, wie sie es von Julian erwartet hatte, sondern praktisch für die Winter in Maine.

»Du magst sie«, beschuldigte sie ihn, als sie sich anschnallte.

»Ich habe nie etwas anderes behauptet. Und tatsächlich habe ich das auch schon erwähnt.«

Sie war still, während er die Tür schloss und auf dem Fahrersitz hin und her rutschte.

Er öffnete das Handschuhfach, nahm eine Dose zur Hand, schüttelte sie und reichte ihr zwei Tabletten. »Nimm diese«, wies er sie an und gab ihr ebenfalls eine kleine Flasche mit Wasser.

Sie sah auf ihre Handfläche, in der sich die Pillen befanden. »Was ist das?«

»Gegen Reisekrankheit. Ich habe sie mitgebracht. Sobald du im Flugzeug sitzt, wartet eine leckere, proteinhaltige Mahlzeit auf dich.«

Als sie die Tabletten ansah, füllten sich ihre Augen mit Tränen. Es berührte sie, dass er sich *tatsächlich* um sie kümmerte. Irgendetwas an der Art, wie er kleine Dinge tat, sich an Details erinnerte, war entwaffnend und gefährlich für ihre Psyche.

Während Julian zum Flughafen fuhr, öffnete sie die Wasserflasche, tat sich die Tabletten in den Mund und schluckte sie herunter, ohne ein weiteres Wort zu sagen.

Kapitel 15

Als Julian gesagt hatte, dass er »ein Haus« in Maui besaß, hätte Kristin nie gedacht, dass er damit ein *ganzes Resort* meinen würde.

Ihm und seinen beiden Brüdern gehörte ein Teil des Luxushotels, bei dem Kristin sprachlos wurde. Auf dem Weg zu ihrem Zimmer, das größer war als die Häuser, die die meisten Menschen bewohnten, hatte sie zahlreiche Schwimmbecken, ein Spa und teure Läden gesehen.

Sie holte tief Luft, als sie auf dem Balkon der wunderschönen Suite stand und den Anblick der Wellen genoss, die sich am Strand brachen. Sie befanden sich so nahe am Wasser, dass sie sich vom Meer in den Schlaf singen lassen würde.

Es war nicht so, als sei sie müde. Sie hatte den Großteil des Fluges verschlafen und war erst aufgewacht, als sie sich bereits mitten über dem Pazifik befunden hatten. Julian hatte dafür gesorgt, dass sie zu Essen bekam, und hatte ihr direkt nach dem Aufwachen weitere Tabletten gegeben. Obwohl die Reise lang war, hatte sie nicht einen einzigen Moment gehabt, in dem ihr übel geworden war.

Mit einem Tablett in den Händen betrat Julian den Balkon durch die offene Wohnzimmertür.

Kristin drehte sich um und musste lachen, als sie sah, was er da vor sich hertrug.

Auf dem Tablett standen zahlreiche Cocktails in allen möglichen Farben, die mit kleinen Schirmchen verziert waren. Als sie genauer hinsah, bemerkte sie, dass sie ebenfalls mit Früchten garniert waren. »Ich glaube es ja wohl nicht!« Sie schlug sich die Hand vor den Mund, um ihr Lachen zu verbergen, konnte sich jedoch nicht beherrschen.

»Du hast dir Cocktails mit kleinen Schirmchen gewünscht. Setz dich«, ordnete er an und stellte das Tablett auf einem niedrigen Tisch zwischen zwei Sonnenliegen ab.

Wortlos reichte er ihr das größte Glas, während sie es sich auf einem der komfortablen Stühle bequem machte.

»Was ist das für einer?« Sie besah sich neugierig das hübsche Blau des Getränks.

»Du bist die Barfrau. Sag du es mir.« Er nahm sich ebenfalls einen der Cocktails.

Vorsichtig nahm sie einen Schluck. »Hmmm ... Rum? Ananas? Kokosnuss? Komplizierte Getränke waren noch nie meine Stärke«, gab sie zu und trank erneut. Der Cocktail war köstlich, doch sie hatte keine Ahnung, welche Zutaten sich darin befanden.

»Das ist ein Blue Hawaii. Ich weiß auch nicht genau, was drin ist. Ich habe nur darum gebeten, dass alle Getränke kleine, bunte Schirmchen haben. Aber ich bin mir sicher, dass es dir den Boden unter den Füßen wegreißen wird, wenn du zu viele davon trinkst.«

Kristin nippte ein weiteres Mal an dem leckeren Getränk und beobachtete, wie die Sonne langsam unterging. »Es ist wunderschön hier. Fast wie in einer anderen Welt. Kommst du oft hierher? Und Micah und Xander auch?«

»Nein«, antwortete Julian. »Streng genommen war es eine Investition. Wir haben das Resort kurz vor dem Tod meiner Eltern erworben. Ich bin der Erste, der es besucht. Es gefällt mir«, entschied er.

Sie musste wieder lachen. »Das sollte es. Es gehört dir. Einen hübschen kleinen Ferienort hast du da«, neckte sie ihn.

»Ich habe nie behauptet, dass er *klein* ist«, protestierte er.

»Nun, das ist er nicht. Klein ... meine ich. Er ist groß.« Sie war sich ziemlich sicher, dass sie nicht mehr über das Hotel sprachen.

Er sah sie an und warf ihr einen spitzbübischen Blick zu. »Er ist groß.«

»Ich weiß«, murmelte sie. »An den Teil erinnere ich mich.«

»Gut.« Er lehnte seinen Kopf an die Rückenlehne der Sonnenliege und schloss die Augen.

Oh Gott, wie gut er aussah! Sein zerzaustes, blondes Haar wurde von dem leichten Wind durcheinandergewirbelt und er sah entspannt aus. Das kurzärmelige Hemd, das er am Morgen noch unter einer Jacke getragen hatte, war nun aufgeknöpft und entblößte seine durchtrainierten Brust- und Bauchmuskeln. Unter dem Saum einer ausgewaschenen Jeans, die seinen Unterkörper liebevoll umschloss, war er barfuß.

Kristin entspannte sich und ließ sich die Seele von dem Sonnenuntergang und dem Rauschen der Wellen massieren. Sie genoss ihr Getränk ganz langsam und sog den Frieden ein, der sich wie eine weiche Decke über sie gelegt hatte.

Vielleicht hatte sie niemals bemerkt, wie angespannt sie war oder wie selten sie tatsächlich innehielt und die Sonne dabei beobachtete, wie sie langsam am Horizont versank. Sogar die einfachen Freuden des Alltags dauerten ihr zu lange, als dass sie sich ein paar Momente nehmen würde, um sie zu genießen.

Als sie ihren Cocktail ausgetrunken hatte, war Julian eingeschlafen. Sie stand auf, streckte sich und ging dann zurück in die Suite, wobei sie das Wohnzimmer durchqueren musste, um zum Schlafzimmer zu gelangen. Währenddessen versuchte sie, sich keine Sorgen darum zu machen, dass es nur ein einziges, sehr großes Bett gab.

Erwartet er von mir, dass ich mit ihm schlafe?

Zum ersten Mal seit langer Zeit fühlte sie sich angeheitert und unbeschwert, weshalb sie sich über die Schlafsituation nicht den Kopf zerbrechen würde.

Als Kristin sich umsah, bemerkte sie, dass irgendjemand ihre Koffer ausgepackt hatte. Sie nahm sich ein seidenes Nachthemd und Unterwäsche aus ihrer Kommodenschublade und ging ins

Badezimmer. Dort legte sie ihre Sachen auf den riesigen Doppel-Waschtisch, damit sie sich Wasser in die große Badewanne einlassen konnte. Sie nahm eine der Badekugeln, die Ruhe und Gelassenheit versprachen, warf sie in die Wanne und sah befriedigt dabei zu, wie sie sich zischend auflöste.

Er weiß einfach genau, was mir gefällt.

Die Badewanne ähnelte eher einem riesigen Sprudelbad, mit Stufen aus Marmor und Fliesen aus glänzendem Porzellan.

Sie zog ihre Kleidung aus, band ihr Haar zu einem Dutt hoch und befand sich innerhalb weniger Minuten im Wasser.

Als ihr Kopf das Badekissen berührte, seufzte sie zufrieden und drehte das Wasser ab. Während sie die Augen geschlossen hielt, atmete sie das frische Aroma der ätherischen Öle ein.

Sie sollte ein schlechtes Gewissen haben, weil sie nichts tat.

Sie sollte ein schlechtes Gewissen haben, weil sie nicht produktiv war.

Sie sollte ein schlechtes Gewissen haben, weil sie mit Julian hier war.

Aber sie konnte nicht. Julian hatte in so vielen Dingen vermutlich Recht. Nur ein einziges Mal konnte sie zuerst an sich denken. Sie hatte wahrscheinlich schon seit einer geraumen Zeit gewusst, dass sie unter dem Burnout-Syndrom litt und dass das Tempo, das sie all die Jahre lang vorgelegt hatte, sie nun einholte.

»Es könnte jetzt nichts Besseres geben als das hier«, flüsterte sie und ließ sich von dem warmen Wasser den restlichen, verbliebenen Stress abwaschen.

»Ich kann mir ein paar Dinge vorstellen, die besser sein könnten«, hörte sie Julians seidige Stimme neben der Badewanne. »Riecht gut hier.«

Erschrocken tauchte sie unter, doch das half rein gar nichts, denn das Wasser war klar, weit und breit kein Schaum in Sicht. Die Badekugel hatte das Wasser lediglich weich und duftend gemacht, die transparente Farbe änderte sie jedoch nicht. »Ich dachte, du schläfst.«

»Ich habe dich vermisst«, sagte er heiser. Sein Körper war von der Taille aufwärts nackt. Er öffnete Knopf und Reißverschluss seiner Jeans, dann zog er sie mitsamt seiner Unterhose aus und warf die Kleidungsstücke auf den Boden. »Ich bin aufgewacht und du warst weg.«

Kristin starrte ihn mit offenem Mund an und versuchte, ihren Blick von seinem steifen Schwanz abzuwenden, während er seine Hose mit den Füßen zur Seite schob.

»Willst du duschen? Ich kann auch rausgehen«, kreischte sie.

Seine Augenbrauen zogen sich zusammen, als würde er sich stark konzentrieren. »Ich habe darüber nachgedacht. Doch als ich dich in der Badewanne gesehen habe, war ich mir sicher, dass ich dir den Rücken waschen müsste.« Er stieg die wenigen Stufen hinauf, schob sie nach vorn und ließ sich hinter sie in das Wasser gleiten. »Wunderbar«, seufzte er, wobei seine Brust an ihrem Rücken vibrierte.

Sie spürte, wie sich sein Schwanz an sie drückte und sein Körper sie in seiner Hitze einschloss. Nervös legte sie ihre Hände auf jeweils eine Seite der Wanne, um aufzustehen. »Julian, ich –«

»Entspann dich«, sagte er ruhig, schlang seine Arme um ihre Körpermitte und zog sie an sich heran. »Wir sind doch verheiratet, schon vergessen?«

Sie hatte noch immer ausreichend Platz. Die Wanne bot genügend Raum für weitere Menschen, wenn sie eine Badeparty hätte feiern wollen. Doch das wollte sie nicht. »Tatsächlich könnten wir nur auf dem Papier verheiratet sein. Keiner von uns erinnert sich sehr genau daran, was nach der Hochzeit passiert ist«, erinnerte sie ihn.

»Nun, Mrs. Sinclair, das lässt sich schnell ändern«, flüsterte er ihr heiser ins Ohr, als er ihre Haarspange löste und ihr die Strähnen über die Schultern fielen. Er vergrub sein Gesicht in ihren Locken und sagte mit rauer, gedämpfter Stimme: »Gott, bist du schön.«

Diese Worte beendeten ihren Wunsch, fliehen zu wollen. Sie hatte es sich bereits anders überlegt, als er sie Mrs. Sinclair genannt hatte. Ihr Herz wurde von einem Verlangen durchbohrt, das sie nicht erklären konnte. »Julian«, protestierte sie, doch für ihre Ohren klang es eher nach einer Ermutigung.

»Lass mich dich berühren, Kristin. Lass mich tun, was ich bei unserem ersten Zusammensein versäumt habe.«

Sie erinnerte sich bruchstückhaft an die Lust, die er ihr in Las Vegas bereitet hatte, und war plötzlich so erregt, dass sie sich ein Stöhnen verkneifen musste.

Sein Mund wanderte zu der empfindlichen Haut an ihrem Hals und seine großen, kräftigen Hände schoben sich aufwärts und umschlossen ihre Brüste. Während er das weiche Wasser dazu nutzte, um ihre Brustwarzen zu liebkosen, ließ sie sich zurücksinken und genoss, wie seine Berührung durch ihren gesamten Körper schoss. »Ja«, spornte sie ihn an und hob ihre Hände, um seine muskulösen Oberarme zu fassen, nur um etwas zu haben, das sie am Boden hielt.

»Diese hier«, bekannte er, »sind so unfassbar sexy.« Vorsichtig kniff er ihr in die harten Brustwarzen und wusch gleich daraufhin mit dem warmen Wasser darüber, um sie wieder zu besänftigen.

Bei dem Gefühl, seinen Mund und seine Hände überall auf ihrem Körper zu spüren, bog sich ihr Rücken durch. »Es tut weh«, keuchte sie.

Julian ergriff ihr Bein und drehte sie herum, bis sie rittlings auf ihm saß. »Ich werde dich nicht mit Schmerzen zurücklassen, Kristin. Zumindest nicht lange.«

Sein Mund umschloss eine ihrer empfindlichen Brustwarzen, während seine Finger die andere weiterhin streichelten. Das sinnliche Gefühl, das sie bei der Art und Weise empfand, wie er es zu genießen schien, ihren Körper zu erkunden, brachte ihre Muschi dazu, sich schmerzhaft zu verkrampfen und darum zu betteln, von Julian befriedigt zu werden.

»Bitte.« Sie nutzte seine muskulösen Oberschenkel, um sich ein klein wenig Erlösung von ihrer Frustration zu verschaffen, indem sie ihre Muschi gegen sein Bein rieb.

»Nimm dir, was du willst, Kristin«, ermutigte er sie heiser.

Was sie wollte, war *ihn* in *sich*. Jetzt.

Sie schob ihre Hände in sein Haar und riss daran, um seinen Kopf nach oben zu zwingen und ihren Mund auf seinen zu pressen. Damit gelang es ihr, zumindest ein wenig Befriedigung ihres wilden Verlangens zu erfahren, das nun ohne Kontrolle in ihr wütete.

Sie hatte den Kuss begonnen; Julian übernahm ihn. Er bewegte seine Hände ihren Rücken hinauf und ergriff ihr Haar, wobei sein Mund festeren Kontakt suchte und seine Zunge fordernd zwischen ihre Lippen fuhr.

Als Julian sich zurückzog, entwich ihrem Mund ein Schluchzen, ein gieriges Verlangen danach, Julians Schwanz in sich zu spüren, das sie beinahe zerplatzen ließ.

»Bitte!«, bettelte sie und rieb sich noch fester an seinem Oberschenkel, doch es war nicht ausreichend. Was sie brauchte, war viel mehr als das, was sie erhielt.

»Was? Sag es mir, Kristin.«

»Fick mich!«, forderte sie. »Jetzt. Bitte.«

Er warf ihr ein kleines Grinsen zu und sie wusste, dass er diese Runde für sich entschieden hatte. Er hatte ihr gesagt, dass sie ihn anbetteln würde, sie zu ficken, und das hatte sie soeben getan. Er hatte zwar einen zusätzlichen Tag dafür benötigt, doch das schien ihm nichts auszumachen.

Als sie ihn mit tiefer Verzweiflung ansah, leuchteten seine Augen mit einem ähnlichen Verlangen, der gleichen lustvollen Intensität, sie auch sie spürte. Sie hatte keine Ahnung, woher sie es wusste, doch sie konnte ihn fühlen, dieses Spiegelbild in seinen Augen erkennen.

»Reite mich, bis wir beide einen so heftigen Orgasmus haben, dass wir nicht mehr aus dieser Wanne herauskommen«, knurrte er, ergriff seinen Schwanz und senkte sie auf sich herab. »Oh Scheiße! Ja!«

Das Wasser hatte einige ihrer Säfte weggewaschen, doch sie war noch immer so feucht, dass sie Julian vollständig in ihrer Muschi aufnehmen konnte, sodass er bis zum Schaft in ihr steckte.

»Ahhh ...«, keuchte sie. »Das habe ich gebraucht. Ich brauche *dich*.« Sie warf den Kopf ekstatisch zurück, als er ihre Hüften ergriff und in sie hineinstieß.

»Nimm dir, was du willst, Baby«, ermutigte er sie voller Lust. »Reite mich richtig hart.«

Kristin legte ihre Hände neben seinen Kopf, um sich mehr Hebelkraft zu verschaffen, und nahm sich dann genau das, wonach sie verlangte. Sie hob ihre Hüften an und ließ sie nach unten fallen, und mit jedem Stoß seines Schwanzes, der erneut in sie eindrang, erschauderte sie wieder und wieder.

»Scheiße!«, fluchte Julian frustriert, richtete sich auf und hob sie an, als er aufstand. »Das ist nicht genug«, knurrte er. »Ich habe so lange auf diesen Moment gewartet, dass nichts anderes als ein harter und tiefer Fick irgendeinen von uns befriedigen wird.«

Bei dem plötzlichen Verlust von Julians Anwesenheit in ihrem Körper schnappte sie nach Luft und gab einen unzufriedenen Laut von sich. »Nein. Fick mich! Jetzt!« Sie boxte ihn auf einen seiner Oberarme.

»Wirst du schon ungeduldig?«, fragte er schelmisch.

»Ja«, antwortete sie ärgerlich.

Er setzte sie auf dem weichen Vorleger ab und war nicht zimperlich dabei, ihre Hände auf dem marmornen Waschtisch zu platzieren, damit sie vornübergebeugt vor ihm stand. Als er seine Hand von hinten zwischen ihre Beine schob und mit ihren feuchten Schamlippen spielte, antwortete er: »Willkommen in meiner Welt, die sich so anfühlt, seit ich dich zum ersten Mal getroffen habe.« Er trat einen Schritt nach vorn, ließ seinen Schwanz tief in sie hineingleiten und ergriff sie dann fest um die Hüften.

Kristin entfuhr ein Lustschrei, der erst dann verstummte, als sie sich bei ihrem Anblick in dem großen Spiegel vor sich selbst erschrak.

Julian sah gigantisch und kräftig aus, sein Gesicht voller unbefriedigter Lust, als er ihren Augen in der Reflexion begegnete.

»*Das*. Sind. Wir«, sagte er mit tiefer, vibrierender Stimme, bei der er keine Anstalten machte, sie zu kontrollieren, als ob es ihm nichts ausmachte, dass sie ihn roh und ungeschönt sah. »*Das* wird nie vergehen.« Er zog sich zurück und stieß erneut in sie. »*Das* ist etwas, das keiner von uns beiden kontrollieren kann, warum zum Teufel versuchen wir es dann überhaupt erst?«

Sie antwortete nicht. Sie konnte nicht. Sie war verloren in seiner Stimme und seinen Bewegungen, ihr Herz hämmerte in ihrer Brust, während etwas, das sie noch niemals zuvor erlebt hatte, einen Teil in ihr berührte, von dessen Existenz sie nichts gewusst hatte. Stattdessen behielt sie ihren Blick starr auf seinen gerichtet und ließ ihre Augen für sich sprechen, die ihn anflehten, ihr Verlangen zu befriedigen.

Ihre aufgeheizten Blicke blieben miteinander verbunden, während Julians Tempo zu einer bestrafenden, brutalen Eroberung ihres Körpers wurde, etwas, das sie mehr brauchte als alles andere, nach dem sie sich je gesehnt hatte und vermutlich nie mehr wieder sehnen würde.

»Härter«, bettelte sie und drückte sich jedes Mal entschlossen zurück, wenn er nach vorn kam.

Wasser tropfte von ihren Körpern und als Julian endlich seinen Blick von ihr abwandte, sah Kristin sich selbst und ihr Gesicht mit den wilden Augen und erkannte sich nicht einmal wieder. Wundersamerweise machte es ihr nichts aus. Sie war schon zu weit gegangen, als dass sie den Anblick von Julian, wie er sie von hinten nahm, nicht heiß und erotisch finden konnte.

»Du gehörst mir, Kristin. Hast du verstanden? Mir!«, ließ Julian sie mit wilder Stimme wissen.

Seine direkte Aussage brachte ihren Körper dazu, lustvoll zu reagieren, und ihre Finger umschlossen krampfhaft den Waschtisch. »Dann gehörst du auch mir«, stöhnte sie.

»Ich würde dir da nicht widersprechen«, sagte er mit brüchiger Stimme und atmete schwer.

»Ich muss kommen, Julian. Bitte.« Sie gab es auf, ihm weiterhin vorzuspielen, wie stark sie war. Ihr Orgasmus hatte sich schon so sehr aufgebaut, dass sie kurz davor stand durchzudrehen.

»Dann komm gemeinsam mit mir«, sagte er mit einer Stimme so rau wie Schmirgelpapier.

Der Knoten in ihrem Bauch begann, sich aufzulösen, als Julian seine Hand zwischen ihre Oberschenkel schob und mit seinen Fingern ihre Klitoris rieb, während er sie weiterhin unermüdlich von hinten fickte.

»Ja!«, zischte sie laut. »Oh Gott ... ja!«

Ihr Höhepunkt schlug rauschartig in ihrem Körper ein und ihre Muschi zog sich hart zusammen, während eine Lustwelle nach der anderen über sie hinweg wusch. Sie war hilflos und konnte nur noch schreien: »Julian!«

»Ja, genau. Sag meinen Namen, Kristin. Vergiss niemals, wer dich so zum Orgasmus bringt.« Er stöhnte und sein Kopf fiel nach hinten, während er sich glühend heiß in ihr ergoss.

Seine Lust war ganz die ihre, als sie dabei zusah, wie er kam. Ihr eigener Höhepunkt ebbte langsam ab und pure Befriedigung folgte, während sie einen erregten Julian beim Erleben seines eigenen Höhepunktes beobachtete.

Er war so männlich mit seinen kräftigen, angespannten Muskeln und befriedigten Lauten, die er von sich gab, als er seine Hüfte in einer ruhmreichen Zurschaustellung der Macht eines Alpha-Mannes gegen ihren Hintern drückte.

Kristin schnappte nach Luft und ihr Herz raste, als er sie endlich ansah, als wollte er ausdrücken: *Ich habe es dir ja gesagt*, nur dieses Mal nicht im Spaß. Er sah erschöpft aus und zufrieden mit allem, was passierte, doch sein stürmischer Blick forderte von ihr, das Unvermeidbare zu akzeptieren.

Sie öffnete den Mund, um ihm mitzuteilen, wie sie fühlte, doch schloss ihn wieder, als sie feststellte, dass sie unfähig war zu sprechen.

Langsam zog Julian seinen Schwanz aus ihr heraus, hob sie auf seine Arme und trug ihren schlaffen Körper zu dem riesigen Bett. Nachdem er neben sie unter die Decke gekrochen war, nahm er sie in die Arme und hielt sie, wobei er mit einer Hand sanft über ihren Rücken streichelte. »*Das* sind wir«, murmelte er ihr ins Ohr.

»Ich weiß«, seufzte sie und ihr Herzschlag beruhigte sich langsam. Sie fragte nicht mehr, was er mit dieser Aussage meinte. Sie wusste es. Und die Antwort war ebenso schön wie beängstigend.

Sie wollte reden, wollte ihm sagen, wie viel Angst es ihr bereitete, so viel von ihrer Kontrolle zu verlieren, wenn sie mit ihm zusammen war.

Sie tat es nicht.

Und nur Augenblicke später hatten die beruhigenden Bewegungen seiner Hand, die auf und ab über ihren Rücken strich, und das Rauschen des Meeres sie in den Schlaf gelullt.

Kapitel 16

Die ersten Tage in Maui ließen Kristin und Julian wunderbar erschöpft zurück.

Sie hatten nichts anderes getan, als am Strand gespielt und einige der Restaurants vor Ort ausprobiert. Nachdem sie sich erneut ihrer Lust hingegeben hatten, verhielt Julian sich, als könne er von ihr nicht genug bekommen, und sie machte ebenfalls keine Anstalten, ihn sich vom Leib zu halten.

»Da ist einer. Da drüben!« Julian drückte Kristins Hand, als sie in die von ihm gewiesene Richtung schaute. Sie war so damit beschäftigt gewesen, den Wind auf ihrem Gesicht zu spüren, als sie auf das offene Meer hinausgefahren waren, dass sie beinahe vergessen hatte, auf einer Walbeobachtungstour zu sein.

Fasziniert lehnte sie sich über ihn hinweg, während das Boot langsamer wurde, damit sie den majestätischen Buckelwalen beim Spielen zusehen konnten. Sie hatte gehört, dass sie sanfte Riesen waren, doch irgendwie hatte sie sich nicht vorstellen können, wie groß sie tatsächlich sein würden.

Kristin stockte der Atem, als einer von ihnen seine gewaltige Masse aus dem Wasser erhob und dann wieder darin verschwand.

»Oh mein Gott! Sie sind riesig!« Die Aufregung in ihrer Stimme war echt und die Hand, die Julian hielt, zitterte bei dem Erlebnis, diese gigantischen Säugetiere in ihrem natürlichen Lebensraum zu beobachten.

»Ich habe sie zuvor bereits gesehen, aber es ist immer wieder genauso faszinierend wie beim ersten Mal«, antwortete Julian und grinste sie an. »Geht es dir soweit gut?«

Als sie die Sorge in seiner Stimme hörte, lächelte sie zurück. »Alles bestens. Ich kann sehen, wo wir hinfahren, und die Tabletten scheinen zu wirken. Ich werde dich nicht ankotzen. Ich verspreche es.«

»Wenn du es doch tust, ist es mir egal. Ich möchte nur nicht, dass dir übel wird«, brummte er, um seine Aufmerksamkeit danach wieder den Walen zuzuwenden.

Die Art und Weise, wie er sich um sie sorgte, ließ ihr Herz dahinschmelzen. Er war vielleicht ein Angeber, doch sie hatte erkannt, dass Julian ein Herz besaß. Ein großes sogar. Doch Kristin hatte das Gefühl, dass er es nur selten jemandem zeigte.

Sie beobachteten, wie die riesigen Tiere aus dem Wasser aufstiegen und wieder darin verschwanden. Einige von ihnen kamen so nahe an das Boot heran, dass sie die Wassertropfen ihres unglaublichen Aufpralls auf ihrem Gesicht spürte. »Ich kann nicht glauben, dass ich am Meer lebe und noch nie einen Wal gesehen habe«, murmelte sie, während sie dem Schauspiel, das sich vor ihr zutrug, weiter zusah.

Julian hatte die gesamte Tour erworben, das bedeutete, dass die beiden mit Ausnahme der Crew das ganze Boot für sich hatten.

»Die Walbeobachtungssaison in Maine ist anders«, sagte Julian.

Sie zuckte mit den Schultern. »Es war zum größten Teil eine Frage des Geldes. Wir konnten es uns nicht leisten.« Sie hatten es sich ebenfalls nicht leisten können, sich dafür freizunehmen. Darüber hinaus wären sie und ihr Vater niemals einen Tag lang weggefahren und hätten ihre Mutter zu Hause allein gelassen.

»Ich könnte ein Boot kaufen«, schlug Julian ernst vor.

Sie kicherte. »Kannst du es auch steuern?«

»Selbstverständlich. Ich kann dir auch das Tauchen beibringen. Ich habe in Südkalifornien gelebt. Ich selbst hatte kein Boot, aber einige meiner Freunde besaßen ihre eigenen.«

»Bist du ein Surfer?«, witzelte sie.

»Das auch«, gab er zu. »Aber ich kann besser tauchen als surfen.«

»Ich bin am Strand etwas geschnorchelt, aber tiefer unter Wasser bin ich noch nicht gekommen.« Eigentlich war es ziemlich armselig, dass sie ihr ganzes Leben lang an der Küste gelebt, aber nur wenige Wassersportarten ausprobiert hatte. Sie konnte gut schwimmen, aber das war so ziemlich ihr einziges Talent im Wasser.

Er machte eine kurze Pause, bevor er fragte: »Wärst du daran interessiert, es zu lernen, wenn ich ein Boot kaufen würde?«

Natürlich war sie daran *interessiert*. Es wäre großartig, tauchen zu können und mehr davon zu sehen, was in den Tiefen des Ozeans verborgen war. »Wir werden sehen«, murmelte sie und versuchte, sich daran zu erinnern, dass ihre Ehe mit Julian nur eine Farce war. Es war nicht so, als würde er an ihrer Seite sein, um ihr das Tauchen oder Surfen beizubringen.

Als das Boot wendete und sich auf den Weg zurück zur Anlegestelle machte, reichte Julian ihr eine weitere Dosis der Tabletten und Wasser, um sie zu schlucken.

»Danke.« Sie fing an, sich darauf zu verlassen, dass er so aufmerksam war und an alles dachte. Dennoch war es etwas, an das sie sich noch nicht vollständig gewöhnt hatte.

Wieder im Hotel angekommen ließ Julian sie kurz allein, um eine Sendung abzuholen, die für ihn abgegeben worden war. Als er wenig später ihre Hand nahm, um sie zu ihrer Suite zu führen, damit sie sich für das Abendessen umziehen konnten, hielt er jedoch nichts in den Händen.

Vielleicht war es nur ein Brief oder irgendwelche Papiere.

Sie tat es als nichts weiter ab, bis sie in der Suite ankamen und er eine kleine Schachtel aus seiner Tasche zog. »Ich habe deiner Mutter versprochen, dass du mit deinem Ring zurückkehren würdest«, erklärte er.

Nein! Nein. Nein. Nein.

In dem Kästchen, das er hielt, befand sich *kein* Ring!

»Aber ich habe vorgehabt, ihr irgendeine Ausrede aufzutischen«, sagte Kristin schnell. »Bitte sag mir nicht, dass du *wirklich* einen Ring gekauft hast.«

»Okay«, stimmte er freundlich zu. »Ich werde es dir nicht sagen.«

Sie sah zu, wie er der Schachtel ein kleines, samtenes Kästchen entnahm und es öffnete. »Ich werde ihn dir einfach an den Finger stecken.«

Ihr blieb der Mund offen stehen, als er das Kästchen herumdrehte, denn der Ring, der mit einem großen und vielen kleinen Diamanten besetzt war, blendete sie so stark. »Oh. Mein. Gott.« Sie erkannte den Namen auf der Schachtel: Mia Hamilton. Sie war eine Juwelierin, die Schmuck von Hand anfertigte, und jedes einzelne Stück war von ausgezeichneter Qualität und noch dazu extrem teuer.

»Mia hat fantastische Arbeit geleistet.« Julian nahm den Ring aus der Halterung und warf die Schachtel zur Seite.

»Ich kann ihn nicht tragen«, sagte Kristin schrill.

»Warum nicht? Er ist sehr hübsch«, antwortete Julian und sah verwirrt aus.

»Ich kenne den Namen der Herstellerin. Diese Stücke kosten ein Vermögen!«

Er ignorierte sie, ergriff stattdessen ihre Hand und steckte ihr das glitzernde Schmuckstück an den linken Ringfinger. »Ich bin reich, Kristin. Stinkreich«, fügte er hinzu. »Ein Ring wird mich schon nicht in den Ruin treiben.«

Er hatte Recht. Er konnte es sich sehr wohl leisten, einen Ring von Mia Hamilton zu erwerben. Doch er sollte sich nicht an *ihrem* Finger befinden. Dieses Juwel war etwas Besonderes. Jeder Ehering war einzigartig.

Sie blickte auf ihre Hand herab und bewunderte die exzellente Verarbeitung des Rings. Die Diamanten waren offensichtlich von bester Qualität und besaßen einen hohen Reinheitsgrad, denn sie funkelten jedes Mal unübersehbar, wenn sie ihre Hand bewegte. Der Stein in der Mitte war riesig, ein herzförmiger Diamant, der von vielen filigranen Steinen mit Baguette-Schliff eingerahmt war.

»Nein, arm wirst du deswegen nicht«, gab sie zu. »Aber dafür, dass ich ihn trage, ist er zu teuer. Diese Ehe ist nicht echt.«

Julian besah sich ihren Finger und grinste. »Auf mich macht er einen ziemlich echten Eindruck. Deine Mutter wird ihn lieben.«

Kristin war sich dessen ebenfalls sicher. Verdammt, sie selbst war bereits ganz fasziniert von diesem Ring. Doch sie konnte ihn nicht behalten. »Wird der Juwelier ihn zurücknehmen?«

»Nein. Auftragsschmuck kann nicht zurückgegeben werden, es sei denn, der Goldschmied hat schlechte Arbeit geleistet oder mit den Steinen ist etwas nicht in Ordnung.«

»Er ist perfekt«, sagte sie traurig.

»Trag ihn einfach«, drängte Julian. »Welchen Schaden kannst du damit anrichten? Ich habe so viel Geld, dass ich nicht mehr weiß, was ich damit anfangen soll. Und wenn wir uns trennen, dann kannst du ihn behalten. Dieser Ring wurde für *dich* angefertigt. Er würde niemals von irgendeiner anderen Frau getragen werden.«

»Du kannst nicht einfach so Geschenke in dieser Preisklasse machen«, sagte sie stur.

»Das habe ich gerade getan«, entgegnete er und zwinkerte ihr zu.

»Was, wenn ich ihn verliere?«, fragte sie mit Panik in der Stimme.

Er zuckte mit den Schultern. »Dann besorge ich dir einen Ersatz.«

Sie rollte mit den Augen, schritt durch das Wohnzimmer und betrat den Balkon, um etwas frische Luft zu schnappen. Dabei fiel ihr auf, dass sie vor Anspannung kaum Sauerstoff in ihre Lunge aufnehmen konnte.

Als sie sich am Balkongeländer abstützte, fiel das Licht in den Ring und ließ ihn glitzern, ganz so, als würde er sich über sie lustig machen.

Sie spürte starke Hände auf ihren Schultern. »Stimmt etwas nicht?«, fragte Julian ruhig.

»Das hier ist zu viel, Julian. Ich werde die ganze Zeit Angst haben, dass mich jemand überfällt und ausraubt.«

»Ich bezweifele, dass dir das in Amesport passieren wird«, antwortete er amüsiert. »Es ist keine große Sache, Süße. Wirklich nicht.«

»Für dich vielleicht nicht, für mich ist es das aber schon«, gab sie zurück und eine Träne rollte ihr über die Wange. »Hast du dir das Design überlegt?«

»Ja. Wenn du ganz genau hinsiehst, kannst du unten drunter klitzekleine Obsidian-Splitter erkennen. Sie stammen von dem Stein, den Beatrice mir gegeben hat. Bis jetzt hat er mir Glück gebracht.«

Sie nahm den Verlobungsring vorsichtig ab und besah sich das Innere, wo sie jetzt die kleinen schwarzen Pünktchen zwischen den einzelnen Zacken erkennen konnte. »Wie hat sie das gemacht?«

»Ich habe bei einem Juwelier einige Teile abschlagen und sie ihr zuschicken lassen.«

Es war gefühlvoll und aufmerksam. So sehr, dass Kristin gern angefangen hätte zu weinen. »Vielen Dank«, sagte sie leise. Sie war von seiner liebevollen Geste so gerührt, dass es ihr schwerfiel, wütend zu sein. »Ich werde mein Bestes tun, um ihn nicht zu verlieren.« Wenn sie ihn nicht zurückgeben konnte, war jeder Streit sinnlos, also steckte sie ihn wieder behutsam an ihren Finger.

»Woher hast du gewusst, dass er passen würde?«, fragte sie neugierig.

»In Las Vegas hast du mir deine Ringgröße verraten. Ich habe sie mir gemerkt.«

Kristin zuckte zusammen und fragte sich, warum sie in Las Vegas ausgerechnet *darüber* gesprochen hatten. Leider war sie zu betrunken gewesen, um sich daran zu erinnern. »Ich weiß davon nichts mehr.«

»Das überrascht mich nicht.« Er lehnte sich nach vorn und küsste sie sanft auf die Stirn. »Du warst total betrunken.«

Sie schloss die Augen und schluckte in der Hoffnung, dass der Kloß, den sie in ihrem Hals spürte, verschwinden würde. Ganz egal ob es gut oder schlecht gewesen war, sie hasste die Tatsache, dass sie sich an ihre eigene Hochzeit nicht erinnern konnte.

Später am selben Abend hätte Julian so einiges getan, um seiner Frau bei ihrer Dusche Gesellschaft zu leisten, bevor sie sich auf den Weg zum Abendessen machten.

Doch stattdessen rief er seinen Bruder an.

»Hey! Was gibt es? Du hast angerufen?«, fragte Julian Micah und ließ sich auf die Wohnzimmercouch fallen.

Micah hatte sich gemeldet, als er mit Kristin auf Walbeobachtungstour gewesen war. Er hatte zwar bemerkt, dass sein Telefon vibrierte, doch er hatte den Anruf ignoriert.

»Ja. Xander kommt zurück nach Amesport. Er sagt, dass er die Entzugsklinik bald verlassen könne«, informierte Micah seinen Bruder unglücklich.

Mist! Julian hatte gehofft, dass er noch etwas länger dortbleiben würde. »Es ist zu früh«, teilte er Micah nachdrücklich mit.

»Er sagt, er sei clean und würde das Verlangen bekommen, wieder trinken zu wollen, wenn er noch länger dortbliebe«, erklärte Micah verstimmt. »Mir gefällt das Ganze auch nicht. Aber solange hat er noch nie einen Entzug durchgehalten.«

»Ich werde bald zu Hause sein. Dann werde ich dir helfen können.«

»Julian, du hast deine Karriere, um die du dich kümmern musst«, entgegnete Micah.

»Nicht mehr. Ich habe meinen letzten Film abgedreht. Ich bin nicht glücklich damit, in den neuesten Actionstreifen mitzuspielen. Ich schreibe. Ich habe diese ganze Zeit darauf verwendet, zu den Besten in meinem Bereich zu gehören, und dann stelle ich fest, dass ich auf dem falschen Gebiet arbeite«, teilte er seinem Bruder aufrichtig mit.

»Tust du das wegen Xander?«, fragte Micah misstrauisch.

»Nein. Ich tue das für mich.«

»Gut. Wenn das so ist, dann glaube ich, dass ich die Hilfe gut gebrauchen kann. Und es wird mir verdammt guttun, dich hier zu haben.« Micah zögerte, bevor er fragte: »Bist du wirklich mit Kristin verheiratet?«

»Woher weißt du das?« Julian hatte gehofft, seinem Bruder diese Neuigkeit persönlich mitzuteilen, doch er hätte wissen müssen, dass er es auf anderem Weg erfahren würde.

»Da du eine ziemliche Szene gemacht hast, als Kristin ihre Verabredung hatte, hat es sich ziemlich schnell herumgesprochen. Bist du dir bewusst, was du gerade tust? Verheiratet zu sein ist kein Witz. Ich meine, die Flitterwochen können Spaß machen, aber du gehst eine ernsthafte Verpflichtung ein, Julian.«

»Denkst du, ich weiß das alles nicht?«, gab Julian verstimmt zurück.

»Weißt du es?«

Er lockerte seinen Griff um das Telefon und sagte schon etwas ruhiger zu seinem älteren Bruder: »Ja. Das weiß ich zufällig. Ich glaube, seit sie mir die erste Beleidigung an den Kopf geworfen hat, bin ich völlig verrückt nach ihr gewesen«, gestand er. »Ich weiß bereits seit langer Zeit, wie ich empfinde. Kristin davon zu überzeugen gestaltet sich jedoch etwas schwieriger.«

Micah lachte leise. »Wenn es irgendjemand schafft, dann du. Du bist der hartnäckigste Kerl, den ich kenne.«

»Ich arbeite daran«, bestätigte Julian. Nach einer kurzen Pause fügte er hinzu: »Wir waren vielleicht beide betrunken, als wir in Las Vegas geheiratet haben, aber ich war nicht betrunken genug, um nicht genau zu wissen, was ich tue.« Er wollte Micah zu verstehen geben, dass er seine Ehe auf gar keinen Fall auf die leichte Schulter nahm. »Wo wir gerade vom Heiraten sprechen, wie geht es Tessa?«

»Es geht ihr gut. Sie ist wegen der möglichen Operation etwas nervös, doch sie ist eine starke Frau.«

Julian dachte einen kurzen Moment nach, bevor er antwortete. »Hat sie bereits erfahren, ob sie für Cochlea-Implantate infrage kommt?«

»Noch nicht. Aber die Ärztin in New York war der Meinung, dass dem nichts im Weg stünde. Nächsten Monat haben wir noch einen Termin, wenn die Feiertage vorüber sind.«

Weihnachten stand vor der Tür. Julian hatte das beinahe vergessen. »Man vergisst den Winter ganz schnell, wenn man in Maui ist«, witzelte er.

»Hast du ein Glück«, brummte Micah. »Ich werde mit Tessa dorthin reisen, wenn wir wissen, ob eine Operation möglich ist oder nicht.«

»Das solltet ihr unbedingt. Sie wird es lieben. Wir haben mit diesem Resort wirklich einen guten Fang gemacht.«

»Darf ich fragen, wie du dir vorstellst, dass sich die Dinge in deiner Ehe weiterentwickeln? Ihr habt in Las Vegas geheiratet und wart beide ziemlich betrunken. Du könntest aus dieser Nummer ganz leicht wieder herauskommen.« Es war offensichtlich, dass Micah nicht zufriedengestellt war und das Thema nicht beenden wollte.

»Ich weiß es nicht.« Julian fuhr sich frustriert mit einer Hand durchs Haar. »Kann ich dich etwas fragen?«

»Ja, sicher.«

»War es das alles wert?«, entfuhr es Julian. »All der Schmerz, die Arbeit und Frustration. Du und Tessa, ihr hattet einige Probleme. Hat es sich gelohnt, nicht aufzugeben?«

»Jede einzelne Minute«, antwortete Micah aufrichtig. »Für sie würde ich durch die Hölle und wieder zurück gehen.« Eine Weile war es still, dann fragte er: »Denkst du wirklich darüber nach, dauerhaft mit ihr zusammenzubleiben?«

»Das tue ich. Aber ich bin mir nicht sicher, ob sie das auch tut«, sagte Julian tonlos.

»Es lohnt sich, am Ball zu bleiben und es herauszufinden«, riet Micah. »So wie ich die Sache sehe, hat Kristin schnell erwachsen werden müssen und ist darüber hinaus extrem verantwortungsbewusst. Vielleicht war diese Last zu groß für sie.«

»Es wäre für jeden zu viel. Verdammt, sie hat kaum ihr eigenes Leben gehabt.«

»Klingt nach jemand anderem, den ich kenne«, merkte Micah in sarkastischem Ton an. »Ich glaube nicht, dass du dir in all den Jahren, in denen du so hart gearbeitet hast, jemals einen Urlaub gegönnt hast.«

»Das stimmt. Und ich habe es bereut«, sagte er. »Aber jetzt hole ich die verlorene Zeit nach. Davon abgesehen hast du gar kein Recht, mich zu kritisieren.« Bevor er Tessa getroffen hatte, war Micah ein Workaholic gewesen.

»Vielleicht habe ich das nicht. Aber höre auf jemanden, der weiß, wovon er spricht. Bringe sie dazu, mit dir zu reden. Frauen empfinden die Dinge nicht immer so wie wir.«

»Du meinst, sie denken nicht die ganze Zeit an Sex?«, fragte Julian gespielt schockiert.

Micah lachte. »Nicht die ganze Zeit.«

»Verdammt! Dann glaube ich, dass Verführung nichts helfen wird.«

»Es ist ein guter Anfang«, sagte Micah. »Doch es reicht nicht aus.«

»Langsam erkenne ich das selbst«, brummte Julian unzufrieden.

Julian plauderte noch einige weitere Minuten mit seinem Bruder, bevor er auflegte. Er war der Lösung zu seinem Dilemma keinen Schritt näher als vorher gekommen.

Ich muss schwerere Geschütze auffahren.

Sein Problem war nur, dass er nicht viel Zeit hatte.

Kapitel 17

»Was tust du?«, fragte Kristin nervös, als sie aus dem Badezimmer trat. Sie trug ein seidenes, smaragdgrünes Nachthemd, das jede ihrer Kurven sanft umschmeichelte.

Julian besaß keinerlei Schamgefühl. Er hatte sich einfach nur nackt ausgezogen und lag momentan ausgestreckt auf dem Bett, wobei er mit seiner Hand geistesabwesend über seinen erigierten Schwanz streichelte.

»Ich denke an dich«, antwortete er mit einem schelmischen Grinsen.

Ihr Herz begann zu stottern, als sie sich seinen unfassbar durchtrainierten Körper in dieser entspannten Position ansah. Er hatte einen Arm hinter dem Kopf verschränkt, der andere war ... nun ... beschäftigt. Er sah aus wie Sünde und Versuchung und sein spitzbübischer Gesichtsausdruck machte ihn nur noch gefährlicher.

Wie er so lustig – und gleichzeitig so intensiv – sein konnte, war ihr ein Rätsel.

Julian war ein riesiges Geheimnis, das in einer köstlichen Verpackung steckte. Er war unvorhersehbar und konnte sie ganz leicht unvorbereitet erwischen.

Genauso wie er es in diesem Moment tat.

Ihre Augen aßen ihn auf, während ihr Blick liebevoll über seinen muskulösen Oberkörper und seinen Waschbrettbauch wanderte.

Sie blieb dort stehen, wo sie angehalten hatte, etwa drei Meter vom Bett entfernt, in dem sie sich jetzt gern befinden würde. Julian würde den nächsten Schritt machen. Das tat er immer.

Während sie auf ihrer Lippe herumkaute, wartete sie.

Und wartete.

Dann begann sie, ungeduldig mit ihrem Fuß aufzutippen, während sie ihn dabei beobachtete, wie er den Kopf drehte und dabei immer noch mit festem Griff auf und ab über seinen Schwanz streichelte.

»Also?«, sagte er mit einem teuflischen Gesichtsausdruck. »Willst du hiervon etwas haben oder nicht, Baby?«

Kristin stöhnte beinahe auf. Sie musste ihre Oberschenkel zusammenpressen, um nicht zum Bett zu laufen, sich an seinen wunderbaren, nackten Körper zu schmiegen und ihn anzubetteln, sie zu berühren. Julian kam immer und nahm sie, ganz egal wo er sie gefunden hatte, oder er trug sie ins Bett, um dort allerlei schmutzige Dinge mit ihr anzustellen, die sie um Erlösung flehen ließen.

Niemals, nicht ein einziges Mal, hatte sie darauf warten müssen, dass er sich das nahm, was er haben wollte.

Sie leckte sich über die Lippen, während sie mit verklärtem Blick die Bewegung seiner Hand beobachtete, und antwortete heiser: »Ja. Ja, ich glaube, das will ich.«

Er lockte sie mit dem Zeigefinger, um sie näher ans Bett zu bewegen. »Wenn du es willst, dann komm und hol es dir«, sagte er.

Es war eine Herausforderung. Kristin wusste das. Julian wollte herausfinden, ob sie eine echte Angreiferin war. Hinter seiner Aktion steckte immer noch Neckerei, doch seine Absichten waren glasklar.

Bin ich bereit, zu ihm zu gehen? Bin ich bereit, die Intimität zwischen uns auszulösen?

Die Frage, ob sie ihn *wollte* oder nicht, stellte sich gar nicht erst. Jedes Mal wenn sie nur an Julian dachte, reagierte ihr Körper. Doch sie wollte verdammt sein, wenn sie ihm den Sieg so einfach machen würde.

Sie legte sich eine Fingerspitze ans Kinn. »Ich muss erst darüber nachdenken«, teilte sie ihm mit einem sinnlichen Lächeln mit. »Es gibt da so einiges, das ich gern mit dir anstellen würde, aber ich bin mir nicht sicher, ob es dir gefallen wird.«

Sie begann, an ihrem Finger zu saugen, und sah ihm fest in die Augen.

»Was denn?«, fragte er und seine Stimme klang plötzlich bedürftig.

»Ich will meinen Mund überall auf deinem Körper haben und ich würde außerdem gern diese Arbeit übernehmen.« Sie nickte in Richtung seines Schwanzes.

»Dann tu es, verdammt noch mal«, knurrte er und rieb sich den Schwanz ein klein wenig härter und schneller.

Während sie zum Bett schlenderte, lächelte sie auf ihn hinab, doch ihr Herz war bereit, ihr vor Sehnsucht aus der Brust zu springen. Sein Körper rief nach ihr und mittlerweile war daraus ein lautes Schreien geworden.

»Ich bin mir nicht sicher, ob ich das sollte«, sagte sie nachdenklich und kniete sich mit einem Bein auf das Bett. »Ich meine, es ist ziemlich direkt.«

»Dann *sei* direkt«, forderte er.

Kristin hatte den Überblick darüber verloren, wie viele Male er ihr frech mit seinem Mund zwischen ihren Beinen Lust bereitet hatte. Nicht ein einziges Mal hatte sie ihm den gleichen Gefallen getan. Nicht dass sie es nicht wollte. Sie musste zwar ehrlich zugeben, dass sie auf diesem Gebiet nicht sehr begabt war, doch sie war sich ziemlich sicher, dass sie einen Weg finden konnte, um ihn zu befriedigen.

Die Art und Weise, wie Julian ihr immerzu hinterher gierte, als wäre sie ein Supermodel, hatte ihr ein Gefühl von sexueller Macht gegeben, das sie noch niemals zuvor in ihrem Leben empfunden hatte. Er brachte sie dazu, aus sich selbst ausbrechen zu wollen und die Verführerin zu sein, von der er ihr immerzu vorhielt, dass sie es sei.

Zu wissen, dass sie ihn auf die lüsternste Art und Weise berührte, war aufregend und verrückt zugleich.

Sie bewegte sich zu ihm hin und schob seine Hand weg. Dabei verwob sie ihre Finger mit seinen, als sie sich zu ihm hinunterbeugte und befahl: »Küss mich!«

Sein warmer Atem schwebte bereits über ihrem Gesicht, als sie ihren Mund auf seinen presste und ihre Lippen sich zu dem sinnlichsten Kuss vereinigten, den sie jemals erlebt hatte.

Julians Arm schnellte hinter seinem Kopf hervor und blitzschnell fanden seine Finger einen Weg in ihre Locken. Er hatte keine Eile, ihre Mundhöhle gründlich zu erforschen, während seine Hände ihre Haare durchwühlten. Die Umarmung war heiß, erotisch und absolut fesselnd.

Kristin hatte Mühe, die Kontrolle zu behalten. Endlich löste sie ihre Lippen von seinen und wanderte dann mit ihrem Mund seinen Hals hinab und über seine Brust. »Du hast einen unfassbar heißen Körper, Julian. Aber das weißt du sicherlich schon.«

Er stöhnte, während sie über seine Bauchmuskeln leckte und schließlich ihre Finger aus seiner Hand zog, um sich dem einschüchterndsten Schwanz zuzuwenden, den sie jemals gesehen hatte. Unermüdlich ließ sie ihre Zunge über die empfindliche Spitze gleiten und schmeckte den Lusttropfen, der sich dort bereits gebildet hatte.

Seine ermutigenden Hände fuhren durch ihr Haar und aus seiner Kehle tönte ein tiefer, animalischer Laut. »Nimm ihn«, wies er sie barsch an.

Sie streichelte den Schaft mit ihrer Hand auf und ab und sagte: »Ich werde dich dazu bringen, darum zu betteln.« Was fair war, war fair. Kristin war der Meinung, dass sie Julian oft genug angebettelt und angefleht hatte. Jetzt war er an der Reihe. Sie ersetzte ihre Hand mit ihrer Zunge und leckte seitlich von unten nach oben über seinen Schwanz.

»Kristin«, explodierte er mit warnender Stimme.

»Kann ich etwas für dich tun?« Sie saugte zart an seiner Penisspitze.

»Oh, Scheiße. Gut. Bitte!«, rief er in einem Tonfall, der ihr bedeutete, dass er sich gerade einen Dreck um seinen Stolz scherte.

Sie reagierte sofort, nahm seinen Schwanz so tief es ging in ihren Mund und saugte, als sie sich zurückzog.

»Oh Gott! Ich sterbe«, krächzte Julian, während er den Griff an ihrem Kopf verstärkte.

Sie hatte ihn genau dort, wo sie ihn hatte haben wollen, in der gleichen Position, in die er sie beinahe jedes Mal brachte: heiß, bedürftig und so verzweifelt, einen Orgasmus zu erleben, dass es ihm egal war, was er sagte.

Sein lustvolles Stöhnen spornte sie an und sie streichelte zärtlich über seine Hoden, während sie schneller wurde und ihn das Tempo vorgeben ließ, um ihm genau das zu geben, was er in diesem Augenblick brauchte.

Mit einem Mal spürte sie, wie ihr Körper gedreht wurde, und ihr entfuhr ein Schrei. Julian hatte sie mit einem kräftigen Ruck ihres Slips entledigt.

»Ich komme nicht allein«, brummte er an ihrer feuchten Muschi, bevor seine Zunge zwischen ihre Schamlippen eintauchte. Ihr Nachthemd war nun bis zu den Hüften hochgeschoben.

Die Lust, die sie verspürte, als sein hungriger Mund sie verschlang, sendete einen Adrenalinstoß durch ihren Leib. Sie beugte sich herunter und nahm seinen Schwanz wieder in den Mund. Sie hatte Schwierigkeiten, ihren Rhythmus zu halten, weil Julians Griff um ihre Oberschenkel immer fester, sein Mund immer fordernder wurde.

Ihre Körper waren schweißnass, als sie sich in einem Wirrwarr aus Armen und Beinen gemeinsam dem Höhepunkt näherten. Mit einer wahnsinnigen Raserei explodierte Kristin bei Julians Stöhnen und diese Vibration löste in ihrem Körper einen gewaltsamen Orgasmus aus. Sein heißer Samenerguss kam zur gleichen Zeit und Kristin genoss seinen Geschmack, während sie über ihm zitterte und in ihrer eigenen Lust gefangen war.

Sie fiel erschöpft neben ihm in sich zusammen, ihre Hand streichelte über seinen Oberschenkel. »Oh Gott«, flüsterte sie, denn sie wusste, dass das, was als Herausforderung begonnen hatte, in etwas Verheerendem geendet hatte, das keiner von beiden hatte kontrollieren können.

Genau das passierte, wenn Julian sie berührte. Jedes. Einzelne. Mal.

Er setzte sich auf, zog sie neben sich nach oben und hielt sie so fest, dass sie kaum atmen konnte. Doch sie hätte es gar nicht anders haben wollen. In diesem Augenblick brauchte sie die Nähe und Ruhe. Sie wollte, dass er sie genau so festhielt, so als würde er sie nie mehr loslassen.

»Kristin«, flüsterte er heiser und streichelte beruhigend über ihren Rücken und ihr Haar.

So lagen sie eine ganze Weile und keiner von ihnen sprach auch nur ein weiteres Wort.

Irgendwann standen die beiden auf, um zu duschen. Mit ihrem leblosen, schlaffen Körper fühlte Kristin sich, als sei sie vollständig zerstört worden.

»Kommst du?«, fragte Julian und rollte sich aus dem Bett.

»Das bin ich schon«, antwortete sie frech und kroch über die Matratze, um ihm zu folgen.

Er lachte, ein tiefer, grollender Laut der Freude, bei dem Kristin ihn angrinste.

Er bedeutete ihr, die Arme zu heben, und zog ihr das seidige Nachthemd über den Kopf. »Ich muss dir einige neue Slips kaufen«, sagte er und sah sie mit hochgezogener Augenbraue an.

Julian hatte ihr bereits einen ganzen Kleiderschrank voller neuer Sachen zur Verfügung gestellt. Alles was sie mit nach Maui genommen hatte, stammte aus dem Kleiderbestand, den er gekauft und in seinem Haus aufbewahrt hatte. »Du hast mir genügend Unterwäsche gekauft«, sagte sie und fragte sich, ob seine Assistentin wohl ihr Strandkleid, ihre Jeans, Hemden, Schuhe und Dessous ausgesucht hatte, die sie in dem Schrank gefunden hatte.

»Ich werde dir mehr besorgen«, versprach er und stellte die Wassertemperatur der Dusche ein.

»Wer hat die Dinge für mich gekauft, die sich in deinem Haus befinden?« Bevor sie sich zurückhalten konnte, war ihr diese Frage auch schon aus dem Mund geschlüpft.

Er sah sie an und seine Augen streichelten ihr Gesicht, ganz so, als sei er auf der Suche nach etwas. »Ich.«

Sie rollte mit den Augen. »Ich weiß, dass du sie bezahlt hast. Aber ich weiß auch, dass du sie nicht persönlich ausgesucht hast.«

Die Dessous waren elegant und sexy, jedoch nicht offensichtlich obszön. Gleiches galt für die restliche Garderobe.

»Meine Assistentin hat mir geholfen. Ich bin nicht sehr gut darin, Frauenkleidung auszusuchen«, gestand er und klang ganz so, als wollte er nicht zugeben, dass es irgendetwas gab, bei dem er nicht talentiert war. »Ich wäre glücklich, wenn du die ganze Zeit nackt wärst.«

»Sie hat kein Problem damit, für dich einkaufen zu gehen?«, fragte sie und ignorierte seine anzügliche Bemerkung.

Er zuckte mit den Schultern, nahm ihre Hand und zog sie zu sich in die Dusche. »Natürlich nicht. Sie ist meine Assistentin.«

Die pulsierenden Düsen mit heißem Wasser beruhigten die Muskeln in Kristins Körper, von deren Existenz sie nichts gewusst hatte, bis sie angefangen hatte, sexuelle Freiübungen mit Julian durchzuführen.

Er nahm den Schwamm und das Duschgel und drehte sie herum, um sie zu waschen. Kristin versuchte, ihre Gedanken so unschuldig wie möglich zu halten, während er mit dem seifigen Schwamm über ihren Körper rieb. »Vielleicht gefällt es ihr ja nicht, für deine neue Ehefrau einzukaufen.«

Die arme Frau musste für Julian schwärmen. Kristin konnte sich nicht vorstellen, dass irgendeine weibliche Person für ihn arbeiten und nicht in ihn verschossen sein würde.

»Es hat ihr nichts ausgemacht.«

»Woher willst du das wissen?«

»Weil sie es mir gesagt hat«, antwortete er.

»Jede Frau würde das zu ihrem Chef sagen.«

Julian drehte sie wieder herum und ließ sich Zeit, um die Vorderseite ihres Körpers zu säubern. Dann antwortete er: »Warum sagst du das?«

»Ich sage das, weil sie vielleicht in dich verliebt ist. Manchmal entwickeln sich Gefühle, wenn eine Frau eng mit einem Mann zusammenarbeitet.«

»Bist du eifersüchtig, Scarlet?«, fragte er neugierig.

»Natürlich nicht«, antwortete sie schnippisch. »Es ist nur natürlich, dass so etwas passieren könnte.«

»Sieh mich an«, forderte er sie auf und drückte ihr den Schwamm in die Hand, als er fertig war.

Sie bedeutete ihm, sich umzudrehen, doch er bewegte sich nicht.

»Kristin, sieh mich an!«, sagte er nun lauter.

Sie hob ihren Kopf und funkelte ihn herausfordernd an. »Was?«

»Du brauchst weder auf meine Assistentin noch irgendjemand anderes eifersüchtig zu sein. Sie ist glücklich verheiratet und hat bereits zahlreiche Enkel. Ich habe sie schon mehrmals gefragt, ob sie sich nicht zur Ruhe setzen will, aber sie schwört, dass sie mich gern zum Chef hat. Ich zahle ein großzügiges Gehalt und meine Angestellten sind loyal. Es hat ihr Spaß gemacht, meiner neuen Frau Kleidung zu kaufen, denn sie interessiert sich für die neuesten Modetrends.«

Kristin wurde rot und machte eine weitere ungeduldige Handbewegung, damit er sich umdrehte. Dabei senkte sie den Kopf und starrte auf seine Brust. Schließlich bewegte er sich, jedoch nicht, ohne zuvor ihr Gesicht ausführlich zu studieren.

Sie fühlte sich etwas töricht, weil sie eifersüchtig auf eine Frau war, die Julian vermutlich wie ihren Sohn betrachtete. »Nun, kannst du ihr dann für mich danken? Sie hat einen guten Geschmack«, antwortete sie schließlich, während sie seinen Rücken fester schrubbte, als es eigentlich nötig war.

»Ich weiß, dass sie das gern hören wird«, antwortete Julian. Er ließ sie einige Momente lang ihre Arbeit machen, dann gestand er: »Ich war auch eifersüchtig. Als ich gesehen habe, dass du dich mit einem anderen Mann triffst, hat mich das fast umgebracht.«

»Ich war nicht eifersüchtig«, protestierte sie.

»Doch, das warst du, und irgendwie gefällt mir das. Meine Güte, bei dir fühle ich mich so besitzgierig, dass es mir manchmal sogar Angst macht. Ich bin erleichtert, weil ich nun weiß, dass du dich manchmal genauso fühlst«, sagte Julian.

»Als ich mich auf eine Verabredung mit einem Unbekannten eingelassen habe, wusste ich nicht, dass wir verheiratet sind. Ich war mir nicht sicher, ob ich dich in der näheren Zukunft überhaupt wiedersehen würde«, teilte sie ihm atemlos mit und ihr Herz raste noch immer von seinem Zugeständnis, dass er es gehasst hatte, sie mit einem anderen Mann zu sehen.

»Das spielt keine Rolle. Ich konnte nur daran denken, dass er dich angefasst haben könnte. Dann hätte ich ihm den Kopf abgerissen.«

»Das hat er nicht. Es war eine Verabredung, die Mara organisiert hatte. Er war ein netter Kerl, aber er war nicht ...« Sie hielt inne, weil sie beinahe zu spät erkannte, was sie da im Begriff war zu sagen.

»Er war nicht was?«

»Schon gut. Es ist nicht wichtig.«

Julian drehte sich zu ihr und ergriff sie bei den Schultern. »Es *ist* wichtig«, sagte er nachdrücklich. »Der Typ, mit dem du dich getroffen hast ... Er war nicht ... was?«

Still beeilte sie sich, die Vorderseite seines Körpers zu waschen, und sprach dann endlich ihren Satz zu Ende. »Er war nicht du. Er war keine absolute Nervensäge von dem Moment an, an dem wir uns kennengelernt haben. Er hat sich keine Spitznamen für mich ausgedacht oder mich die ganze Zeit herausgefordert, über mich hinauszuwachsen. Er hat meinen Körper nicht zum Singen gebracht, wenn ich ihn angesehen habe, und – bei Gott – er hat mich auch nicht so wütend gemacht, wie du es tust.«

Vorspiel.

Das Wort kam ihr wieder in den Sinn, gesprochen mit Julians heiserer Stimme, wie es so oft der Fall war, wenn sie genervt von ihm war.

»Gut«, sagte Julian zufrieden. »Dann kann ich ihn ja am Leben lassen.«

Diese territoriale Aussage befriedigte etwas Wildes in ihr, während sie sich weiterhin einredete, dass keiner von ihnen eifersüchtig sein sollte. Schließlich befanden sie sich nicht in einer festen Beziehung miteinander. Ja, auf dem Papier war er ihr Ehemann, doch das würde er nicht sehr lange bleiben.

Als sie aus der Dusche traten und sich abtrockneten, rief sie sich ins Gedächtnis, dass Julian Sinclair nur ihr Übergangsehemann war. Dennoch half all das nichts, als sie sich im Bett zufriedener und glücklicher an ihn kuschelte, als sie es jemals in ihrem bisherigen Leben gewesen war.

Kapitel 18

»Du siehst glücklich aus, Liebling. Ich habe das Gefühl, dass die Reise dir gutgetan hat«, sagte Cindy Moore zu ihrer Tochter, als Kristin die Hand ausstreckte, um ihrer Mutter ihren Ring zu zeigen.

Komischerweise *war* sie glücklich. Die Zeit in Hawaii hatte sich angefühlt wie ein unwirklicher Traum und auch Julian hatte sich in den wenigen Tagen, die sie nun wieder zurück in Amesport waren, nicht verändert. Er begehrte sie noch immer und verwöhnte sie, wo er nur konnte. »Das bin ich«, gab sie widerwillig zu.

Ihre Mutter besah sich den Diamanten und strich mit ihrem dünnen Finger über den großen Stein in der Mitte. »Teuer. Aber er hat einen guten Geschmack. Er ist wunderschön, mein Mädchen.«

»Danke. Er hat ihn von Mia Hamilton speziell anfertigen lassen.«

Ihre Mutter nickte. »Dann war er mit Sicherheit teuer. Aber du verdienst ihn.«

Kristin legte den Arm um ihre Mutter und setzte sich neben sie auf das Sofa. »Wie geht es euch? Läuft die Bar gut?«

»Machst du dir Sorgen, dass das Geschäft ohne dich nicht funktioniert?«, neckte ihr Vater, der ihnen gegenüber auf einem Stuhl saß.

Julian war in seinem Haus und Kristin hatte nach der Arbeit ihre Eltern besucht. Es fühlte sich merkwürdig an, die Stadt zu verlassen, anstatt sich auf die Arbeit im *Shamrock's* vorzubereiten. »Nein, Dad. Ich mache mir ehrlich keine Gedanken, dass die Bar nicht läuft. Ich glaube, ich war einfach nur müde von allem.«

Jetzt, da sie sich eine Auszeit genommen und Zeit gehabt hatte, sich zu entspannen, war es ihr klar geworden, wie erschöpft sie tatsächlich gewesen war. Davor hatte sie nicht gewusst, wie es sich anfühlte, normal zu sein, denn das hatte sie nie getan.

Es war ... ziemlich großartig.

»Ich weiß, dass du erschöpft warst, Süße«, antwortete ihr Vater und schüttelte den Kopf. »Du hättest niemals in der Situation sein sollen, so hart arbeiten zu müssen.«

»Ihr seid meine Familie«, protestierte Kristin und bereute es bereits, dass sie ihren Eltern gestanden hatte, wie sie sich fühlte. Ihr Vater musste ebenfalls ausgelaugt sein. Er liebte ihre Mutter und Kristin wusste, dass er in den letzten Jahrzehnten alles alleine gemacht hätte, wenn es ihm möglich gewesen wäre.

Ihre Mutter legte eine Hand auf ihren Arm, um sie zu unterbrechen. »Denke bitte niemals, dass wir uns keine Vorwürfe gemacht haben, weil du so viel verpasst hast. Ich weiß, dass du dich nie wohl damit gefühlt hast, deine Freunde zu uns einzuladen oder sie zu besuchen, ohne dich um mich zu sorgen. Und du hast dich mit deinem Job und der Arbeit im *Shamrock's* halb zu Tode gearbeitet. Aber jetzt, Liebling, ist es höchste Zeit, dass du dein eigenes Leben lebst. Deinem Vater und mir geht es gut.«

Dank Julian.

Kristin nahm es ihrem übergangsweisen Ehemann weniger und weniger übel, dass er in die Geschäfte ihres Vaters involviert war. Das *Shamrock's* würde nicht so viel Gewinn abwerfen, wie es gerade der Fall war, wenn er sich nicht eingemischt und Dinge verändert hätte.

Sich mit Liam zusammenzutun war sogar noch klüger gewesen. Da er regelmäßig ein Auge auf das Lokal warf, würde es mit dem *Shamrock's* nie wieder bergab gehen.

Dale Moore kratzte sich am Kopf. »Ich habe mich gefragt, warum dieser Junge seine Finger unbedingt in einem kleinen Laden wie dem *Shamrock's* haben wollte. Ich denke, dass ich es jetzt weiß. Er hatte Hintergedanken. Er wollte meine Tochter heiraten. Nicht dass ich das für eine schlechte Sache halte. Er ist ein guter Mann. Liam ebenfalls. Ich könnte mir keine besseren Geschäftspartner wünschen.« Er grinste seine Tochter an.

Kristin spürte, wie es in ihrem Magen rumorte. Ihre Eltern waren momentan so glücklich. Wie würden sie sich fühlen, wenn sie herausfanden, dass sie und Julian nicht verheiratet bleiben würden? »Magst du ihn?«, fragte sie leise und dachte darüber nach, was Julian wohl davon halten würde, ein *Junge* genannt zu werden.

»Wir lieben ihn«, sagte ihre Mutter euphorisch. »Jeder Mann, der klug genug ist, meine Tochter zu heiraten und sie wie die wundervolle Frau behandelt, die sie ist, steht auf meiner Weihnachtsliste.«

»Wir freuen uns für dich, Krissy«, fügte ihr Vater aufrichtig hinzu.

Sie musste schwer schlucken, als sie hörte, wie ihr Vater sie mit ihrem Kosenamen aus Kindertagen ansprach. Das hatte er seit langer Zeit nicht mehr getan. »Danke Dad«, brachte sie als Antwort heraus.

»Gefällt dir, was wir uns für euren Empfang überlegt haben?« Ihre Mutter klang aufgeregt und fröhlich.

Kristin hatte wirklich nicht erwartet, dass ihre Eltern schon *so bald* eine Feier planen würden. Während ihrer Reise nach Hawaii waren ihre Eltern beschäftigt gewesen. Und weil Julian zugestimmt hatte, blieb ihr nichts anderes übrig, als zu antworten: »Ja. Es ist fantastisch.«

»Da wir uns in der Nebensaison befinden, hatten wir keine großen Probleme, das Jugendzentrum nach den Feiertagen zu buchen. Ich bin mir sicher, dass alle kommen werden. Wer würde solch ein Ereignis schon verpassen wollen?«

Bis Weihnachten waren es nur noch wenige Tage, was bedeutete, dass die Feier bereits in wenigen Wochen stattfinden würde. So wie es aussah, hatte ihre Mutter die Sinclairs in Kristins Elternhaus eingeladen, um die Einzelheiten der Feierlichkeiten zu besprechen. Jetzt waren alle Sinclairs involviert. Wenn sich die Mitglieder dieser Familie zusammentaten, dann kam sehr schnell Bewegung in die Sache.

»Ich habe keinen Zweifel, dass das Zentrum voll sein wird«, antwortete Kristin und versuchte, ein falsches Lächeln auf ihr Gesicht zu zementieren. Sie hätte Julian immer noch dafür umbringen können, dass er ihren Eltern weisgemacht hatte, der Zeitpunkt sei günstig und er freue sich auf den Empfang.

Jetzt konnte sie das Ganze auf keinen Fall mehr absagen. Nicht wenn sie Julian vor dem vereinbarten Zeitpunkt verlassen wollte. Wenn sie das täte, würde er ihr das Leben schwer machen, und jetzt war sie plötzlich begierig auf diese Zeit, die ihr noch blieb.

Irgendwie verflog mit dem Zusammenleben und Zusammensein mit Julian jede Einsamkeit und Isolation, unter der sie all die Jahre gelitten hatte. Und obwohl sie bereits wusste, wie es enden würde, so wollte sie nicht den Anfang und die Mitte verpassen – die guten Teile. Auch wenn er sie *wirklich* sehr häufig verrückt machte.

Sie erhob sich und fühlte sich schrecklich, dass sie ihre Eltern angelogen hatte. »Ich werde besser gehen.« Sie beugte sich hinunter und küsste ihre Mutter auf die Wange, dann ging sie zu ihrem Vater und gab ihm ebenfalls einen Kuss. »Julian wird vielleicht versuchen zu kochen, und das ist mehr als nur ein wenig angsteinflößend.«

Ihre Eltern lachten beide, als sie winkend das Wohnzimmer verließ. Sie war erschöpft von dem Dauerlächeln, das sie aufrechterhalten hatte. Sie trat aus der Haustür, lief zu Julians Geländewagen und drückte bereits im Gehen auf den Schlüssel, um die Türen zu entsperren. Eiskalter Regen prasselte auf sie herab und Kristin war dankbar, als sie sich endlich im Inneren des bequemen Wagens befand. Sie trat mit ihrem Fuß auf das Bremspedal und drückte den Knopf, um den Motor zu starten. Wenn sie eher daran gedacht hätte, so hätte sie den Wagen vom Haus aus anlassen können, damit er warm wäre, wenn sie einstieg. Aber ihr Auto war älter und besaß keine der tollen Funktionen, die dieses Gefährt hatte.

Als sie aus Hawaii zurückgekehrt waren, hatte Julian ihr in den Ohren gelegen, dass sie ein neues Auto bräuchte. Sie hatte sich geweigert und gesagt, dass ihr Wagen zwar alt sei, aber noch einwandfrei funktionierte. Irgendwann hatte er es zwar aufgegeben und sich über ihre Weigerung beschwert, sich von ihm ein neues Auto schenken zu lassen, am Ende hatte sie den Kampf jedoch verloren. Julian hatte gehört, dass Maine von einer Schlechtwetterfront befallen werden würde, also hatte er sie davon überzeugt, heute seinen Geländewagen zu fahren, weil er sowieso zu Hause bleiben und an seinem Drehbuch arbeiten wollte.

Als sie noch in der Stadt gewohnt hatte, war es kein Problem gewesen, einen Kleinwagen zu fahren. Aber sobald sie sich auf der Landstraße befand, war sie dankbar, dass sie ein schwereres Gefährt unter sich hatte.

Sie drosselte das Tempo und überlegte sich, was sie zum Abendessen kochen könnte und wie weit Julian wohl mit seinem Drehbuch gekommen war.

Kristin war sich ziemlich sicher, dass seine berufliche Umorientierung nicht lange anhalten würde. Irgendwann würde er an den Punkt gelangen, an dem er wieder mehr Filme drehen wollte. Nachdem er so lange in Kalifornien gelebt hatte, würde er in einer kleinen Stadt wie Amesport niemals glücklich sein. Gut, die Einwohner ließen ihn weitestgehend in Ruhe. Jeder in Amesport war daran gewöhnt, dass die Sinclairs hier lebten, und niemanden interessierte es, dass es von Milliardären nur so wimmelte. Die meisten von ihnen waren dankbar für die Veränderungen, die Grady, seine Brüder und schließlich auch seine Cousins den Einwohnern hier ermöglicht hatten. Den Sinclairs war die Stadt wichtig, in der sie lebten, und das zeigte sich in jeder Verbesserung, bei deren Umsetzung sie mithalfen.

Wegen der vereisten Straßen dauerte es länger, bis Kristin zu Hause ankam, doch schließlich fuhr sie den Wagen mit einem Seufzer der Erleichterung in die Garage.

An der Garagentür wartete Julian bereits mit gerunzelter Stirn auf sie. »Ich habe mir Sorgen gemacht. Du hast nicht auf meine Nachricht geantwortet.«

»Ich bin gefahren«, gab Kristin zurück. »Die Straßen sind glatt. Ich glaube, es wird bald schneien.«

Er nahm ihren Mantel und hängte ihn auf. »Ich bin froh, dass ich das nicht gewusst habe. Ich habe mich nur gefragt, ob du dich verspäten würdest.«

»Ich habe noch bei meinen Eltern vorbeigeschaut. Ich fahre seit Jahren in diesem Winterwetter hier, Julian«, erinnerte sie ihn, doch ihr Herz schmolz angesichts der Tatsache, dass er auf sie gewartet hatte.

»Spielt keine Rolle«, brummte er. »Es kann immer etwas passieren.«

Seine Bemerkung ließ sie darüber nachdenken, ob er dabei Xander und seine Eltern im Kopf hatte. Dieser Gedanke schnürte ihr die Kehle zu, denn ihr war bewusst, dass Julian über diesen plötzlichen Verlust noch immer nicht hinweg war. Verdammt, wenn sie ihre Eltern auf solch traumatische Art und Weise verlieren würde, wäre sie genauso: Sie würde sich immerzu fragen, ob und wann es wieder passieren könnte.

Sie würde ihm nicht sagen, dass sie froh war, seinen Wagen gefahren zu haben. Er würde sich nur mit der Tatsache brüsten, dass er Recht gehabt hatte, oder etwas sagen, dass ihr Herz berühren würde. Kristin war sich nie sicher, welche Antwort sie von Julian erwarten konnte. »Lass mich kurz duschen und dann werde ich uns etwas kochen.«

Da sie sich noch immer in ihrer Arbeitskleidung befand, wollte sie als Erstes, wenn sie zu Hause angekommen war, eine Dusche nehmen und sich umziehen. Obwohl sie in der Praxis einen Kittel trug, wollte sie ihre Praxiskleidung so schnell wie möglich loswerden.

»Zuerst will ich einen Kuss«, forderte Julian und ergriff sie an der Hüfte, als sie versuchte zu entkommen.

»Ich bin voller Bazillen«, protestierte sie lachend.

»Dann teilen wir sie eben. Ist ja nicht so, als hätten wir das noch niemals getan«, sagte er heiser und beugte sich zu ihr herunter, um sie zu küssen.

Ihr Körper reagierte sofort und sie hasste es, dass er so verdammt gut roch.

»Genug«, sagte sie, als sie sich schnaufend von ihm löste. »Ich komme ja wieder.« Sie tanzte aus seiner Reichweite und nahm die

Treppe. Als sie hörte, wie er murmelte, dass sie ihn mit einer Erektion zurückließe, bevor er sich zurück zur Küche wandte, musste sie lachen.

»Menschen kochen die ganze Zeit irgendetwas. Was zum Teufel habe ich nur falsch gemacht?«, murmelte Julian, als er die verwässerten Kartoffeln und den angebrannten Schmorbraten betrachtete.

Scheiße! In der Küche war er wirklich ein hoffnungsloser Fall. Er konnte nicht einmal seine eigene Frau ernähren.

Als Kind hatte er seiner Mutter beim Kochen zugesehen. Jetzt wünschte er sich, besser aufgepasst zu haben. Während er den Löffel anhob, stellte er fest, dass das Kartoffelpüree eher einer Suppe glich, als dieses vom Löffel zurück in den Topf tropfte.

»Was machst du da?«, fragte Kristin neugierig, als sie mit einem Pullover und einer schwarzen Yogahose bekleidet den Raum betrat.

Ihr Haar war noch feucht und begann, sich zu wellen, und Julian konnte sich nicht beherrschen und starrte sie an. Jedes Mal wenn sie vor ihm auftauchte, fühlte er sich, als würde ihm jemand einen Schlag auf die Brust verpassen. »Ich versuche, Abendessen zu kochen«, antwortete er knapp. »Ich habe es versaut.«

Kristin stellte sich neben ihn, rührte durch die Kartoffeln und besah sich den Schmorbraten, der jetzt aussah wie eine zusammengeschrumpelte, ungenießbare, schwarze Masse. »Meine Mutter hat immer diesen leckeren Braten mit Knödeln gemacht. Ich habe ihr Kochbuch gefunden, als ich einige Dinge durchgesehen habe, die ich noch im Schrank hatte. Es ist nicht so geworden wie ihr Essen.«

»Das hier?« Sie zeigte auf das jämmerliche Stück Fleisch. »Das war einmal ein Braten?«

Julian konnte sehen, dass sie versuchte, ein Lachen zu unterdrücken, als sie ihren Mund mit ihrer Hand bedeckte.

»Das war es«, entgegnete er traurig.

»Oh, Julian«, sagte sie zärtlich und brach in Gelächter aus. »Zum Kochen braucht man Übung und Geduld. Ich wusste bereits, dass du nicht kochen kannst. Du hättest es gar nicht erst versuchen müssen. Ich koche gern.«

»Du hast den ganzen Tag gearbeitet«, protestierte er.

»Und du nicht?«, gab sie zurück, stellte sich auf die Zehenspitzen und küsste ihn auf die Wange.

»Ich auch. Aber ich war zu Hause und habe nicht den ganzen Tag gestanden. Mit mir verheiratet zu sein soll dir nicht noch mehr Arbeit machen.« Eigentlich hatte er ihr das Leben erleichtern wollen. Scheiß drauf! Er war ein Milliardär. Er konnte jemanden einstellen, der für sie kochte.

»Ich habe immer für mich selbst gekocht, auch wenn ich noch ins *Shamrock's* musste. Ich habe mir immer erst etwas zu essen gemacht, bevor ich angefangen habe zu arbeiten. Es macht mir nichts aus.«

Julian erschrak, als er sah, wie eine Träne ihre Wange hinunterlief. »Ist alles in Ordnung?«

»Ja.« Sie schniefte und wischte sich die eigensinnige Träne ab, und dann noch eine weitere, während sie ihn mit einem süßen Lächeln anblickte, das er noch niemals zuvor gesehen hatte.

»Warum weinst du dann?«

»Weil ich der Meinung bin, dass dies das Netteste ist, das jemals jemand versucht hat für mich zu tun. Danke.«

Er hatte keine Ahnung, warum sie ihm dafür dankte, dass er ihr Abendessen verdorben hatte. Aber er hatte nichts gegen den zärtlichen Blick einzuwenden, den sie ihm zuwarf. »Ich werde jemanden einstellen.«

»Nein, das wirst du nicht«, sagte sie hartnäckig. »Meine Küche. Ich koche.«

Julian hielt den Atem an und fragte sich, ob sie realisiert hatte, dass sie soeben die Küche zu ihrem Hoheitsgebiet erklärt hatte. Er atmete langsam aus, als er bemerkte, dass es ihr nicht einmal aufgefallen war. Sie war bereits dabei, das angebrannte Essen wegzuwerfen und aufzuräumen, damit sie von vorne beginnen konnte.

Er half ihr, indem er die Spülmaschine einräumte. »Ich kann lernen«, bot er ihr an. »Oder ich könnte einfach die Mikrowelle benutzen.«

Sie hielt mitten in ihrer Arbeit an, ging auf ihn zu und schlang ihre Arme um seinen Hals. »Allein die Tatsache, dass du es versucht hast, macht mich schon glücklich«, sagte sie mit einem zufriedenen Seufzer.

Julian legte seine Arme um ihre Taille und vergrub sein Gesicht in ihren Haaren. »Warum?«

»Weil ich noch niemals jemandem wichtig genug gewesen bin, dass er versucht hätte, mir so eine Freude zu bereiten.«

»Mir fallen da bessere Wege ein, um dich glücklich zu machen«, sagte er eifrig. Er konnte vielleicht nicht kochen, aber dafür hatte er andere ... Talente.

»Der Versuch, das Abendessen zuzubereiten, reicht fürs Erste«, sagte sie leise, als sie ihren Kopf an seine Schulter lehnte.

Julian atmete tief ein und genoss ihren süßen Veilchenduft und das Gefühl ihres weichen Körpers in seinen Armen. »Ich werde es schon irgendwann lernen«, versprach er. Er würde seiner Frau nicht all die harte Arbeit überlassen.

Sie lehnte sich zurück, um ihn anzusehen. »Ich würde zu gern einen Blick in das Kochbuch deiner Mutter werfen. Ich liebe es, neue Rezepte zu sammeln, und einige der alten sind am besten.«

»Es gehört dir«, sagte er sofort.

»Hast du Fotos von deiner Mutter und deinem Vater?«

»Ja. Micah hat mehr als ich, aber meine Eltern waren beide fotoverrückt. Sie liebten es, überall wo wir hingefahren sind, Bilder zu machen.« Seit dem Tod seiner Eltern hatte er die Fotos nicht hervorgeholt.

»Kann ich sie sehen oder tut es dir immer noch zu sehr weh?«, fragte sie leise und legte tröstend eine Hand an seine Wange.

Es *würde* schmerzhaft sein, doch für Kristin würde er sie aus ihrem Versteck holen. Es war an der Zeit. »Ich werde sie suchen.«

Sie streichelte ihm übers Kinn. »Es eilt nicht. Ich würde sie nur gern einmal sehen, wenn du bereit dazu bist.«

Er nickte. »Ich bin bereit«, bestätigte er.

»Lass mich etwas zu essen für uns besorgen und dann werden wir sehen.« Sie löste sich von ihm und fing an, sich durch die Küche zu bewegen, als wäre sie in ihrem eigenen Zuhause.

Julian spielte den Assistenten und half ihr dabei, ein genießbares Abendessen zusammenzustellen, bevor er die Fotos seiner Familie herausholte.

Sie verbrachten den Rest des Abends damit, über seine Kindheit und glückliche Momente mit seinen Eltern und Brüdern zu sprechen, als sie alle noch zu Hause gewohnt hatten.

Und als Julian erst einmal angefangen hatte zu reden, konnte er merkwürdigerweise nicht mehr aufhören.

Kapitel 19

Einen Tag vor Kristins und Julians großem Empfang kam Xander nach Hause. Micah hatte seinen jüngeren Bruder mitgebracht und Julian hatte vorgehabt, den Tag mit Xander zu verbringen, bevor er zum Empfang ging.

Kristin hatte es von der Arbeit nach Hause geschafft, bevor ihr Mann vom Haus seines Bruders zurückgekehrt war, und hoffte, dass die beiden ein gutes Wiedersehen gehabt hatten. Da Julian noch nicht wieder daheim war, sah sie dies als ein gutes Zeichen an.

Doch Julians Gesicht nach zu urteilen, als er endlich zu Hause ankam, war es ziemlich offensichtlich, dass die Dinge beim Besuch von Xander alles andere als gut gelaufen waren.

Julian sagte nicht viel, als er von der Garage aus in die Küche ging. Kristin sah dabei zu, wie er seine Lederjacke aufhängte und dann die Schlüssel auf die Arbeitsplatte warf.

»Ist alles gut gelaufen?«, fragte sie neugierig.

»Er hasst es hier. Er hasst sein Haus. Er hasst den Schnee. Im Grunde genommen hasst er momentan das *Leben*. Er ist clean, aber wegen seiner beschissenen Einstellung wird es nicht lange dauern, bis er wieder genau dort landet, wo er zuvor gewesen ist.«

Als Julian sich umdrehte und sie ansah, bemerkte Kristin, wie geschlagen er aussah. Sie nahm ein Bier aus dem Kühlschrank, drehte den Verschluss ab und reichte es ihm. Er sah so aus, als könnte er es gebrauchen. »Es tut mir leid. Ich weiß, dass du gehofft hast, ihm würde es nach dem Entzug besser gehen. Aber er braucht noch immer eine Therapie.«

Julian nickte und nahm einen langen Schluck aus der Flasche. »Ich weiß. Micah und ich werden ab jetzt einfach ein Auge auf ihn haben müssen und abwarten, was passiert. Er will seine Therapie hier nicht fortsetzen.«

Kristin sah in sein besorgtes Gesicht und ihr Herz schmerzte. Wenn Xander nicht dazu bereit war, seinen Kampf gegen Drogen und Alkohol weiterzuführen, dann konnte ihm *niemand* helfen. Er musste wenigstens clean bleiben wollen. »Willst du den Empfang sausen lassen?«

»Auf gar keinen Fall!«, antwortete Julian grinsend. »Ich verpasse doch nicht meine eigene Party. Deine Eltern haben eine Menge Zeit investiert, um diese Feier zu planen. Ich habe immer noch sehr viel, über das ich glücklich sein kann«, erklärte er und stellte sein Bier auf der Arbeitsplatte ab. »Xander ist eingeladen. Wenn er kommen will, dann wird er kommen.«

»Bist du wütend auf ihn?«, fragte Kristin, während sie sich fragte, wie Julian sich wohl wirklich fühlte. Manchmal war das schwer zu sagen.

Er verschränkte die Arme vor der Brust und lehnte sich mit der Hüfte gegen den Schrank. »Wütend? Ja, ich denke schon. Aber ich bin vermutlich ärgerlicher auf mich selbst als auf ihn. Bevor all das passiert ist, hatten wir uns auseinandergelebt. Jetzt dringe ich nicht mehr zu ihm durch. Ich weiß nicht, was er denkt. Verflucht! Ich habe keine Ahnung, wie er sich fühlt oder was er mir nicht erzählt. Wir haben uns so gut verstanden, als wir noch jünger waren. Jetzt ist er mir so fremd geworden, dabei ist er mein verdammter Bruder!«

Die Qual in seiner Stimme riss Kristin das Herz heraus. »Du kannst ihn nicht verstehen, wenn er nicht um Hilfe bittet«, teilte sie ihm ernst mit und hasste Xander in diesem Moment, weil er seinen

Brüdern so viel Kummer bereitete. »Er muss diesen Schritt tun. Wenn er dich wieder kennenlernen will, wenn er eure Unterstützung haben möchte, dann muss er darum bitten, nachdem er dich und Micah aus seinem Leben verbannt hat. Es klingt ganz so, als hätte er jeden weggestoßen, der ihn liebt.«

»Irgendetwas stimmt nicht. Verdammt, ich weiß, dass es ihm nicht gut geht, aber ich verstehe nicht warum. Er hat noch immer sein Talent, aber er fasst kein Instrument mehr an. Er scheint sich an nichts erinnern zu wollen, was in irgendeiner Form mit der Zeit vor den Morden zusammenhängt. Hinter diesem Verhalten steckt noch mehr als nur die Tatsache, dass wir unsere Eltern verloren haben. Ich wüsste zu gern, was in dieser Nacht wirklich geschehen ist.«

Kristin runzelte die Stirn. »Was meinst du? Hat er dir das denn nicht erzählt?«

»Nur die grundlegenden Dinge. Es war ein Einbruch. Mom und Dad sind gestorben. Sie wurden beide mit mehreren Schüssen getötet. Aber aus irgendeinem Grund wurde Xander nicht nur angeschossen, sondern auch mit einem Messer attackiert und hat böse Stich- und Schnittwunden davongetragen. Ich habe versucht, mehr aus ihm herauszubekommen, doch er will nicht darüber sprechen und ich wollte ihn nie dazu drängen. Es muss ein Albtraum für ihn gewesen sein zuzusehen, wie unsere Eltern ums Leben gekommen sind. Der Täter wurde erschossen, der Fall war damit abgeschlossen. Aber ich glaube, dass da noch etwas anderes ist, das ihn zu dem Menschen gemacht hat, der er heute ist.«

Kristin konnte sich nichts Schlimmeres vorstellen, als ihren Eltern beim Sterben zusehen zu müssen. Aber Julian hatte Recht. Irgendetwas war komisch an der Tatsache, dass Xander Stichverletzungen gehabt hatte. Einbrecher, auch die bösartigen, stiegen für gewöhnlich irgendwo ein, um das mitzunehmen, was sie erbeuten konnten, und machten sich dann so schnell wie möglich aus dem Staub. »Es ist merkwürdig«, dachte sie laut nach. »Vielleicht ist dem Räuber die Munition ausgegangen?«

Julian zuckte mit den Schultern. »Ich denke, das ist möglich. Vielleicht wollte er sichergehen, dass Xander stirbt, damit es keine Zeugen gibt.«

Es gab jedoch nur einen Menschen, der alles wusste, was sich in der Nacht abgespielt hatte, in der Julians Eltern gestorben waren. Nachdem sie sich Julians Familienfotos angesehen und seinen Geschichten gelauscht hatte, wusste sie, dass alle drei Brüder ihre Eltern geliebt hatten.

»Machen wir uns fertig«, sagte er und streckte seine Hand aus.

Kristin ergriff sie und drückte sie fest. Sie wollte Julian auf irgendeine Art wissen lassen, dass sie seine Frustration und seinen Schmerz verstand.

Er drückte ihre Finger ebenfalls und in seinen Augen stand unausgesprochene Dankbarkeit, bevor er sich umdrehte und mit ihr die Treppe hinaufging.

Kristin hätte schwören können, dass sich ganz Amesport für den Empfang im Jugendzentrum versammelt hatte. Auch wenn sie logischerweise wusste, dass nicht die gesamte Stadt anwesend war, so war dieser Ort doch so vollgestopft mit Menschen, dass es den Anschein hatte, als wäre jeder einzelne Einwohner gekommen.

»Abendessen? Halloooo!« Mara Sinclair wedelte mit ihrer Hand vor Kristins Gesicht, um ihre Aufmerksamkeit zu bekommen. Als sie immer noch keine Reaktion erhielt, rief sie schließlich: »Kristin!«

Aus ihren Gedanken aufgeschreckt schaute Kristin Mara an. »Entschuldigung. Ich habe nicht gehört, was du gesagt hast.« Sie war damit beschäftigt, einen Mann anzustarren, der – ganz in schwarz gekleidet – allein in einer Ecke des Festsaales saß.

Xander?

Mara seufzte und nahm einem vorbeigehenden Kellner ein Glas Champagner vom Tablett. »Ich habe gefragt, ob du und Julian Lust habt, in der nächsten Woche zum Abendessen zu uns zu kommen. Seit ihr aus Hawaii zurück seid, haben wir nichts unternommen.«

»Sag mir den Tag und ich frage, ob es Julian passt. Ich weiß, dass er für einige Tage nach Kalifornien muss, um seinen Film zu bewerben«, antwortete Kristin abgelenkt. »Mara, weißt du, ob das Xander ist, der dort in der Ecke sitzt?«

Mara schaute in die Richtung, in die Kristins Augen blickten. »Ja. Das ist Xander. Jared war vor einiger Zeit bei ihm, um sich mit ihm zu unterhalten. Er meinte, dass er nicht viel zu sagen hatte.«

»Er ist gekommen«, antwortete Kristin mit Hoffnung in der Stimme. »Das ist ein Schritt in die richtige Richtung.«

»Ja. Ich glaube, alle fragen sich, warum er hier ist«, antwortete Mara, bevor sie einen Schluck von ihrem Champagner nahm.

»Julian ist sein Bruder. Ich bin mir nicht sicher, ob er überhaupt weiß, dass unsere Ehe nicht echt ist.«

»Was?« Mara zog die Augenbrauen hoch und starrte Kristin an.

»Nein, ist sie nicht. Ich habe dir die Wahrheit gesagt«, verteidigte Kristin sich. Da Mara ihre beste Freundin war, gab es nur sehr wenige Dinge, die sie ihr nicht erzählte.

»Auf der Tanzfläche habt ihr beide wie das perfekte, glückliche Paar ausgesehen. Und Julian steht ein Smoking wirklich ausgezeichnet«, antwortete Mara misstrauisch.

»Fast jeder Mann sieht in einem Smoking gut aus.« Alle Sinclairs hatten sich für den Empfang in Schale geworfen, jeder Mann trug einen Anzug oder Smoking, jede Frau ein Cocktailkleid.

Mara sah in ihrem roten Kleid umwerfend aus. Es endete über ihren Knien und sie hätte es niemals angezogen, wenn sie Jared nicht getroffen hätte. Aus Mara war eine attraktive junge Geschäftsfrau geworden, doch im Inneren war sie noch immer derselbe Mensch. Das Geld hatte sie kein Stück verändert.

»Gib es zu. Mit Julian verheiratet zu sein ist eins der besten Dinge, die dir jemals passiert sind. Du siehst glücklich aus. Du wirkst entspannt und ausgeruht. Und du siehst atemberaubend aus. Das Kleid ist übrigens sensationell«, sagte Mara mit ihrer erzähl-mir-keinen-Quatsch-Stimme.

Es war ein weiteres Kleidungsstück, das wie von Zauberhand in Kristins Kleiderschrank aufgetaucht war, ein wunderschönes, smaragdgrünes Kleid, von dem Julian schwor, dass es perfekt zu ihren Augen passte. Ja, sie hatte sich die Zeit genommen, ihre Haare zu frisieren und sorgfältig etwas Make-up aufzulegen, und auch wenn die Absätze, die sie trug, sie bereits jetzt umbrachten und ihre Füße schmerzten, hatte sie sie gewählt, weil Julian der Meinung gewesen war, dass sie wunderschön aussah.

»Das Kleid stammt von Julian. Vermutlich etwas, das seine Assistentin ausgesucht hat.« Sie hatte keine Ahnung, wie sie auf Maras Kompliment antworten sollte, also sagte sie einfach: »Du weißt, dass es nicht halten wird, Mara. Er war gut zu mir und das, was er für meine Eltern getan hat, kann ich niemals wiedergutmachen. Aber die Ehe ist nur übergangsweise.«

»Wir werden sehen«, antwortete Mara geheimnisvoll.

Genervt schaute Kristin zu den Sinclair-Männern herüber, die mit Jason Sutherland zusammenstanden und sich unterhielten. Julian hatte sich für einige Minuten zu ihnen gesellt, um mit Micah zu sprechen, aber sie sahen eher so aus, als würden sie sich alle gegenseitig auf die Schippe nehmen. Sie sah, dass Grady etwas sagte und alle anderen Männer anfingen zu lachen. In diesem Kreis von attraktiven Männern waren jede Menge Schulterklopfer und Lacher an der Tagesordnung.

Die dazugehörigen Ehefrauen standen direkt hinter ihr und Mara, und sie alle unterhielten sich und versuchten, über die Geschehnisse im Leben der jeweils anderen auf dem Laufenden zu bleiben.

Kristin und Mara hatten sich ein wenig abseits hingestellt, um ein Gespräch unter vier Augen führen zu können.

Kristin lehnte sich nach vorn, damit niemand sie hören konnte. »Es ist nur übergangsweise. Glaubst du wirklich, dass Julian hier in Amesport glücklich sein wird? Er hat die meiste Zeit seines Lebens als Erwachsener in Kalifornien verbracht.«

»Ich sehe keinen Grund, warum er das nicht sein sollte. Er hat Jared erzählt, dass es ihm hier gefällt. Es ist offensichtlich, dass deine Eltern ihn mögen. Die Frage ist jedoch, liebst *du* ihn?«, wollte Mara leise wissen.

»Julian macht mich verrückt«, sagte Kristin. »In dem einen Augenblick könnte ich ihn erwürgen und im nächsten tut er etwas so unfassbar Hinreißendes, dass ich mich ihm in die Arme werfen und ihn anbetteln möchte, mich zu küssen und an Ort und Stelle Sex mit mir zu haben, ganz egal wo wir uns gerade befinden. Er ist ein fürchterlicher Koch, aber alles andere kriegt er ganz gut hin, also kann ich mich nicht beklagen. Er ist unausstehlich, aber unter all dem ganzen Mist steckt ein wirklich guter, liebevoller Mann. Er ist wahrscheinlich der komplizierteste und verwirrendste Typ, den ich jemals getroffen habe. Er denkt immerzu an die kleinen Dinge und sagt mir immer, dass ich hübsch und etwas Besonderes bin, obwohl ich das ... nicht bin.« Als sie mit ihrer Erklärung fertig war, war Kristin außer Atem und ihr Herz raste, als sie über Maras Frage nachdachte.

»Du *bist* hübsch und etwas Besonderes. *Du* siehst es nur nicht. Du hast aber nicht erwähnt, ob du in ihn verliebt bist oder nicht«, stocherte Mara.

Kristin schüttelte den Kopf. »Vielleicht weil ich es nicht laut aussprechen will. Wenn ich das tue, bin ich verloren. Aber ja, ich glaube, ich bin dabei, mich in ihn zu verlieben. Das ist eine Katastrophe, Mara! Du weißt, dass es das ist.« Ihre Augen wurden feucht und Kristin musste die Tränen wegblinzeln. Ihr Hochzeitsempfang war nun wirklich nicht der Ort, an dem sie sich die Augen ausheulen sollte.

Mara legte sanft den Arm um sie. »Ich denke nicht, dass das ein Problem darstellen wird. Es ist ziemlich offensichtlich, dass Julian das Gleiche empfindet. Auch wenn er sich auf der anderen Seite des Raumes befindet, schaut er immer wieder herüber, um sich zu vergewissern, dass du in Ordnung bist und es dir gut geht. Er erinnert mich an Jared. Die Sinclair-Männer sind so beschützerisch veranlagt, wenn es um die Frauen geht, die ihnen etwas bedeuten, aber sie unterstützen uns auch bei allem, was wir tun. Nun, bei fast allem.«

Als Mara zurücktrat, damit Kristin das Getränk in Empfang nehmen konnte, das der Kellner ihr überreichte, fragte Kristin sie neugierig: »Was unterstützt Jared denn *nicht*?« Für seine Frau würde Jared Sinclair durchs Feuer gehen. Kristin hatte es in Maras Beziehung wieder und wieder bezeugen können.

Mara grinste. »Seit Micah hier zur Familie gestoßen ist, wollen alle Sinclair-Frauen das Fallschirmspringen lernen. Tessa hat es getan. Sie hat einen Tandemsprung mit Micah gemacht und will sich jetzt qualifizieren, um Einzelsprünge absolvieren zu können. Irgendwann wollen wir alle einmal den Absprung wagen. Micah hat bereits gesagt, dass er uns mitnehmen wird. Aber wir haben etwas Kritik erfahren, denn keiner unserer Männer ist begeistert davon, dass wir uns aus einem fliegenden Flugzeug stürzen wollen, auch nicht mit Micah. Aber Tessa schwört, dass es eins der fantastischsten Dinge ist, die sie jemals erlebt hat. Jetzt wollen wir es alle ausprobieren.«

»Oh Mann, das wäre großartig!«, stimmte Kristin zu.

»Das wäre es. Aber versuche einmal, Julian davon zu überzeugen, dass dir schon nichts passieren wird. Er würde ausflippen.«

»Er stellt selbst ziemlich verrückte Sachen an. Außerdem hat er nicht die Kontrolle über mein Leben.«

Mara kicherte. »Jared ebenso wenig. Aber wenn ich diesen verängstigten Blick auf seinem Gesicht sehe, dann fällt es mir schwer, noch weiter über das Thema zu diskutieren.«

»Warum?«

»Weil ich ihn liebe«, sagte Mara geradeheraus. »Weil mich die gleichen Ängste plagen. Wenn er Schmerzen hat, tut es auch mir weh, und genau wie er wäre ich am Boden zerstört, wenn etwas passieren würde, bei dem er sich verletzt ... oder Schlimmeres.«

Kristin sah, wie ihre Freundin erschauderte, und wusste, dass sie mit »oder Schlimmeres« den Tod meinte. »Wenn ihr euch aber nicht einigen könnt, wer gibt dann am Ende nach?«

Mara zuckte mit den Schultern. »Wir finden schon einen Weg. Unsere Liebe ist stärker als jede Angst.«

Kristin musste zugeben, dass sie neidisch auf die Beziehung war, die ihre beste Freundin zu ihrem Mann hatte. Sie hatte niemals zwei Menschen gesehen, die mehr Liebe füreinander empfanden als die beiden. Tatsächlich war es so, dass alle Sinclairs eine ähnliche

Beziehung zu ihren Frauen hatten. Sie alle besaßen unterschiedliche Persönlichkeiten, doch sie liebten sich so sehr, dass nichts mehr jemals zwischen ihnen stand. Es schien ganz so, dass sie als Paar stärker wurden, je länger sie zusammen waren.

»Julian ist der vollkommen falsche Mann für mich«, sagte Kristin verzweifelt zu Mara, während sie mit einem Strohhalm in ihrem Getränk herumrührte. »Wir sind komplett verschieden.«

»Du rationalisierst das Ganze nur«, warnte Mara sie. »Abgesehen davon glaube ich nicht, dass ihr beide euch in den wirklich wichtigen Aspekten groß unterscheidet. Und die oberflächlichen Dinge haben sowieso keine Bedeutung. Dann ist er eben reich und du bist es nicht. Dann mag er eben Schokoladeneis und du zufällig Vanille –«

»Wir mögen beide die gleiche Geschmacksrichtung«, unterbrach Kristin sie. »Aber du vergisst, dass er ein berühmter Superstar ist und ich als medizinische Assistentin arbeite.«

»Das sind doch nur eure Berufe, Kristin. Spielt das wirklich eine Rolle? Julian vollzieht einen Berufswechsel, weil er mit dem, was er tut, nicht glücklich ist. Jared hat das Gleiche getan. Er war zwar kein berühmter Schauspieler, aber er hat sich von seinem riesigen Immobiliengeschäft getrennt, um wieder das zu tun, was er schon immer hatte tun wollen: alte Häuser zu restaurieren. Zum Glück hatte er genügend Geld, um das zu verwirklichen, nachdem er so viele Jahre versucht hatte, sich selbst etwas zu beweisen. Die Umstände verändern sich. Menschen verändern sich. Was Julian noch vor einigen Jahren wichtig war, ist ihm jetzt vielleicht vollkommen egal.«

Julian hatte ihr das schon mitgeteilt, doch Kristin konnte es sich nur schwer vorstellen, dass er dem Starruhm einfach so den Rücken zukehren konnte. Doch dann erinnerte sie sich wieder daran, wie gehetzt sein Gesicht ausgesehen hatte, als er von einer Horde Fans verfolgt worden war. Und er schien vollkommen zufrieden, sogar glücklich damit zu sein, zu schreiben und ein Drehbuch zu verfassen.

»Wir werden sehen«, antwortete Kristin vage. »Wir haben in der Testphase vor der Scheidung immer noch ein wenig Zeit.«

»Setzt der Testphase jetzt ein Ende«, drängte Mara sie. »Sie tut keinem von euch gut. Wenn ihr damit weitermacht, wird es einen

Keil zwischen euch treiben. Du bezweifelst ja jetzt schon, dass deine Ehe echt ist.«

Kristin spürte die Zerrissenheit, die enorme Angst, dass das übergangsweise Glück, das sie mit Julian erlebte, niemals ... echt sein würde. »Wir haben die Abmachung getroffen, dass wir warten würden.«

»Du hast Angst«, sagte Mara.

Nein, es versetzte sie in absolutes Grauen. »Vielleicht.«

»Dann hör endlich auf mit diesem Blödsinn und vergiss diese Ehe auf Zeit. Mach etwas Echtes daraus!«

Etwas Echtes daraus machen?

Kristin fürchtete sich eigentlich mehr davor, dass die Sache mit Julian immer schon weit davon entfernt gewesen war, künstlich und aufgesetzt zu sein.

Sie wurde in ihren Gedanken unterbrochen, als sie sah, wie ihre Mutter und ihr Vater die Hochzeitstorte hinausbrachten. Der Kuchen war gigantisch und der Tisch, den sie schoben, sah so aus, als würde er unter der Last der mehrstöckigen Torte zusammenbrechen.

Die anwesenden Gäste jubelten und pfiffen, doch Kristin bemerkte nur die Reaktion des einsamen Mannes in der Ecke. Seine Augen waren auf das riesige, funkelnde Messer in der Hand ihres Vaters gerichtet, das Xanders Lederjacke gestreift hatte, als sie mit der Hochzeitstorte auf dem Weg in die Mitte des Saales an ihm vorbeigegangen waren.

Zuerst hatte er panisch ausgesehen.

Dann verwandelte sich sein Blick in Wut.

Schließlich erhob er sich und verließ mit langen Schritten den Raum, auf seinem Gesicht ein qualvoller Ausdruck, den Kristin nicht ignorieren konnte.

»Ich bin gleich zurück«, flüsterte sie Mara hastig ins Ohr und stellte ihren Cocktail auf einem nahestehenden Tisch ab.

Kristin lief, so schnell es ihre hohen Absätze ihr erlaubten. Sie drückte eine Tür auf, durch die Xander gerade verschwunden war, und sah einen schwarzen Fleck, der in einem der Lehrräume verschwand.

Sie wusste, dass sie sich weder seine Reaktion noch den Schrecken, der ihn durchfahren hatte, eingebildet hatte.

Ein Messer. Eine große Klinge bei einer öffentlichen Veranstaltung.

Sie blieb an der Eingangstür zum Klassenzimmer stehen und bemerkte, dass Xander das Fenster geöffnet hatte, obwohl es draußen eiskalt war. Seine Schultern hoben und senkten sich und sie konnte hören, wie sein Atem in seinen Lungen rasselte, während er sich am Fensterrahmen abstützte.

Sie trat ein und ging langsam an seine Seite, wo sie seinen Rücken leicht berührte. »Xander?«

»Fass mich verdammt noch mal nicht an!« Er wirbelte herum, als das böse Knurren seinen Mund verließ.

Kristin spürte ihre Wange vor Schmerz explodieren und ihr Körper wurde durch die Wucht sofort nach hinten geschleudert, bis sie an der Wand auf der anderen Seite des Raumes abgebremst wurde. Diese brutale Bewegung war so intensiv gewesen, dass sie vollkommen schockiert an der Wand herunterrutschte.

»Kristin?« Julians Stimme unterbrach plötzlich die Stille. »Baby? Ist alles in Ordnung?«

Mit einem Mal war Julian an ihrer Seite und zog sie auf seinen Schoß. »Was ist passiert? Sprich mit mir!«

»Ich ... mir geht es gut«, flüsterte sie und befühlte mit einer Hand ihre Wange.

Julian blickte auf und sah seinen Bruder, der über ihnen stand. »Hast du sie verletzt? Hast du sie geschlagen?«, zischte er Xander an.

»Das habe ich«, sagte Xander emotionslos.

»Ich bringe dich um! Es ist mir egal, ob du mein Bruder bist«, brüllte Julian, ergriff Xanders Knöchel und riss heftig daran. Diese schnelle Aktion zeigte Wirkung, Julians jüngerer Bruder verlor den Halt und fiel zu Boden.

Kristin war plötzlich wieder bei Sinnen und hielt Julian am Arm fest. »Nicht. Bitte! Es war nicht seine Schuld!«

Sie umklammerte Julian so fest sie konnte, denn sie wollte nicht dabei zusehen, wie er etwas tat, das er niemals ungeschehen machen konnte.

Xander sah sie an und ihre Blicke trafen sich einen Moment lang, bevor er aufstand und den Raum verließ. In diesem kurzen, wortlosen Augenblick wusste Kristin, dass sie eine Verbindung zu Xander hergestellt hatte, wenn auch nur für wenige Sekunden.

»Was zum Teufel willst du mir damit sagen, es war nicht seine Schuld?« Er saß noch immer am Boden und hielt ihren Körper in seinen Armen.

»Mir geht es gut. Hilf mir aufzustehen.« In einem Kleid und Schuhen mit hohen Absätzen würde es schwierig sein, sich aus seiner Umarmung zu befreien und wieder auf die Beine zu kommen.

Er stand auf, doch hielt sie noch immer nahe an sich gedrückt, bevor er sie endlich selbstständig stehen ließ. »Ist dir schwindelig? Morgen wirst du ein hübsches Veilchen haben. Dieses Arschloch! Ich will ihm immer noch den Hals umdrehen!«

»Tu das nicht, Julian«, bat Kristin. »Du verstehst das nicht.«

»Dann erklär es mir verdammt noch mal, bevor ich mich vergesse und meinen Bruder windelweich prügele.« Er zog sein Telefon hervor und rief schnell Dante an, um ihn zu fragen, ob Sarah zum Klassenzimmer kommen und nach Kristin sehen konnte.

»Sag mir, was los ist«, drängte er erneut, nachdem er aufgelegt hatte, und hielt ihre Hand, während er sie vorsichtig auf einen der Stühle setzte.

Sarah und Dante betraten den Raum, bevor sie auch nur ein weiteres Wort sagen konnte. Ihre Erklärung würde warten müssen.

Kapitel 20

Am Ende verließen sie den Empfang, nachdem Sarah bestätigt hatte, dass Kristin außer einem dicken blauen Auge keine weiteren Verletzungen davongetragen hatte. Darüber hinaus hatte sie Julian gebeten, sie anzurufen, sollten bei Kristin irgendwelche anderen Symptome einer Kopfverletzung auftreten.

»Es geht mir gut.« Auf dem Weg nach Hause und selbst, als sie dort angekommen waren, hatte Kristin diesen Satz gefühlte tausend Mal gesagt. Sie hatte einen Eisbeutel für ihr Auge bekommen und Julian hatte ihr geholfen, einen Schlafanzug anzuziehen, nachdem er ihr einige Ibuprofen gegen die Schmerzen und ihre Schwellung gegeben hatte.

Sie saß mit überkreuzten Beinen auf dem Sofa und presste sich den Eisbeutel auf Auge und Wange, während Julian, mit einer Jogginghose und einem T-Shirt bekleidet, neben ihr Platz genommen hatte.

»Es geht dir *nicht* gut. Mein kleiner Bruder hat dich auf irgendeine Weise tätlich angegriffen und ich will jetzt wissen, wie und warum das passiert ist, bevor ich richtig ausraste«, entgegnete er mit brüchiger Stimme.

»Es war wirklich nicht seine Schuld«, sagte Kristin leise.

»Du wurdest verletzt und er war anwesend. Es ist offensichtlich, dass er dir eine verpasst hat.«

»Ich habe ihn erschreckt«, erklärte Kristin seufzend. »Ich habe gesehen, wie er auf das große Messer reagiert hat, das mein Vater in der Hand hielt, um den Kuchen anzuschneiden. Es hat ihn berührt. Ich glaube, dass es irgendetwas in ihm ausgelöst hat und ihm die Erinnerungen wieder hochgekommen sind. Ich bin plötzlich hinter ihm aufgetaucht und er hat nicht gewusst, dass ich dort war. Ich denke, er hat sich mitten in einem Albtraum befunden, während er wach war. Er hat sich instinktiv herumgedreht und einen Moment lang wohl gedacht, dass ich sein Angreifer wäre. Xander hat mich nicht mit Absicht geschlagen. Er hat mich mit seinem Ellbogen am Auge erwischt. Er hat sich so schnell gedreht, dass er gar nicht anders konnte, als mich zu treffen.«

»Mein Gott! Er wirkte gar nicht so angespannt, als ich ihn gesehen habe. Er sah einfach nur aus, als sei er … innerlich tot.«

»Das ist er nicht, Julian. Ich glaube, dass die Drogen und der Alkohol nur Teil eines viel größeren Problems sind. Er zeigt ganz offensichtlich Symptome einer posttraumatischen Belastungsstörung. Haben sie das in der Entzugsklinik nie erwähnt?«

»Nicht dass ich wüsste«, antwortete Julian und klang schon ruhiger.

»Seine Angst war sehr real. Das große Messer und die Tatsache, dass er in einem Raum mit sehr vielen Menschen war, die er nicht kennt, war ein Auslöser dieser Reaktion. Es war ihm nicht bewusst, was er tat, als er nach hinten ausgeholt und mich dabei aus Versehen getroffen hat. Er befand sich in einer anderen Realität und ich war der Feind«, sagte Kristin voller Reue. »Ich hätte mich ihm nicht auf diese Art nähern dürfen.«

»Nimm die Schuld nicht auf dich«, warnte Julian sie. »Du wolltest nur versuchen, ihm zu helfen.«

»Das wollte ich. Ich habe gesehen, wie er reagiert hat, und wollte nachsehen, ob er in Ordnung ist. Aber ich hätte mich bemerkbar machen sollen, anstatt einfach zu ihm hinzugehen.«

»Du denkst also, dass er trinkt, weil er mit seiner posttraumatischen Belastungsstörung nicht zurechtkommt?«

»Das kann manchmal der Fall sein. Wenn du der Wirklichkeit nicht entfliehen kannst, dann ist dir jedes Mittel recht, um den Schmerz zu betäuben. Schmerzmittel können sehr schnell zu Abhängigkeit führen. Und ich muss ehrlich sagen, dass es mich nicht überrascht, dass Xander die Geschehnisse der Vergangenheit immer wieder durchlebt, wenn man in Betracht zieht, was er hat mit ansehen müssen.«

»Und was passiert jetzt? Fängt er wieder an zu trinken? Wird er weiter andere Menschen verletzen?«, fragte Julian gereizt. »Ich weiß nicht, was ich tun kann, um ihm zu helfen, aber wenn er dich noch ein einziges Mal anfasst, egal aus welchem Grund, dann kann ich nicht versprechen, dass ich ihm nicht wehtun werde.«

»Es war ihm nicht klar, dass er *mich* schlägt. Er hat versucht, sich selbst zu verteidigen«, stellte sie klar. »Ich bin die letzte Frau auf der ganzen Welt, die einen Mann dafür in Schutz nimmt, dass er irgendjemanden schlägt. Aber dies war wirklich eine Ausnahme und ein Unfall von seiner Seite. Mach ihm daraus keinen Vorwurf. Bitte.«

Auf keinen Fall wollte Kristin die Kluft zwischen den beiden Brüdern noch vergrößern.

»Das heißt also, dass er wirklich eine Therapie benötigt?«, fragte Julian.

Kristin nickte. »Er hat zwei Probleme: PTBS und Sucht. Er muss den Grund für beide herausfinden, um sie lösen zu können.«

Julian nickte langsam. »Ich werde mit Micah und meinen Cousins sprechen. Es muss einen Weg geben, um Druck auf Xander auszuüben, damit er kooperiert.«

»Ich bin keine Psychologin. Ich weiß nicht, wie du ihm helfen kannst, wenn er sich nicht einmal selbst helfen will. Aber vielleicht kannst du mit einigen Spezialisten sprechen.«

»Wir werden ihn im Auge behalten und eine Lösung finden. In der Zwischenzeit kann ich jedoch nicht damit aufhören, ihn für deine Gesichtsverletzung verantwortlich zu machen«, sagte Julian.

»Mein blaues Auge ist schon bald wieder weg. Aber Xanders Naben werden vielleicht nie verschwinden.« Ihr Herz schmerzte für den jüngsten Sinclair. Julian hatte Xanders Moment der Panik und Angst nicht miterlebt. Sie war hautnah dabei gewesen und bezweifelte stark, dass sie ihn jemals vergessen würde.

»Ich kann es nicht ertragen, dich verletzt zu sehen«, gab Julian heiser zu. »Es bringt mich um.«

Da er bereit gewesen wäre, seinen eigenen Bruder zu verprügeln, weil dieser sie im Gesicht verletzt hatte, zweifelte Kristin nicht daran, dass er es ernst meinte.

Die quälende Schuld auf seinem Gesicht machte sie völlig fertig. Sie warf den Eisbeutel auf den Tisch und setzte sich rittlings auf Julian. »Du könntest mich ganz einfach von meinem geschwollenen Auge ablenken«, teilte sie ihm lasziv mit. Die Verletzung schmerzte eigentlich auch gar nicht mehr, es sei denn, sie berührte ihr Gesicht. Darüber hinaus sehnte ihr Körper sich nach Julian.

»Ich kann dich nicht vögeln, wenn du verletzt bist«, brummte er.

Sie presste ihren Unterkörper an ihn heran und konnte seinen harten Schwanz durch den dicken Baumwollstoff seiner Jogginghose spüren. »Ich brauche dich. Und es tut schon gar nicht mehr weh«, flüsterte sie, bevor sie ihm zärtlich ins Ohr biss und dann mit der Zunge darüber leckte. »Hier schmerzt es viel schlimmer.« Wieder kreiste sie mit ihrer Hüfte auf seinem Schoß, um ihn wissen zu lassen, wo genau es ihr wehtat.

»Meine Güte, Scarlet! Wie erwartest du von mir, dass ich das Verlangen nach dir ignoriere, wenn du mir so verdammt nahe bist?«

»Ich erwarte es nicht«, informierte sie ihn keck. »Ich erwarte von dir, dafür zu sorgen, dass der Schmerz weggeht.«

Er legte sie vorsichtig auf dem Sofa ab, zog sich aus und kehrte wunderbar nackt zu ihr zurück. Er schob ihr ein Kissen unter den Kopf, um ihn abzustützen, und nahm sich dann ihr Schlafanzugoberteil vor, dessen Knöpfe er mit einem kräftigen Ruck abspringen ließ. »Ich werde mich dafür hassen, die Situation ausgenutzt zu haben, wo du dich doch eigentlich ausruhen solltest. Aber ich kann mich einfach nicht beherrschen. Es wird nie einen

Tag geben, an dem ich nicht das akzeptiere, was du mir freiwillig anbietest.«

Sein Ausdruck war wild und hungrig und Kristin zitterte, als sich ihre Blicke trafen und einander standhielten. Sie beide waren so scharf aufeinander und wollten das Gleiche. »Ich bin mehr als nur bereit«, sagte sie forsch. »Ich will dich, Superstar. Zeig mir, was du draufhast!«

Ihre Schlafanzughose wurde ihr gemeinsam mit ihrem Slip in Windeseile heruntergezogen und sie hob ihren Po an, um ihm beim Ausziehen der Kleidungsstücke zu helfen.

»Komm«, lockte sie ihn und streckte die Arme nach ihm aus.

»Du wirst kommen«, antwortete er rau und stellte sich absichtlich begriffsstutzig, als er neben ihr niederkniete und ihre Brüste mit seinem Mund umschloss, wobei seine Lippen und seine Zunge beide ihrer harten Brustwarzen abwechselnd bearbeiteten.

Als er endlich seinen Kopf anhob, rang sie nach Luft und ihre Muschi pulsierte heiß, als sie ihre Arme um seinen Hals schlang. »Küss mich!«, sagte sie.

Während seine rohe Intensität sie beinahe bei lebendigem Leib verbrannte, antwortete er: »Ich will dir nicht wehtun.«

Sie zog seinen Kopf nach unten. »Das wirst du nicht.«

Der Kuss war süß und zart, doch immer noch fordernd. Sie genoss die Schönheit des Augenblicks. Für gewöhnlich war ihr Sex so heiß und ungestüm, dass sie sich fühlte, als würde sie spontan in Flammen aufgehen.

Doch dieses Mal war es ... anders.

Es war genauso befriedigend, doch in der Art und Weise, wie Julian sie berührte, lag eine ungewohnte Zärtlichkeit. Ein Gefühl, das ihr zeigte, dass sie der wertvollste Mensch in seinem Leben war.

Kristins Herz setzte kurz aus, als er seinen Kopf hob und sie ansah. Dann schwang er seinen Körper auf ihren, stützte sich jedoch auf Händen und Armen ab, um sie mit seinem Gewicht nicht zu erdrücken. »Du hast ja keine Ahnung, wie ich mich gefühlt habe, als ich dich am Boden habe liegen sehen in dem Wissen, dass dir jemand wehgetan hat. Niemand fasst dich an. Nicht jetzt. Und niemals wieder.«

Dieses Versprechen berührte sie tief in ihrer Seele. »Dann fass du mich auf eine gute Weise an.«

»Nur ich«, sagte Julian.

»Nur du«, stimmte sie seufzend zu und ertrank in dem Meer seiner blauen Augen.

Er drang langsam in sie ein, Zentimeter um Zentimeter, und gab ihr jedes Mal nur ein klein wenig von dem, was sie sich ersehnte.

»Fick mich!«, forderte sie und schob ihm ihre Hüften entgegen. Doch er zog sich zurück.

»Geduld, Scarlet. Es gibt keinen Grund, warum wir überhastet ins Ziel stolpern sollten.«

Sie sah ihm an, dass er genau das liebend gern tun würde, doch er weigerte sich, irgendetwas zu überstürzen.

Sie schlang ihre Beine um seine Taille und zog sich an ihm herauf. Sie wollte ihn tiefer in sich spüren, wollte die Verbindung der beiden noch verstärken.

Frustriert schloss sie die Augen und warf ihren Kopf hin und her.

»Tu das nicht«, sagte er. »Sieh mich an. Bleib bei mir.«

Julian sank auf die Ellbogen und ergriff ihre Hände. Dabei verwob er seine Finger mit ihren und stieß schließlich mit der vollen Länge seines Schwanzes in sie hinein.

Kristin riss die Augen auf und fand seinen Blick, nicht dazu imstande, sich abzuwenden.

Sein Ausdruck von tiefem Verlangen fing sie ein, betörte sie, während er sich langsam zurückzog und wieder in sie hineinglitt.

»Ja«, stöhnte sie. »Ja!«

Sie drückte seine Finger zusammen, den Blick fest auf seinen gerichtet, während er sie langsam in einem Rhythmus fickte, der sie hypnotisierte und sie zu einer willigen Gefangenen machte, während ihre Körper Haut an Haut miteinander verbunden waren.

Kristin fühlte sich, als würde sie fliegen, und Julian schwebte direkt neben ihr. Er ließ sich alle Zeit der Welt, als er sorgfältig sicherstellte, dass sie mit jedem Hüftstoß alles von ihm bekam.

Ihre Emotionen waren roh, denn er hielt dem intensiven Blick stand, der sie in Körper und Geist bei ihm bleiben ließ. »Du fühlst dich so verdammt gut an, dass ich nicht will, dass dies hier jemals vorbei ist«, schnaufte Julian und erhöhte das Tempo seiner Stöße.

Ich liebe dich. Ich liebe dich so sehr!

Die Worte lagen ihr auf der Zungenspitze, flehten sie an, herausgelassen zu werden. Sie biss sich auf die Lippe und ließ sich von ihm so hart und eindringlich vögeln, dass es ihr Herz völlig durcheinanderwirbelte.

»Das. Sind. Wir.« Drei Worte und Julian trug dafür Sorge, dass jedes von ihnen zählte. »Das sind du und ich, Scarlet.«

»Ich weiß«, antwortete sie nach Atem ringend, denn sie wusste wirklich, was er meinte. So wie jetzt war es noch niemals zuvor für sie gewesen und aus irgendeinem Grund wusste sie, dass es mit niemand anderem jemals wieder so sein würde. Ihre Verbindung zu Julian war urwüchsig und impulsiv.

Es war, als hätte sie ihr gesamtes Leben als Erwachsene nur auf ihn gewartet, und jetzt, da sie endlich zusammen waren, schien das Ergebnis beinahe schon unwirklich zu sein.

Sie stöhnte, als er seine Hüften mit jedem Stoß gegen sie drückte und ihren bevorstehenden Höhepunkt nur noch intensiver machte.

»Ich komme«, warnte sie ihn und schloss schließlich die Augen, weil ihr Orgasmus sie überwältigen würde.

»Dann komm für mich, Baby«, antwortete er stöhnend.

Er nahm nun Fahrt auf und sie konnte spüren, wie sich ihre verschwitzen Körper jedes Mal, wenn Julian sich bewegte, aneinander rieben. »Ja! Du fühlst dich so gut an.«

Sie drückte erneut seine Finger, ihre Hände noch immer miteinander verwoben, und sein heißer, schwerer Atem blies ihr ins Gesicht und an ihren Nacken, während er anfing, stoßweise und unregelmäßig zu gehen.

Schließlich überwältigte ihr Höhepunkt sie und mit durchgebogenem Rücken umschloss sie Julians Körper mit ihren Beinen und hielt sich an ihm fest.

»Du siehst so wunderschön aus, wenn du kommst«, sagte Julian schnaufend. »Das ist vermutlich das Überwältigendste, was ich in meinem ganzen Leben gesehen habe.«

Ihre Muschi verkrampfte sich um seinen Schwanz und Kristin ritt auf den Wellen der intensiven Lust, während Julian sich in ihr ergoss. Sein ekstatisches Stöhnen machte ihren Orgasmus noch befriedigender, denn sie wusste, dass er in etwa das Gleiche fühlte wie sie in diesem Moment.

Als ihr Höhepunkt langsam abebbte, bedeckte Julian ihren Mund mit seinem, als wollte er ihr lustvolles Stöhnen einfangen und ganz für sich selbst behalten.

Als sie wieder zu Atem kam, schaffte sie es zu sagen: »Ich fühle mich so viel besser.«

Julian lachte leise, rollte sich von ihr herunter und setzte sich neben ihrem Kopf auf den Boden. Dabei hielt er weiterhin ihre Hand, um die intime Verbindung nicht zu unterbrechen.

Sie war so schlaff, dass es ihr schwerfiel, ihre andere Hand zu heben, doch sie schaffte es und streichelte sein Kinn, das von sexy Bartstoppeln geziert wurde.

Er hob ihre verwobenen Finger und küsste ihren Handrücken in einer solch zärtlichen Geste, dass es Kristin beinahe zum Weinen brachte.

»Bist du in Ordnung?«, fragte Julian besorgt.

»Mir ging es nie besser«, versicherte sie ihm.

»Gut.« Er stand auf und nahm sie auf die Arme. »Zeit für Bett und Eisbeutel.« Er beugte sich nach unten, damit sie ihn aufnehmen konnte.

Gehorsam ergriff sie ihn und staunte nicht zum ersten Mal, wie stark Julian war. Sie war kein Leichtgewicht, doch er trug ihren Körper, als sei er schwerelos.

»Du kannst mich absetzen«, drängte sie.

»Nein. Ich werde dafür sorgen, dass du ins Bett kommst.«

»Ich kann gehen«, sagte sie lachend.

»Spielt keine Rolle. Ich lasse dich nicht los.«

Kristin gab auf und schlang ihre Arme um seinen Hals. *Sturkopf!* Wenn er nur keine Versprechen machen würde, die er nie im Leben halten konnte.

Kapitel 21

Julian hatte keine Lust, Amesport zu verlassen. Tatsächlich war es sogar so, dass er sich wünschte, um die Reise nach Kalifornien, wo er an einer riesigen Werbeveranstaltung für seinen neuen Film teilnehmen musste, herumzukommen. Beim Schreiben seines Drehbuches machte er Fortschritte und allein der Gedanke daran, Kristin allein zurücklassen zu müssen, verdarb ihm jegliche Freude.

Nichtsdestotrotz würde er gehen *müssen*. Er hatte diese Abmachung schon vor längerer Zeit getroffen und musste dort anwesend sein. Es handelte sich nur um einige Tage, doch er wusste schon jetzt, dass sie sich wie eine Ewigkeit anfühlen würden.

Ich bin süchtig nach ihr. Wie jämmerlich ist das denn bitte?

Nur Sekunden, nachdem dieser Gedanke ihm durch den Kopf gegangen war, schritt das Objekt seiner Begierde auch schon durch die Tür des *Shamrock's*, offensichtlich auf der Suche nach ihm. Er stand von seinem Platz auf und hob den Arm. Als er sah, wie sie ihn durch die überfüllte Bar hindurch anlächelte und ihm zuwinkte, begann seine Brust zu schmerzen.

Es fiel ihm nicht schwer, sie umgehend zu entdecken, als sie das Lokal betrat. Julian schwor, dass er ihre Anwesenheit selbst dann spüren konnte, wenn er nicht ihre wunderschönen Locken oder ihr ansteckendes Lächeln sah. Er bemerkte sie, als sei er ein Radar, das auf der Suche nach Ärger ist.

Und Kristin *war* nun einmal die ultimative Bedrohung für seinen Verstand.

»Hi«, sagte sie außer Atem, als sie sich auf dem Platz ihm gegenüber hinsetzte. »Tut mir leid, dass ich zu spät bin. Auf der Arbeit ging es drunter und drüber.«

»Ich habe für dich mitbestellt«, entgegnete er, denn er wusste bereits, dass sie das Tagesgericht nehmen würde: sämige Muschelsuppe aus Neuengland und ein knuspriges Fischbrötchen mit Zwiebelringen.

»Ich liebe die Muschelsuppe, die unsere Köche jetzt zubereiten«, sagte sie und lächelte noch immer.

»Ich weiß. Ich habe sie bereits für dich bestellt«, antwortete er und konnte sich ein selbstzufriedenes Grinsen nicht verkneifen. Es gab nur sehr wenige Dinge an Kristin, die ihm nicht auffielen. Wie sie über Essen dachte, war nur eine der vielen kleinen Sachen, die ihm an ihr gefielen. Entweder sie mochte etwas oder sie mochte es nicht. Sie war keine dieser Frauen, denen es egal war. Sie musste sich die Speisekarte nicht fünfzig Mal anschauen, um zu entscheiden, was sie essen wollte. Normalerweise wusste sie bereits, was sie bestellen würde, bevor sie das Restaurant überhaupt betreten hatte.

»Freust du dich schon auf die große Feier vor der Veröffentlichung deines Films?«, fragte sie, als sie sich die Jacke auszog.

»Nicht wirklich«, antwortete er aufrichtig. »Ich würde lieber zu Hause bleiben. Es wäre um ein Vielfaches besser, wenn du mich begleiten würdest.«

»Hast du vor, mich zu entführen?«, witzelte sie.

»Dieser Gedanke ist mir noch gar nicht gekommen«, sagte er nachdenklich. Eigentlich war es keine schlechte Idee.

»Tu es nicht«, warnte Kristin ihn mit gerunzelter Stirn. »Ich habe einen Job, der mir Spaß macht und den ich nicht verlieren will.«

»Dein Mann ist ein Milliardär«, erinnerte er sie.

»Er wird aber nicht für immer mein Mann sein«, sagte sie sorglos. »Was passiert, wenn unsere Dreimonatsehe vorüber ist? Ich muss ja von irgendetwas leben.«

Glücklicherweise wurden sie vom Kellner unterbrochen, der ihnen die Suppe brachte. Nachdem er wieder gegangen war, hatte Julian sich etwas beruhigt.

»Ich bin bis Freitag wieder zurück. Wenn ich die Wahl hätte, würde ich nicht fahren. Aber diese Veranstaltung steht in meinem Vertrag«, teilte Julian ihr düster mit.

»Dann musst du eben gehen«, sagte sie gelassen.

Verdammt, sie schien beinahe schon glücklich zu sein, dass er wegfahren würde. Und er hasste es, diesen Mist über ihre kurzzeitige Ehe zu hören. »Du weißt, dass du mich vermissen wirst«, sagte er mit arroganter Stimme, als er seinen Suppenlöffel aufnahm.

»Deine Kompetenz in der Küche wird mir ganz sicher nicht fehlen«, spaßte sie.

»Hey, ich komme mit der Mikrowelle ganz hervorragend zurecht.« Tagsüber machte er sich zwar etwas zu essen, doch sie hatte ihm verboten, außer der Mikrowelle andere Geräte zu benutzen. Meist machte er sich nur ein Sandwich oder aß etwas anderes, das schnell zuzubereiten war.

Kristin machte sich über ihre Muschelsuppe her, als hätte sie den ganzen Tag nichts zu essen bekommen, was vermutlich auch der Fall war. Er wusste, dass sie während ihrer hektischen Tage in der Praxis für gewöhnlich nur zwischendurch etwas aß oder das Mittagessen ganz ausfallen ließ.

Er war so sehr damit beschäftigt, sie zu beobachten, dass er seine Suppe verschüttete. »Mist!« Er sah nach unten und glücklicherweise war das meiste wieder zurück in die Schüssel getropft.

»Oh nein. Dein schöner Pullover«, ärgerte Kristin sich. Sie tauchte eine Serviette in ihr Wasserglas und streckte sich über den Tisch hinweg, um mit dem nassen Papier vorsichtig über seine Brust zu wischen. »Es ist nur ein kleiner Spritzer. Das wird schon wieder rausgehen«, versicherte sie ihm.

Der verdammte Pullover war ihm egal. Julian sorgte sich viel mehr um seinen Schwanz und wie dieser auf ihren Duft reagierte, als sie sich zu ihm hinübergebeugt hatte.

»Was ist das?«, fragte sie neugierig und zupfte an einer schweren Goldkette um seinen Hals, bis der Inhalt dessen, was er in seinem Pullover versteckt hatte, zum Vorschein kam.

Er hob eine Hand, um sie aufzuhalten, doch es war bereits zu spät. Sie hatte die Objekte, die er verborgen hatte, um sie mitzunehmen, durch sein Oberteil hindurch gefühlt und hervorgezogen, bevor er sie daran hindern konnte.

Julian zog sich das goldene Band über den Kopf und warf es auf den Tisch.

Es war vielsagend, doch er war die Geheimniskrämerei satt. Für ihn galt es, endlich die Wahrheit zu sagen, jetzt oder nie.

Entweder würde er das bekommen, was er immer schon hatte haben wollen, oder er würde zerstört werden.

Er sah über den Tisch hinweg zu Kristin und war sich dem Blick auf ihrem Gesicht nach zu urteilen sicher, dass seine Chancen nicht gut standen.

Kristin konnte ihren Blick von den zwei goldenen Eheringen, die auf dem Tisch lagen und von einer schweren Goldkette zusammengehalten wurden, nicht abwenden.

»Was ist das?«, fragte sie mit belegter Stimme.

»Eheringe. Die Ringe, die wir für unsere Zeremonie in Las Vegas gekauft haben.«

Der Kellner stellte ihre Brötchen vor ihnen ab und entfernte sich wieder, doch Kristin bemerkte ihn nicht einmal. Ihr Blick war zu sehr auf das Gold fixiert, das auf dem Tisch lag.

Endlich nahm sie die Ringe auf und besah sie sich sorgfältig, wobei sie immer noch versuchte herauszufinden, was sie bedeuteten. »Warum sind sie in deinem Besitz?«

Sie spürte einen Stich in der Brust, als sie die beiden Eheringe berührte, und ein vages Gefühl von Vertrautheit beschlich sie. Dennoch konnte sie nicht sagen, dass sie die Ringe wiedererkannte.

»Ich habe sie an dem Morgen mitgenommen, an dem ich Las Vegas verlassen habe, zusammen mit den Papieren, die bestätigen, dass wir verheiratet sind«, antwortete er tonlos.

Ihr Kopf fuhr hoch und sie sah ihn an. »Du hast es gewusst? Es ist dir nicht erst hinterher eingefallen? Du wusstest genau, was in dieser Nacht geschehen ist?«, fragte sie ihn. Sie war verletzt, dass ihm die Einzelheiten dieses für sie vergessenen Tages die gesamte Zeit über bewusst gewesen waren.

»Ich habe mich an alles erinnert, noch bevor ich die Ringe gesehen habe. Noch in derselben Minute, in der ich aufgewacht bin und bemerkt habe, dass die Laken nach unserem Sex riechen, wusste ich, dass wir geheiratet hatten.«

Mit schmerzendem Herzen fragte sie: »Warum hast du gelogen? Wenn du gewusst hast, was passiert ist, warum hast du mich dann nicht aufgeweckt, damit wir uns sofort um dieses Problem kümmern können?«

»Weil es für mich kein verdammtes *Problem* war«, knurrte er. »Ich habe die Ringe mitgenommen, weil ich gehen musste und ich mir ziemlich sicher war, dass du dich nicht an unsere Trauung erinnern würdest. Aber ich erinnere mich. Ich erinnere mich an jeden verdammten Moment und es war alles, was ich jemals wollte ... seit dem Tag, an dem wir uns begegnet sind, warst du alles, was ich gewollt habe. Ich wollte dich persönlich sehen, nachdem ich meine Pflichten erfüllt hatte. Ich *wollte* es Wirklichkeit werden lassen.«

Ihr Herz schlug schneller und in diesem Augenblick fing sie so sehr an zu hoffen, wie sie es noch nie getan hatte. »Dann warst du also nicht betrunken?«

»Oh, betrunken war ich schon, aber nicht so betrunken, dass ich jede beliebige Frau geheiratet hätte. Ich wollte *dich*. Ich habe *dich* immer schon gewollt. Seit wir uns getroffen haben, war ich mit keiner anderen Frau mehr zusammen.« Er hielt inne, bevor er fortfuhr: »Es ist nicht so passiert, wie ich es gerne gehabt hätte, und wenn ich bei klarem Verstand gewesen wäre, dann hätte ich dich nicht in Las Vegas geheiratet. Aber ich wäre irgendwann hierhergekommen und hätte dich so lange verfolgt, bis du zugestimmt hättest, mit mir zusammen zu sein, und dann hätte ich dich gefragt, ob du mich heiraten willst. Ich konnte es mir nicht leisten zu versagen. Das konnte ich nie. Nicht wenn es um dich ging.«

»Diese Ehe auf Zeit war also –«

»Alles nur eine Farce, damit du bei mir bleibst. Wenn du erst einmal so empfinden würdest wie ich, hatte ich gedacht, dass du diesen Gedanken, nur für einige Monate verheiratet zu sein, verwerfen und für immer meine Partnerin sein würdest. Ich habe nicht bemerkt, dass du immer noch die Tage zählst, bis wir uns endlich scheiden lassen können«, sagte er düster.

Sie gab es auf, so zu tun, als würde sie essen, genau wie Julian es getan hatte, und besah sich das kühle Metall in ihrer Handfläche. »Das ist nicht –«

»Schluss damit!«, forderte Julian und seine Augen funkelten in wechselhaftem Blau, als er sie ansah. »Seit dem Tag, an dem wir uns getroffen haben, bin ich in dich verliebt. Die Hochzeit war Schwachsinn. Dass wir Zeit brauchen würden, war Schwachsinn. Und die Ausrede, dass wir erkunden müssten, was da zwischen uns passiert, war ebenfalls Schwachsinn. Ich habe gewusst, wie ich für dich empfinde. Ich wusste nur nicht, wie ich dich dazu bringen sollte, das Gleiche für mich zu empfinden.«

»Warum erzählst du mir das jetzt erst?« Kristin war so hoffnungslos gewesen und spürte nun die Ungläubigkeit in ihrer Brust.

»Weil ich ein Feigling war. Ich wusste, dass ich am Boden zerstört sein würde, wenn du mich abgewiesen hättest. Aber ich musste es versuchen. In meinem Leben gibt es zu viele Dinge, die ich bereue, und das mit dir hätte ich am allermeisten bedauert.« Ihm entfuhr ein tiefer, männlicher Seufzer, bevor er sich auf seinem Stuhl zurückfallen ließ.

»Was bereust du?«, fragte sie und wollte zu gern wissen, was ein Mann wie Julian anders gemacht hätte.

»Ich habe mit der Tatsache leben müssen, die Gelegenheit verpasst zu haben, meine Eltern vor ihrem Tod noch einmal zu sehen, weil ich ein egoistisches Arschloch war. Meine Karriere hat mir alles bedeutet und in mehr als sechs Jahren habe ich sie nicht ein einziges Mal besucht. Micah ist hingefahren. Ich nicht. Ich war ein Wichser, dem es nur wichtig gewesen ist, ein Mensch zu sein, auf den andere stolz sein können. Xander und ich haben uns gestritten, kurz bevor meine Eltern ermordet wurden. Er hat versucht, mir die Augen zu öffnen und mir klarzumachen, wie selbstbezogen ich war. Ich habe ihm nicht zugehört. An dem Tag, als meine Eltern starben, hätte ich bei ihnen sein sollen. Es war ihr Hochzeitstag. Micah hatte sie in der Woche zuvor besucht, weil er an dem eigentlichen Tag außer Landes gewesen war, aber ich hätte dort sein können. Vielleicht hätten sie überlebt, wenn ich hingefahren wäre. Vielleicht hätten Xander und ich den Einbrecher gemeinsam überwältigen können.«

Bei Julians Geständnis und dem gequälten Ausdruck auf seinem Gesicht brach es Kristin das Herz. Aber sie war froh, dass er nicht dort gewesen war. Er hätte sehr gut auch tot sein können. »Du kannst es nicht gegen einen Verrückten mit einer Waffe aufnehmen«, sagte sie leise. »Es ist sehr wahrscheinlich, dass du auch ums Leben gekommen wärst.«

»Ich habe mich mit der Tatsache abgefunden, dass ich das niemals erfahren werde, weil es nicht passiert ist. Aber an dem Tag, an dem meine Eltern gestorben sind, hat sich mein Leben verändert. Ich habe mir geschworen, dass ich nichts mehr bereuen würde, dass ich mir immer das nehmen würde, was ich haben wollte, und dass die Menschen, die mir etwas bedeuten, immer an erster Stelle stehen würden. Als wir uns begegnet sind, wusste ich, dass die Art und Weise, wie wir uns abseits all der Streiterei verstehen, etwas Besonderes ist. Ich habe dich so sehr begehrt wie noch nie eine andere Frau in meinem Leben. Und dieses Gefühl hat sich nicht geändert. Verdammt, ich musste meiner Arbeit nachgehen, aber ich bin nicht so dumm, dass ich ewig gewartet hätte. Ich hatte bereits vorgehabt zu sehen, ob ich deine Meinung über mich nicht ändern könnte, als ich deinen Namen auf der Gästeliste von Micahs Hochzeit entdeckt habe. Als ich dann gehört habe, dass du nicht kommst, konnte ich das auf gar keinen Fall zulassen.«

Kristin konnte wegen der Tränen, die ihr die Wangen hinunter strömten, beinahe nichts sehen. Wenn sie sich nicht an einem öffentlichen Ort befunden hätten, hätte sie sich ihm in die Arme geworfen.

»Also hast du mich stattdessen einfach geheiratet?«, fragte sie.

»Wie schon gesagt, es ist nicht so passiert, wie ich es gerne gehabt hätte, aber manchmal muss man die Dinge so nehmen, wie das Leben sie einem vor die Füße wirft. Und so lange es mir dich vor die Füße geworfen hat, war ich damit zufrieden.«

Bei seiner Erklärung wollte Kristin lachen. Männer wie Julian Sinclair gaben sich für gewöhnlich nicht mit dem zufrieden, was ihnen gegeben wurde. Sie nahmen sich einfach alles. Aber die Tatsache, dass er auf sie gewartet hatte und sich seiner Gefühle so sicher gewesen war, machte sie traurig, weil sie dieses Schauspiel nicht schon vor langer Zeit beendet hatte. Hätte sie gewusst, dass Julian sich so erbärmlich fühlte, hätte sie ihm liebend gern alles gegeben. Vermutlich weil sie ihn zu diesem Zeitpunkt bereits ebenfalls geliebt hatte.

»Warum trägst du die Ringe mit dir herum?«

»Ich komme langsam an den Punkt, an dem ich hoffnungsvoll bleiben muss«, antwortete er geradeheraus. »Du kannst sie haben. Ich hätte dir von Anfang an die Wahrheit sagen sollen. Meine einzige Ausrede ist, dass ich beginne zu verzweifeln. Ich denke, sie waren so eine Art Erinnerung daran, nicht aufzugeben. Ein Zeichen dafür, dass immer eine Chance darauf bestehen würde, dass du eines Tages Kristin Sinclair sein, du deinen Namen ändern und wirklich meine Frau sein würdest.«

»Julian, ich kann nicht –«

»Ich muss gehen«, unterbrach er sie. »Ich denke, wir sind an einem Wendepunkt angelangt. Entweder versuchen wir es miteinander oder wir lassen den anderen gehen. Weniger kann ich nicht akzeptieren. Ich will, dass du glücklich bist, Kristin. Ich kann kein selbstsüchtiges Arschloch mehr sein. So sehr liebe ich dich, verdammt. Ich will, dass du glücklich bist. Wenn du bei mir bleiben willst, dann wirst du noch in unserem Haus wohnen, wenn ich zurückkomme. Wenn nicht, dann kannst du immer noch zurück in deine eigene Wohnung. Nimm dir aus dem Haus alles mit, was du haben möchtest, und ich schwöre dir, dass ich mich auf eine großzügige Einigung einlassen werde, wenn ich die Scheidung einreiche. Ich will nicht, dass du arbeitest, nur um zu überleben.«

Damit griff Julian nach seinem Mantel und war verschwunden, bevor Kristin auch nur ein weiteres Wort sagen konnte. Zu spät stand sie auf und lief ihm hinterher, nur um zu sehen, dass sich seine Limousine bereits auf dem Weg zum Flughafen befand.

Ihr gesamter Körper zitterte, als sie völlig vernebelt zurück zu ihrem Tisch ging und sich hinsetzte. »Er liebt mich«, flüsterte sie sich selbst ehrfurchtsvoll zu.

Hätte er sie zu Wort kommen lassen, dann wäre sie bereit gewesen, ihm zu sagen, dass sie für immer an seiner Seite sein wollte. Leider hatte sie diese Gelegenheit nie erhalten.

Sie nahm die beiden Ringe, zog ihren vorsichtig von der Kette ab und steckte ihn sich lächelnd an den Finger.

Er passte perfekt und sie schob ihn so weit nach hinten, dass er ihren Verlobungsring berührte.

Vielleicht erinnerte sie sich nicht daran, wie alles angefangen hatte, doch sie wusste, wie es enden würde.

»Bis in ein paar Tagen, Sportsfreund«, flüsterte sie und beließ den Ring an ihrem Finger. Die Kette mit Julians Ring verstaute sie sorgfältig in ihrer Handtasche.

Mit einem breiten Grinsen nahm sie ihre Jacke und verließ eilig das *Shamrock's*, um nach Hause zu fahren. Sie musste allerdings einen Moment lang nachdenken, denn sie wusste nicht, wo genau dieses *Zuhause* sein würde.

Kapitel 22

Als Julian sein Haus in Malibu erreicht hatte, war ihm bewusst, dass er seine Chance vergeben hatte, all das zu haben, was er sich jemals in seinem Leben gewünscht hatte. Irgendwann einmal war er vielleicht so besessen gewesen, dass er niemals lange genug innegehalten hatte, um zu erkennen, was er wirklich brauchte.

Xander hatte versucht, es ihm begreiflich zu machen.

Julian hatte nicht zuhören wollen.

Was er Kristin gesagt hatte, war die Wahrheit gewesen. An dem Tag, an dem er seine Eltern verloren hatte, hatte er sich verändert. Vielleicht war es so, dass verschiedene Erfahrungen das Leben von Menschen beeinflussten, doch er war nicht mehr derselbe Mann, der er noch vor ein paar Jahren gewesen war. Er war erwachsen geworden und hatte sich umgeschaut. Und ihm hatte das, was er gesehen hatte, nicht besonders gut gefallen.

Er ließ sich aufs Sofa fallen und schaltete den Fernseher ein, nur um ein Hintergrundgeräusch zu hören. Ihm fiel auf, dass er es nicht mochte, die alleinige Kontrolle über die Fernbedienung zu haben. Er würde sich viel lieber mit Kristin darüber streiten, was sie anschauen sollten.

Meine Güte! Ich werde noch vollkommen sentimental.

Am nächsten Abend stand die große Feier vor der Veröffentlichung seines Films an, danach würde er nach Hause fliegen. Es war schon komisch, wie Amesport zu dem Ort geworden war, an dem er am liebsten sein wollte.

Mit einem Bier in der Hand schaltete Julian durch die verschiedenen Kanäle. Er hatte sich bereits umgezogen und trug eine Jogginghose und ein T-Shirt.

Schließlich blieb er auf einem Sportsender hängen und nahm dann zum bestimmt hundertsten Mal sein Mobiltelefon zur Hand, seit er vor einigen Stunden in Kalifornien angekommen war.

Niemand hatte angerufen. Keine Nachrichten.

Er zwang sich, nicht dem Wunsch nachzugeben, das verdammte Gerät an die Wand zu werfen, und legte es wieder auf den Beistelltisch neben dem Sofa. Er war wütend auf sich selbst, weil er nachgesehen hatte, ob Kristin versucht hatte, ihn in irgendeiner Form zu kontaktieren.

Vielleicht hätte ich ihr nicht dieses Ultimatum stellen sollen. Was, wenn es zu früh war?

Nein. Er konnte es nicht bereuen. Es war höchste Zeit für ihn herauszufinden, ob Kristin seine Frau sein würde oder ob sie ihn verlassen wollte. Es nicht zu wissen war zu schmerzhaft, und wenn sie ihn so sehr wollte, wie er sie brauchte, dann würde sie es jetzt mit Sicherheit bereits wissen.

Er hatte schon seit langer Zeit ganz genau gewusst, was er wollte. Wie er Kristin bereits mitgeteilt hatte, war es für ihn Liebe auf den ersten Blick gewesen. Vielleicht hatte es nicht auf diese Art und Weise passieren sollen. Vielleicht hatte er seine Gefühle damals nicht genau benennen können, doch er hatte gewusst, was er wollte. Und er würde dieses Gefühl nicht einfach so gehen lassen.

Sein Magen schmerzte, wenn er darüber nachdachte, was ihr jetzt gerade wohl durch den Kopf ging.

Würde sie ihn verlassen?

Würde sie bleiben?

Sie hatte ausgesehen, als hätte sein Geständnis sie überrascht. Er hatte keine Ahnung wieso. Sie hätte es sich doch denken können, wie er für sie empfand.

Er hatte die Ringe und ihre Heiratsurkunde aus reiner Angst genommen. Er war besorgt gewesen, dass sie versucht hätte, alles sofort zu beenden, wo er sich doch bereits seinem letzten Film verschrieben hatte. Ja, er hatte sich wie ein egoistisches Arschloch verhalten. Aber er war ein *verängstigtes*, egoistisches Arschloch gewesen. Machte das einen Unterschied?

Er hörte das Geräusch einer eingehenden Textnachricht neben seinem Kopf und griff schnell hinter sich, um sein Telefon aufzunehmen.

Kristin: Ich hoffe, du bist gut in Kalifornien angekommen.

Gut, das war nun kein Geständnis von unsterblicher Liebe, doch es war besser als *nichts*. Er schrieb eine Nachricht zurück.

Julian: Mir geht es gut. Ich bin hier in meinem Haus in Malibu. Im Fernsehen läuft nichts Interessantes.

Er wartete darauf, dass sie antwortete. Das tat sie.

Kristin: Ich weiß. Ich gehe gleich ins Bett.

Julian fragte sich sofort, in *welches* Bett sie gehen würde und in *wessen* Haus sie sich befand, aber er hatte gesagt, dass er ihr Zeit geben würde, bis er zurückkam. Er würde sie nicht unter Druck setzen. Zwischen Kalifornien und Maine herrschten drei Stunden Zeitunterschied und für Kristin war es bereits spät, da sie am nächsten Tag arbeiten musste.

Julian: Bist du sauer, weil ich ehrlich zu dir war?

Er musste es wissen, auch wenn ein Teil von ihm nicht wollte, dass sie es ihm sagte.

Kristin: Nein. Ich bin froh. Ich denke, wir sollten diese Sache schnell klären, damit wir es vom Tisch haben.

Und diese Antwort sagte ihm überhaupt gar nichts.

Julian: Ich hätte es dir von Anfang an sagen sollen.

Das war das Einzige, das er an der Beziehung mit Kristin bereute.

Kristin: Ich weiß es ja jetzt. Wir können es endlich lösen. Ich hätte ebenfalls einige Dinge sagen können, habe es aber nicht getan.

Verdammt! Die Sache hörte sich mittlerweile ziemlich aussichtslos für ihn an.

Julian: Gute Nacht, Scarlet. Schlaf gut. Bis Freitag.

Es war eine lockere Aussage, doch er wollte damit seine Hoffnung darauf ausdrücken, dass sie nicht zurück in ihre eigene Wohnung gezogen war und er sie wiedersehen würde, wenn er nach Hause käme.

Kristin: Heb bloß nicht ab, während sie dich in Hollywood bewundern. Gute Nacht, Sportsfreund.

Er legte das Telefon zurück auf den Beistelltisch, wütend auf sich selbst, weil er nicht mehr von ihr bekommen hatte als eine höfliche Unterhaltung.
Er kannte Kristin.
Er wusste, dass sie etwas empfand.

Niemand machte sich so viele Gedanken wie sie, doch es war offensichtlich, dass sie nichts sagen wollte, bis er wieder zurückgekehrt war.

Frustriert lehnte er sich zurück in dem Wissen, dass zwei Tage eine unheimlich lange Wartezeit bedeuten würden.

Am nächsten Abend saß Kristin gemeinsam mit Mara, Tessa, Emily, Sarah, Randi und Hope vor dem Fernseher. Sie hatten sich entschlossen, einen Frauenabend zu veranstalten, und Mara hatte Jared kurzerhand dazu verbannt, Zeit mit seinen Brüdern und Micah außerhalb des Hauses zu verbringen, damit sie die gesamte Frauengruppe einladen und mit ihnen Julians Interview im Fernsehen anschauen konnte.

Das Interview würde live stattfinden und er würde für Publicityzwecke hauptsächlich über seinen anstehenden Film sprechen.

»Ich kann immer noch nicht glauben, dass ich tatsächlich mit ihm verwandt bin«, sagte Hope, die in einem der Wohnzimmersessel saß.

»Er ist zwar nur mein angeheirateter Verwandter, aber ich erhebe Anspruch auf diese Verbindung«, sagte Mara aufgeregt.

»Ich auch.«

»Und ich auch.«

»Ebenfalls.«

»Ja.«

Alle Frauen waren sich einig, dass es ziemlich außergewöhnlich war, auf *irgendeine* Weise mit Julian Sinclair verwandt zu sein. Kristin wollte auch mit ihm verwandt sein, doch ihre Wünsche waren anders geartet. Sie wollte mit ihm verheiratet bleiben, doch wenn sie realistisch war, musste sie zugeben, dass sie sich nicht sicher war, ob das möglich sein würde.

Sie musste zugeben, dass Julian *durchaus* sehr scharf und sehr entspannt in einer Jeans und blauem Hemd aussah, das genau zu seinen Augen passte. Während er die Fragen des Reporters über seinen neuen Film beantwortete, strahlte er absolute Ruhe aus. Und er war ein Meister darin, alle Fragen gekonnt zu umgehen, die sein Privatleben betrafen.

Es war schon komisch, wie andere Menschen Julian als den Superstar und Schauspieler sahen, wenn ihr nur vor Augen schwebte, dass er ein Mann war, der sie glücklicher gemacht hatte, als sie es jemals in ihrem ganzen Leben gewesen war. Sie sah nicht die gleiche Persönlichkeit wie die meisten Menschen, wenn sie ihn im Fernsehen erblickte.

Sie sah ... Julian Sinclair, den lustigen, manchmal unausstehlichen, hochintelligenten Mann, der außerdem – Bonus! – auch noch zufällig sehr attraktiv war.

»Ich glaube, ich würde mich nicht wohlfühlen, wenn Grady so berühmt wäre«, erklärte Emily, als das Fernsehinterview zu Ende war. »Ich würde die Frauen mit einem Baseballschläger abwehren müssen.«

Mara schnaubte. »Als ob unsere Ehemänner nicht bereits berühmt wären! Es existieren nicht viele Menschen, denen die Sinclair-Familie nicht bekannt ist.«

»Manchmal vergesse ich, dass Dante ein Sinclair-Milliardär ist«, sagte Sarah leise.

»Evan lässt mich das nie vergessen«, entgegnete Randi. »Ich bin mir ziemlich sicher, dass er mir so gut wie jeden Tag etwas sündhaft Teures kauft.«

Tessa meldete sich zu Wort. »Aber wir alle kennen die Männer, die sich hinter dem ganzen Geld befinden.«

»Ich habe genau das Gleiche gedacht«, gestand Kristin. »Ich weiß, dass Julian in den Augen vieler Frauen der perfekte Mann ist. Aber diese Frauen waren nie mit seiner Sturheit konfrontiert oder mussten dabei zusehen, wie er versucht zu kochen.« Zerknirscht musste sie anerkennen, dass er seine Macken hatte, doch davon einmal abgesehen war er ziemlich perfekt.

Alle Frauen mussten lachen und Mara ging herum, um die Gläser mit einem guten Weißwein aufzufüllen und den Fernseher auszuschalten.

»Ist er im echten Leben so schlimm?«, wollte Emily von Kristin wissen. »Ihr beide seht immer so glücklich aus.«

Mara warf Kristin einen ermutigenden Blick zu, während sie ihr Glas füllte.

Kristin nickte. Niemand kannte die Wahrheit ihrer Beziehung mit Julian, es sei denn, er selbst hatte sich dazu entschlossen, sie seinen Brüdern oder Cousins mitzuteilen. »Unsere Beziehung ist etwas ... verrückt. Als wir wegen Tessas Hochzeit in Las Vegas waren, haben wir sozusagen aus Versehen geheiratet. Wir waren beide betrunken. Als wir herausgefunden haben, was passiert ist, haben wir uns dazu entschieden, unsere Ehe einer Testphase zu unterziehen.«

»Niemand heiratet aus Versehen«, sagte Emily misstrauisch. »Selbst wenn du betrunken bist, glaube ich nicht, dass du es tun würdest, wenn du es nicht wirklich wollen würdest.«

Kristin dachte an Julians Geständnis, dass er sich an die Trauung der beiden erinnern konnte. Er war klar genug im Kopf gewesen, um zu wissen, dass er niemand anderen außer ihr heiraten würde. »Genau das hat Julian mir auch erzählt. Ich kann mich an nichts erinnern.«

Kristin beantwortete alle Fragen der anderen Frauen, während Mara auf einem der Wohnzimmersessel Platz nahm. Nachdem alle ihre Antwort erhalten hatten, war es einen Moment lang still.

Schließlich sprach Mara. »Was hast du nun also vor?«

»Ich liebe ihn«, gestand Kristin. »Er hat mir die Wahl gelassen, ob ich diese Ehe uneingeschränkt mit ihm leben möchte oder nicht. Er hat mir sogar angeboten, mich für den Rest meines Lebens finanziell abzusichern. Aber ich will nicht sein Geld, ich will *ihn*. Dennoch muss ich realistisch bleiben. Früher oder später wird er vermutlich sein Leben in Kalifornien vermissen. Ich bin mir nicht sicher, was ich jetzt machen soll.« Sie seufzte hörbar.

Alle Frauen warfen ihr einen mitfühlenden Blick zu, während sie darüber sprachen, welche Möglichkeiten sie nun hatte. Doch auch nachdem alles ausgebreitet vor ihr lag und sie wusste, welche Wahl sie treffen konnte, wollte Kristin immer noch, dass auch Julian mit ihrer Entscheidung glücklich war. Sie konnte nicht aus Amesport wegziehen, denn ihre Eltern würden immer noch ihre Hilfe benötigen. Sie war ihr einziges Kind. Was würde passieren, wenn Julian eines Tages aufwachte und feststellte, dass er sein altes Leben vermisst und sich nach seinen Fanscharen und Filmverträgen sehnt? Kristin wäre nicht mehr als der Mensch, der ihn in Amesport halten würde. Sie wollte nicht, dass er ihr das auf diese Weise verübelte, und sie wollte ihn auch nicht davon abhalten, eine Karriere zu verfolgen, für die er sich den Arsch aufgerissen hatte.

Die Frauen sagten einen Moment lang nichts, nachdem sie über alles gesprochen hatten. Dann wechselte eine von ihnen dankbarerweise das Thema.

»Beatrice hat wieder einmal Recht gehabt«, sagte Emily mit ernster Stimme. »Bei fünf von fünf Sinclairs hat sie richtiggelegen. Hope zählt nicht, denn Beatrice hatte niemals Gelegenheit, ihr den Partner vorherzusagen.«

Hope kicherte. »Ich bin der Meinung, dass ich das schon ganz gut alleine hinbekommen habe. Jason war bereits für mich bestimmt, lange bevor einer von uns davon gewusst hat.«

»Ich habe gehört, dass sie Xander eine Kette mit einer Apachenträne gegeben hat«, sagte Tessa. »Micah hat es mir erzählt. Sie ist zu seinem Haus gefahren. Ich bin überrascht, dass er überhaupt die Tür geöffnet hat.«

»Wer hat den anderen Stein? Wen wird er lieben?«, fragte Kristin vorsichtig.

Tessa zuckte mit den Schultern. »Das weiß niemand.«

Für Kristin war es schwer vorstellbar, dass sich irgendeine Frau für Xander in seinem jetzigen Zustand interessieren würde. Es würde jemand ganz Besonderes sein müssen. Auch wenn sie Mitleid mit Julians kleinem Bruder hatte, war er noch immer ein Wrack.

Nachdem sie den neuesten Klatsch der Stadt erfahren hatte, stand Kristin endlich auf. »Ich sollte besser gehen. Ich muss morgen arbeiten und meine Chefin ist eine Sklaventreiberin«, witzelte sie.

Sarah, ihre Chefin, sah zu ihr herüber und grinste. »Dir fällt vielleicht auf, dass ich immer noch hier bin. Vielleicht komme ich morgen selbst zu spät.«

Kristins Lippen verformten sich zu einem ehrlichen Lächeln. Sarah war die klügste und organisierteste Ärztin, mit der sie je zusammengearbeitet hatte. Wenn ihre Chefin auch nur eine Minute zu spät käme, würde sie sich Sorgen machen. »Dann springe ich für dich ein«, sagte Kristin lachend und zog ihren Mantel an. Sie wusste, dass Sarah um Punkt neun Uhr ihren ersten Patienten empfangen würde.

Als sie vor Kälte bibbernd den Geländewagen anließ, wurde ihr bewusst, dass sie die Nacht sehr wohl auch in ihrer Wohnung hier in der Stadt verbringen konnte, um sich die Fahrt zu Julians Haus jetzt und am nächsten Morgen, wenn sie zur Arbeit musste, zu sparen. Doch aus irgendeinem Grund sperrte sich ihr Herz gegen den Gedanken, nicht nach Hause zu fahren, auch wenn sie sich noch nicht sicher war, *wo* sie sein würde, wenn Julian zurückkehrte.

Zuhause.

Das war das Haus, in dem sie gelernt hatte, wie unfassbar glücklich sie gemeinsam mit einem Mann, den sie liebte, sein konnte. Es war ein Ort, an dem sie sich vorstellen konnte, ihren Besitz mit Julians zu kombinieren, und sein Bett war der Platz, an dem sie seinen Duft einatmen und einschlafen konnte.

Was, wenn er seine Meinung ändert? Was, wenn er Zeit zum Nachdenken gehabt und sich dazu entschieden hat, frei sein zu wollen?

Sie schüttelte den Kopf und murmelte: »Das ist doch alles Blödsinn, Scarlet, und das weißt du auch.«

Diese Bemerkung klang so sehr nach Julian, dass sie lächelte und sich auf die Schnellstraße zu seinem Haus begab.

Julian hatte sein Herz aufs Spiel gesetzt. Nun war sie am Zug.

Sie wünschte sich nur zu wissen, wie sie sich entscheiden sollte.

Es gab nur eine Sache, der sie sich sicher war: Morgen um diese Zeit würden sie diese Situation ein für allemal klären.

Kapitel 23

»Was, wenn sie nicht dort ist? Was, wenn sie sich dazu entschieden hat zu gehen?«, fragte Julian seinen Bruder auf dem Nachhauseweg vom Flughafen. Er hatte Micah vor seinem Abflug nach Kalifornien die ganze Geschichte darüber erzählt, was mit Kristin passiert war.

Er hätte sich auch ein Auto kommen lassen können, doch stattdessen hatte er Micah angerufen, damit dieser ihn abholte. Die Vorstellung einer stillen Autofahrt hatte ihm nicht sehr gut gefallen.

»Ich kann immer noch nicht glauben, dass du sie geheiratet hast, obwohl ihr beide sturzbetrunken wart«, sagte Micah. »Das klingt eher nach etwas, das ich tun würde.«

»Ich wusste, was ich tue. Ich *wollte* sie heiraten«, brummte Julian.

»Warum machst du dir dann Sorgen? Sie wird da sein. Für mich ist es ziemlich offensichtlich, dass ihr beide verrückt nacheinander seid.«

Julian war in der Tat verrückt nach Kristin. Er war sich nur nicht sicher, ob diese Verrücktheit auf Gegenseitigkeit beruhte.

»Das hoffe ich«, antwortete er abgelenkt, während Micah den Wagen auf die zweispurige Schnellstraße lenkte.

»Auch wenn ich der Meinung bin, dass du von eurer Hochzeit hättest erzählen sollen. Warum hast du dir solche Mühe gemacht, es zu verheimlichen?«

»Ich wollte nicht, dass sie es weiß. Ich hatte Angst, dass sie noch am selben Morgen zum Standesamt gehen würde, um die Ehe annullieren zu lassen. Ich habe Zeit gebraucht, also habe ich alle Beweise mitgenommen und gehofft, dass sie sich nicht erinnert. Oder falls sie es doch tat, dass sie denken würde, es hat nicht passiert sein können, weil sie so betrunken gewesen war.«

»Eventuell ist sie sauer auf dich«, warnte Micah.

»Mit Wut kann ich umgehen«, antwortete Julian lächelnd. »Wir reden hier schließlich von Kristin. Ich denke, sie ist seit dem Augenblick sauer auf mich, in dem wir uns getroffen haben.«

Vorspiel.

Julian hatte ihre Reibung aneinander beinahe sofort als das erkannt, was es war: eine mysteriöse Anziehung, die sie zusammenbrachte, doch die keiner von beiden hatte akzeptieren können.

»Du liebst sie.« Micah stellte das fest, er fragte nicht.

»Das habe ich immer schon getan. Ich denke, es hat nicht sehr lange gedauert, bis ich erkannt habe, dass sie die einzige Frau für mich ist. Ich wusste, dass ich sie nicht entwischen lassen durfte, aber ich hatte immer noch meine Pflichten zu erfüllen.«

»Wie hast du es gewusst? Sogar bei Tessa war ich dickköpfig genug, dass es eine Weile gedauert hat, bis ich es bemerkt habe. Am Anfang dachte ich, dass zwischen uns nur eine körperliche Anziehung herrscht. Ich dachte, wir könnten etwas Spaß miteinander haben, um den Trieb zu befriedigen.«

Julian zuckte mit den Schultern. »Weil ein Streit mit Kristin besser ist als jeder Sex, den ich je mit einer anderen Frau gehabt habe.«

»Gut. Dann frage ich gar nicht erst nach dem Sex«, sagte Micah hastig.

Julian hätte seinem Bruder sowieso nichts von seinem Sexleben mit seiner Frau erzählt, doch er lachte, bevor er mit ernsterer Stimme sagte: »Seit Mom und Dad tot sind und Xander so tief gesunken ist, habe ich erkannt, wie wichtig es ist, den Moment zu genießen.

Oder in diesem Fall meine Frau zu genießen, wenn du es so willst. Manchmal existieren eben keine zweiten Chancen.«

Micah war einen Augenblick lang still, bevor er antwortete: »Du weißt, dass Mom und Dad dich geliebt haben, nicht wahr? Sie haben uns alle geliebt.«

»Ich war ein Arschloch, Micah. Die letzten sechs Jahre ihres Lebens sind so gut wie an mir vorbeigezogen, weil ich nie meinen Arsch hochbekommen habe, um zu erkennen, dass es ihnen egal war, ob ich Erfolg hatte oder weiter kleine Rollen spielte. Sie hatten nur ihren Sohn sehen wollen. Diese Zeit kann ich nicht zurückholen, doch ich würde so gut wie alles dafür tun, um sie noch einmal zu sehen und ihnen zu sagen, dass ich sie liebe. Ich will nicht noch einmal solche Reue empfinden.«

»Willst du wirklich deine Schauspielkarriere aufgeben? Du hast so viel geopfert, um dort hinzukommen, wo du heute bist.«

»Wenn ich das tue, werden sie sich um meine Drehbücher nur so reißen«, antwortete Julian. »Ich habe immer schon etwas erschaffen wollen, doch ich bin die Aufgabe falsch angegangen. Ich war nie glücklicher. Jetzt kann ich die Geschichte erzählen, anstatt sie zu spielen.«

»Du hast Talent für beides«, sagte Micah. »Mom und Dad wären stolz auf dich. Ich wünschte, dass sie noch leben würden, um deinen Erfolg sehen zu können, doch du hast Recht. Sie haben dich geliebt, weil du ihr Sohn bist. Sie haben verstanden, dass du viel zu tun gehabt hast, Julian. Mach dich deswegen nicht fertig.«

»Du und Xander habt euch beide die Zeit genommen, sie zu besuchen«, sagte Julian traurig.

»Wir hatten beide Geld und ein Privatflugzeug. Diese beiden Dinge machen es sehr viel einfacher, irgendwohin zu reisen. Wir haben nicht versucht, von dem Geld zu leben, das wir verdient haben, nur um zu beweisen, dass wir es auch allein schaffen können. Wir haben unsere Verbindungen zu unserem Vorteil ausgenutzt. Du bist deinen eigenen Erfolgsweg gegangen.«

»Xander hat mich als selbstsüchtiges Arschloch bezeichnet«, murmelte Julian.

»Ja. Und jetzt ist Xander an der Reihe, ein selbstsüchtiges Arschloch zu sein«, antwortete Micah trocken.

»Es tut mir leid, dass ich nicht da gewesen bin, Micah. Ich hätte wissen müssen, dass du Hilfe mit Xander gebraucht hättest.«

»Du hast es aber nicht gewusst und jetzt ist es vorbei. Ich habe es dir nicht gesagt, weil ich nicht wollte, dass du es weißt. Du hast vielleicht das Recht dazu gehabt, aber du hast so verdammt hart für deinen Erfolg gearbeitet, dass ich gedacht habe, du solltest diese Zeit genießen.«

Julian spürte einen Stich in der Brust, als er darüber nachdachte, dass Micah willentlich die Verantwortung auf sich genommen hatte, um ihm auf dem Höhepunkt seiner Karriere die Sorge zu ersparen. »Nun, jetzt bin ich hier. Wir werden uns gemeinsam um Xander kümmern.«

»Einverstanden«, stimmte Micah zu, als er in die Einfahrt von Julians Villa einbog.

Das Haus war dunkel, doch das Licht auf der Zufahrt war eingeschaltet. Wenn Kristin hier war, dann sollte sie schon lange zu Hause sein. »Ich bin mir nicht sicher, ob sie hier ist.«

»Willst du, dass ich mit reinkomme?«, bot Micah an.

»Nein«, sagte er zu seinem Bruder, »ist schon okay. Was auch immer passiert, hier ist der Ort, an dem ich sein möchte.«

»Lass nicht locker«, riet Micah. »Selbst wenn sie nicht hier ist, versuche auch weiterhin, sie für dich zu gewinnen, wenn du dir sicher bist, dass sie die Frau deines Lebens ist.«

Julian war sich ziemlich sicher, dass er es dabei belassen würde. Er hatte sie vor die Wahl gestellt und sie hatte sich entschieden.

Er nickte jedoch, als er die Wagentür öffnete und das Innenlicht des Fahrzeugs aufleuchtete, denn er traute sich in diesem Moment nicht, etwas anderes zu sagen.

Während er seinen Schlüssel aus der Tasche zog, sah er Micah nach, der davonfuhr. Er war sich nicht einmal sicher, ob er das Haus überhaupt betreten wollte.

»Ich muss es einfach hinter mich bringen«, knurrte er und steuerte auf die Haustür zu.

Die Tür war abgeschlossen. Er drehte den Schlüssel und stieß sie nach innen auf, dabei lauschte er nach Geräuschen im Inneren des Gebäudes.

Er schaltete das Licht an und musste sich zusammenreißen, um nicht wie ein verzweifelter Mann, der er nun einmal war, Kristins Namen zu rufen.

Er ging direkt in die Garage und betätigte auf dem Weg dorthin weitere Lichtschalter. Als er an der Küche vorbeiging, holte er tief Luft. Alles war sauber und befand sich an seinem Platz. Als er schließlich die Garagentür aufriss, schaltete sich das Licht automatisch an und ihm wurde schwer ums Herz.

Ihr Auto war nicht mehr da und sein Geländewagen stand genau dort, wo er hingehörte.

»Verdammte Scheiße!«, fluchte er, knallte die Garagentür zu und zog sich seine Jacke aus. Er warf sie achtlos auf die Arbeitsplatte und konnte sich nicht dazu durchringen, sie aufzuhängen.

Es war ja nicht so, als würde Kristin ihm eine Predigt darüber halten, dass er ordentlicher sein müsste. Tatsächlich war es ja so, dass sie ihn nie wieder wegen irgendetwas anmeckern würde.

Er ging am Kühlschrank vorbei und steuerte direkt auf die Bar im Wohnzimmer zu, wo er sich einen Scotch einschenkte – ohne Wasser oder Eis. Er leerte das Glas in wenigen Schlucken, knallte es auf den Tisch und füllte es erneut.

»Sie ist weg. Sie hat mich verlassen«, knurrte er. »Und ich Idiot habe sie vor die Wahl gestellt. Was habe ich denn erwartet?«

Er wollte – nein, er *brauchte* es – dass sie sich für *ihn* entscheidet. Nicht weil sie aus Versehen geheiratet hatten und nun ausprobierten, wie es sich anfühlte, zusammen zu sein. Sondern weil sie sich dafür entschieden hatte, bei ihm zu bleiben, weil es das war, was sie wollte.

»Sie hat mich abgewiesen«, sagte er heiser und nahm einen weiteren Schluck von seinem Scotch, bevor er das Glas auf dem Couchtisch abstellte und zurück in die Küche ging.

Ohne zu realisieren was passierte, war seine Trauer schon in Wut umgeschlagen und er schlug mit der Faust in die Glastür, die zur Terrasse hinausführte. Er ließ seinen gesamten Ärger an der Scheibe und den weißen Fensterrahmen aus. Das Ganze fühlte sich so gut an, dass er wieder zuschlug.

Und noch einmal.

Und noch einmal.

Seine Fingerknöchel bluteten bereits, als er endlich aufhörte, weil er den Großteil der kleinen, eingerahmten Fensterscheiben bereits zerschlagen hatte und es seiner Wut nicht wirklich half, wenn er die Tür verprügelte. Darüber hinaus würde es mit Sicherheit nicht das klaffende Loch schließen, das sich in seinem Herzen befand.

Er ging zurück ins Wohnzimmer, nahm mit schmerzenden Händen sein Glas und trank den letzten Schluck von seinem Scotch. Dann stellte er es ab und streckte seine blutigen Hände aus. Als er aus der Distanz sah, was er mit der Tür angerichtet hatte, zischte er: »Dämlicher Idiot!«

Sein Wutausbruch galt nicht wirklich Kristin. Er hatte sie ja *gebeten*, sich zu entscheiden, und das hatte sie getan. Sie hatte sich nur nicht für ihn entschieden. Er konnte ihr dafür keine Schuld geben. Er hatte sie angelogen und auch nicht den besten Weg gewählt, um ihr zu zeigen, wie viel sie ihm bedeutete. Von Anfang an hatte er seine intensiven Gefühle für sie nicht sehr gut im Griff gehabt. Das hatten sie beide nicht. Doch er hatte gewusst, was passierte. Sie hatte das vermutlich nicht.

Sein Magen schmerzte, als er sich einen weiteren Drink einschenkte und nicht wusste, was er mit sich anfangen sollte.

Das Haus war zu still.

Er hatte sich zu sehr daran gewöhnt, seine Abende mit Kristin zu verbringen, mit ihr zu streiten, zu lachen ... oder beides.

Ganz egal was es war, es endete sowieso immer damit, dass er seinen Schwanz in ihr vergrub und sie beide die Art von Ekstase fanden, von der sie nie gewusst hatten, dass sie existiert.

Jetzt war da nur Stille und das Wissen, dass die Freude, die er in diesem Haus gefunden hatte, nie wieder präsent sein würde.

Er ließ sich auf das Sofa fallen und versuchte, nicht an all die Dinge zu denken, die er anders hätte machen können, doch am Ende lief es sowieso nur auf eine einzige Sache hinaus.

Sie hat sich nicht für mich entschieden.

Julians einziger Trost war, dass Kristin eine Entscheidung getroffen hatte, die sie offensichtlich glücklich machen würde.

Dies war wie ein Déjà-vu einer anderen Beziehung in seinem Leben. Warum wollten Frauen mit ihm schlafen, aber nicht mit ihm zusammen sein? Die Ausnahme war nur, dass seine andere Beziehung nicht annähernd so schmerzhaft gewesen war wie diese hier. Auf sehr viele Weisen war er bei dieser Frau, die ihn vor so langer Zeit abgewiesen hatte, noch einmal mit dem Schrecken davongekommen. Kristin jedoch war anders. Er fühlte sich, als sei er vollständig ausgelöscht worden.

Zu wissen, dass zumindest einer von ihnen glücklich sein würde, war der einzige Trost für einen Mann, dessen Herz und Seele gerade vollständig zerstört worden waren.

Er leerte sein Glas, stellte es auf dem Tisch ab und fragte sich, ob er nicht gleich direkt aus der Flasche trinken sollte.

Verzweifelt fuhr er sich mit einer Hand durchs Haar und bemerkte, dass er sich vermutlich Blut ins Gesicht geschmiert hatte. Er wischte seine vor Schmerz pochenden Hände an seiner Jeans ab und ließ sie dann auf seinen Oberschenkeln ruhen. Sein Kopf fiel zurück auf das Sofa und er schloss die Augen.

Er war vielleicht etwas angetrunken, doch nichts konnte den unbarmherzigen Schmerz lindern zu wissen, dass er die Frau, die er liebte, nie wieder in seinen Armen halten würde.

Vielleicht würde er morgen seine Meinung ändern und ihr so lange nachjagen, bis sie sich ihm ergab.

Doch jetzt und vermutlich auch morgen wollte er nur, dass sie glücklich war.

Ja, ihre Entscheidung machte ihn traurig. Aber war echte Liebe nicht mehr als Egoismus? War es nicht mehr, als sie zu etwas zu zwingen, das er zwar wollte, sie jedoch nicht?

Ja. Für ihn war Liebe so viel mehr und er wusste, dass er sie niemals gegen ihren Willen zum Bleiben überreden würde. Nicht mehr.

Er wusste, dass er die Kraft finden musste, um aufzustehen und weiterzumachen.

Doch für eine ganze Weile saß er weiterhin bewegungslos auf dem Sofa.

Kapitel 24

Als Kristin in die Einfahrt einbog, waren alle Lichter im Haus angeschaltet.

Julian ist zu Hause!

Ihr Herz begann zu rasen und ihr Atem ging stoßweise, als sie darüber nachdachte, ihm zu begegnen, nachdem er darauf bestanden hatte, dass sie eine Entscheidung treffen sollte.

Es war nicht so, dass sie nicht bereit dazu war, doch es existierte eventuell noch ein kleiner Teil in ihr, der immer noch Angst vor dem Tag hatte, an dem er erkennen würde, dass dies nicht das war, was er vom Leben wollte. Logischerweise konnte sie es damit erklären, dass es sich dabei um ihre eigenen Unsicherheiten handelte, und sie würde nicht zulassen, dass diese ihr Leben bestimmten. Nicht jetzt und auch in Zukunft nicht mehr. Nicht wenn das Glück zum Greifen nahe war.

Das schmerzende Gefühl der Einsamkeit, das sie empfunden hatte, seit er abgereist war, ließ langsam von ihr ab, denn jetzt wusste sie, dass er zu Hause und bereit war zu hören, wie sie sich entschieden hatte.

Sie fuhr ihr Auto in die Garage. Heute war sie mit ihrem Wagen unterwegs gewesen, weil sie ihn schon eine ganze Weile nicht mehr bewegt hatte. Außerdem war es ein klarer Tag gewesen.

Sie betrat nervös die Küche, doch als sie Julian nicht erblickte, stellte sie die Kiste, die sie hineingetragen hatte, auf dem Boden ab und besah sich schnell den Inhalt, bevor sie ihre Jacke auszog. Sie hing sie auf und griff danach nach Julians Mantel, der auf der Arbeitsplatte lag.

Sie hatte die Küche fast schon durchquert, da bemerkte sie, dass die Glastür zertrümmert war. Um die Öffnung herum befanden sich Blutspritzer und die zerborstenen Scheiben, die noch intakt gewesen waren, als sie an diesem Morgen das Haus verlassen hatte, waren ebenfalls blutverschmiert.

Vorsichtig trat sie um die Scherben herum und wurde langsam besorgt.

War jemand eingebrochen? Die Tür schien immer noch verschlossen zu sein, doch die Quadrate im oberen Teil einer der Türen waren so gut wie alle zerschmettert.

Ihr wurde schwer ums Herz und sie sah sich panisch um. Da erblickte sie den blutigen Körper, der schlafend auf dem Sofa im Wohnzimmer saß.

»Julian!«, rief sie aus und sprang aufs Sofa, um herauszufinden, was zum Teufel hier geschehen war. »Hey! Sag etwas!« Sie tätschelte leicht seine Wange und sah dann, dass sich das meiste Blut an seinen Händen befand.

Seine Jeans waren ebenfalls voller Blut und auf seinem Gesicht befanden sich rote Striemen, vermutlich weil er es berührt hatte.

»Kristin?« Seine Stimme klang verschlafen. »Oh Scheiße. Ich habe einen Albtraum.«

»Mach deine Augen auf!«, forderte sie und war sich nicht sicher, ob sie glücklich darüber sein sollte, dass er sie als schlechten Traum bezeichnet hatte.

Seine Lider flatterten, bevor sich seine Augen endlich öffneten und Kristin in den verzweifeltsten Blick hineinfiel, den sie je gesehen hatte. »Was ist passiert?«, fragte sie erschrocken. »Warum bist du überall voller Blut? Warum liegt um die Glastür herum alles voller Scherben?«

»Warum bist du hier?«, fragte er heiser und machte den Eindruck, als würde er endlich aufwachen.

»Ich wohne hier«, sagte sie gereizt. »Ich bin deine Frau.«

»Du hast dich gegen mich entschieden. Du warst nicht hier.«

Heilige Scheiße. »Du hast gedacht, dass ich dich verlassen habe?«

Sie war spät dran, wirklich spät, denn sie hatte auf dem Nachhauseweg noch einige Besorgungen machen müssen. Dennoch war sie sich nicht sicher gewesen, wann Julian nach Hause kommen würde. Sie hatte angenommen, dass es noch später am Abend sein würde.

»Du hast mich verlassen.« Er setzte sich auf und sah sie an, als sei sie ein Gespenst. »Oder nicht?«

»Nein«, antwortete sie knapp, sichtlich besorgt um seine Verletzungen. Sie stellte keine weiteren Fragen. Die Antworten waren offensichtlich. Er hatte angenommen, dass sie gegangen war, und war so verzweifelt gewesen, dass er sich einige Drinks genehmigt und die Scheiben eingeschlagen hatte.

»Dein Auto war nicht da«, klagte er.

Sie konnte an seinem Atem riechen, dass er getrunken hatte. Vermutlich sogar ziemlich viel. »Ich bin heute mit meinem eigenen Wagen zur Arbeit gefahren. Ab und zu muss er bewegt werden und das Wetter war gut. Julian, was zur Hölle hast du gemacht?«

Als sie von seinem verwüsteten Gesicht zu seinen blutigen Händen sah, hätte sie am liebsten angefangen zu weinen. Sie hob eine nach der anderen an und sah Schwellungen, Schnitte und Fleischwunden. Keine seiner Verletzungen war lebensbedrohlich, dennoch wusste sie, dass er sich das angetan hatte, weil er gedacht hatte, sie hätte ihn verlassen.

»Ich habe Schmerzen«, antwortete er, als würden diese drei Worte alles erklären.

»Dessen bin ich mir sicher. Komm mit. Ich muss deine Wunden säubern. Wie viel hast du getrunken?«

Er schüttelte den Kopf. »Nicht genug. Ich bin nur eingenickt, ich bin nicht völlig betrunken. Eigentlich bin ich mir sicher, dass ich immer noch träume.«

»Wenn du mich noch einmal als deinen Albtraum bezeichnest, trete ich dir in den Arsch«, warnte Kristin ihn ernst. »Kannst du mir dabei helfen, dich auf die Beine zu bekommen?«

»Ich kann stehen«, antwortete er, den Blick noch immer fest auf ihr Gesicht gerichtet. »Bist du wirklich hier?«

»Ja«, entgegnete sie ungeduldig, denn sie wollte so schnell wie möglich seine Wunden versorgen.

Zu ihrer Überraschung erhob er sich ohne Schwierigkeiten. Sie nahm ihn beim Arm und führte seinen widerstandslosen Körper zum Aufzug.

Sie machte sich zwar immer noch Sorgen, doch sie hatte nicht mehr so viel Angst, wie sie gehabt hatte, als sie seinen blutigen Körper entdeckt hatte.

Nachdem sie Julian aus seiner blutigen Kleidung geholfen und dieser im Badezimmer geduscht hatte, nahm sie selbst eine Dusche in einem der Gästebäder. Es dauerte eine Weile, bis sie seine Hände gesäubert und verbunden hatte, wobei sie antibiotische Salbe benutzt hatte, um einer Infektion vorzubeugen. Glücklicherweise waren die Schnitte klein und keiner von ihnen sah aus, als müsste er genäht werden. Als sie fertig war, sagte sie: »Ich dachte, du hättest dir vielleicht einige Knochenbrüche zugezogen. Aber ich glaube, das ist nicht der Fall.«

Insgesamt hatte er einige Schwellungen, doch nichts, was sie in Panik versetzte.

»Das habe ich nicht. Die Fenster sind gleich beim ersten Schlag zerbrochen. Verdammtes Billigglas. Geschnitten habe ich mich an den Löchern in der Tür. Die Scheiben sind einfach zerborsten.«

Julian besaß eigentlich ein ziemlich ruhiges Temperament, deswegen konnte sie sich nur schwer vorstellen, wie er so lange auf eine Glastür einschlagen konnte, bis das meiste davon zerbrochen war.

»Fertig«, verkündete sie. »Holen wir dir einige Eisbeutel.« Sie schob ihn in Richtung Tür.

Er bedeutete ihr vorzugehen und folgte ihr daraufhin erst in den Aufzug und dann in die Küche.

Sie drehte sich um und zeigte mit dem Finger auf das Wohnzimmer. »Geh und setz dich hin. Ich kümmere mich darum.« Er grinste sie an, wandte sich zum Wohnzimmer, dann drehte er sich wieder um. »Das ist komisch. Ich hätte schwören können, dass ich gehört habe, wie jemand weint.« Kristin legte den Eisbeutel auf die Arbeitsplatte und ging zu der Kiste hinüber. »Ich hoffe, du bist nicht sauer. Du hast gesagt, dass du nie Zeit für einen Hund gehabt hast, und dieser hier hat dringend ein Zuhause gebraucht. Ich habe die Anzeige des Tierheims in der Zeitung gesehen. Sie ist misshandelt worden.«

Kristin zog das strampelnde Fellknäuel aus der Kiste und drückte den Welpen an ihre Brust. »Sie ist eine Labradormischung. Ich hoffe, es macht dir nichts aus, einen Hund im Haus zu haben.«

»Für uns?«, fragte Julian vorsichtig.

»Natürlich. Ich wollte immer schon ein Haustier haben und du hast gesagt, dass du gern einen Hund hättest. Ich habe mir eigentlich immer eine Katze gewünscht, aber als ich die Anzeige in der Zeitung gesehen habe, konnte ich einfach nicht widerstehen. Sie ist eigentlich auch noch ein Baby.«

Sie begann zu kichern, als die kleine Hündin ihr das Gesicht ableckte.

»Sie ist niedlich«, sagte Julian, lehnte sich nach vorn und streichelte das Tier. »Kann ich sie halten?«, fragte er.

Kristin legte die Hündin vorsichtig in Julians Arme, um seinen verletzten Händen nicht wehzutun.

Als er den Welpen hielt, erstarrte er mit einem Mal und schaute wie gebannt auf ihren Ringfinger. »Du trägst deinen Ring.«

Sie streckte die Hand aus und zog dann an der Kette um ihren Hals, an der sich sein Ring befand. Während sie die Kette mit seinem Ring hochhielt, sagte sie trocken: »Ich glaube, dass du deinen jedoch erst einmal nicht tragen wirst.«

Seine Hand war zu geschwollen, als dass er seinen Ehering an den Finger stecken konnte, doch das machte ihr nichts aus. Sie würde so lange darauf aufpassen, wie es nötig war.

Julian sah der Kette einen Moment lang beim Herumschwingen zu, bevor er sagte: »Sobald meine Hand wieder verheilt ist, werde ich ihn tragen. Und ich kann dir einen neuen besorgen. Diese hier waren ziemlich billig.«

»Das wirst du nicht. Dieser Ring ist das Einzige, das ich von meiner Hochzeit besitze. Wir haben sie doch zusammen ausgesucht, ganz egal ob ich mich daran erinnere oder nicht.«

Er nickte.

»Dann behalte ich ihn«, sagte sie nachdrücklich.

Sie erinnerte sich an die andere Sache, die sie erledigt hatte, und ging in die Küche, um ihre Handtasche zu holen. Als sie zurückkam, erklärte sie: »Ein Grund für meine Verspätung besteht darin, dass ich den Welpen abgeholt habe. Der andere ist das hier.« Sie hielt die Dokumente hoch, damit er sie sehen konnte.

Er starrte sie mit offenem Mund und aufgerissenen Augen an. »Du hast eine Namensänderung beantragt?«

»Ich bin jetzt offiziell Kristin Sinclair. Deine Frau.«

»Mein Gott! Wenn ich träume, dann hoffe ich inständig, dass ich nie mehr aufwache.«

Sie legte eine Hand an seine Wange und streckte sich dann, um ihn zärtlich zu küssen. »Hat sich das angefühlt wie ein Traum?«

»Vielleicht wie der Anfang eines feuchten Traums«, knurrte er und streichelte mit einer seiner bandagierten Hände geistesabwesend den Welpen.

Sie legte die Papiere auf die Arbeitsplatte und nahm die Eisbeutel. »Geh.«

Er begab sich ins Wohnzimmer, wo Kristin die kleine Hündin zwischen ihn und sich selbst platzierte und die Eisbeutel auf seine Hände legte. »Wird sie das Sofa vollpinkeln?«

»Ich hoffe nicht, aber sie muss sehr oft nach draußen. Sie ist klug. Ich bin mir sicher, dass wir sie ganz schnell stubenrein bekommen werden. Es macht dir wirklich nichts aus?« Sie hatte dem Welpen unbedingt ein Zuhause geben wollen, weil sie sich auf Anhieb in das Fellbündel verliebt hatte.

»Nein. Solange du Teil dieser Abmachung bist, werde ich es lieben, einen Hund zu haben. Ich sehe, dass sie einige Narben hat. Wenn ich weiß, dass sie ein gutes Zuhause hat, geht es mir schon besser.«

»Sie haben ihr noch keinen Namen gegeben. Ich würde sie gern Haven nennen«, schlug Kristin vor.

»Haven im Sinne von ›sicherer Ort‹? Das mag ich.« Er grinste, als die Hündin auf Kristins Schoß kroch. »Du hast Recht. Sie ist klug. Sie ist genau dort, wo ich jetzt gern wäre.«

Sie sah, wie der Welpe es sich zwischen ihren Oberschenkeln bequem gemacht hatte. Seine anzügliche Bemerkung überhörend blickte sie Julian ernst an. »Der Name Haven ist eigentlich auch für mich gedacht. Du bist mein sicherer Ort, Julian. Dieses Haus ist mein sicherer Ort, weil du mit mir hier bist. Du hast mir gefehlt.«

Seine Augen wurden so dunkel, dass sie fast schon schwarz waren. »Du hast mir auch gefehlt, Baby.«

Kristin musste kämpfen, um ihre Tränen zu unterdrücken. Immer wenn er versuchte, sich auszudrücken, fielen ihm die Worte so leicht und seine Aufrichtigkeit war deutlich zu erkennen.

»Lass mich mit Haven rausgehen. Sie war schon eine ganze Weile nicht mehr an der frischen Luft.« Sie erhob sich, doch Julian nahm den Welpen.

»Sie kann auf die Terrasse gehen und dort ihr Geschäft erledigen.«

Kristin genoss die Zeit, die sie und Julian damit verbrachten, die kleine Hündin dabei zu beobachten, wie sie im Schnee herumtollte, bevor sie endlich einen Ort fand, an dem sie ihren Haufen machte. Sie lobten sie ausgiebig und brachten sie danach wieder zurück ins Haus.

Sie hatte so viel Glas wie möglich vom Boden aufgefegt und Julian dann dabei geholfen, die Löcher in der Tür mit Pappe abzudecken. Am nächsten Morgen würden sie den Glaser kommen lassen.

Nachdem sie die Kiste mit einem weichen Handtuch ausgelegt hatte, legte sie den Welpen wieder hinein und gab Julian den Karton, weil er darauf bestand. Dann nahm sie gemeinsam mit ihm und Haven den Aufzug ins obere Stockwerk.

Er stellte die Kiste an seiner Seite des Bettes ab. »Schläfst du hier? Kannst du bei mir bleiben?«

Ihr Herz schmolz bei dem verletzlichen Blick in Julians Augen dahin. Sie entledigte sich ihrer Kleidung und glitt unter die kühle

Decke. Er legte sich neben sie und zog sie so nahe an sich heran, dass ihre Körper fast schon eins waren.

Sie seufzte und ihre Muskeln entspannten sich, denn sie war genau endlich dort, wo sie sein wollte. So schwer ihre Entscheidung auch gewesen sein mochte, sie konnte einfach nicht das wegwerfen, was die beiden zusammen hatten. Wenn der Tag jemals kommen würde, an dem Julian wegen ihrer Ehe unruhig sein und sich eingesperrt fühlen würde, dann würde sie sich damit auseinandersetzen. Doch es würde sie mehr schmerzen, wenn sie einen Mann verließe, den sie mehr liebte als alles und jeden auf der ganzen Welt. »Ich kann nicht glauben, dass du gedacht hast, ich hätte dich verlassen.«

»Dein Wagen war weg. Was hätte ich sonst denken sollen?«

Kristin streckte die Hand aus, löschte das Licht und der Raum wurde mit einem Schlag dunkel.

Während sie ihre Arme um ihn schlag, sagte sie zärtlich zu ihm: »Du könntest die Wahrheit denken. Die Wahrheit ist, dass ich dich liebe, Julian. Ich liebe dich so sehr, dass es manchmal wehtut. Ich kann doch nicht einfach so das Beste, was mir jemals passiert ist, zurücklassen. Aber ich hasse es, dass du dich verletzt hast.«

Sie fing an zu weinen. Der Stress der letzten Tage zollte nun endlich seinen Tribut. Ihre Angst davor, Julian zu verlieren, und die Art und Weise, wie er sich wehgetan hatte, als er dachte, er hätte sie verloren. All das und noch mehr hatten sie sehr dünnhäutig werden lassen.

Jetzt, da sie wusste, wie sehr er sie liebte, war sie erleichtert.

»Hey, weine nicht«, bat Julian.

»Ich kann nichts dafür. Ich liebe dich so sehr, dass es mir Angst macht. Ich habe mir Sorgen gemacht, dass du zurückkommst und deine Meinung geändert hast. Und was, wenn du keinen Hund hättest haben wollen? Oder du nicht gewollt hättest, dass ich ganz offiziell eine Sinclair werde?«

»Denkst du, ich schlage jeden Tag Türen ein?«, fragte Julian.

»Manchmal überwältigt mich das alles. Ich muss ehrlich sein. Ich bin mit einem Superstar-Milliardär verheiratet, dabei bin ich nur eine gewöhnliche Frau.«

»Ich liebe dich, verdammt noch mal, und auch ich fühle mich nicht immer, als würde ich dich oder dieses Glück verdienen. Unter dem ganzen oberflächlichen Blödsinn bin ich auch nur ein Mann, und dazu noch einer mit vielen Fehlern.«

»Fehler haben wir alle«, gab sie zu.

»Dann denke ich mal, dass unsere Fehler perfekt füreinander geschaffen sind«, antwortete Julian amüsiert.

»Ich liebe dich«, flüsterte sie in die Dunkelheit hinein.

»Mist! Ich hasse mich dafür, dass ich meinen Händen das angetan habe. Ich würde jetzt so gerne tief in dir stecken, dass ich kaum atmen kann«, sagte er mit brüchiger Stimme.

»Warte einfach, Sportsfreund. Du wirst es schon wiedergutmachen. Halte mich einfach nur fest. Wenn es deinen Händen besser geht, kannst du dich darauf vorbereiten, dass du erschöpft sein wirst.«

»Ich bin jetzt schon bereit«, brummte er. »Aber küss mich wenigstens«, forderte er.

Als sich in der Dunkelheit ihre Lippen fanden, wusste er, dass sie mit dieser Forderung kein Problem hatte.

Kapitel 25

Trotz Julians Protest, dass es ihm gut ginge, brachte Kristin ihn am folgenden Tag ins Krankenhaus, um ihn röntgen zu lassen. Wie sie angenommen hatte, war nichts gebrochen, doch um ruhig schlafen zu können wollte sie auf Nummer sicher gehen.

Haven folgte Julian überallhin. Zwar hatte ihr dicker, kleiner Körper Schwierigkeiten, mit ihm Schritt zu halten, doch ihr Schwanz wedelte wie der eines normalen Welpen.

Kristin sah von der Küche aus, wie Julian zum fünften Mal aufstand, um Haven rauszulassen, und ihr fiel auf, dass er anhielt und wartete, wenn die kleine Hündin nicht schnell genug hinterherkam.

Sie spürte, wie ihr Herz dahinschmolz, und lächelte Julian an, als er mit Haven auf dem Arm zurück ins Haus kam und sie immer noch dafür lobte, dass sie ihr Geschäft draußen erledigt hatte.

»Sie ist ein braves Mädchen«, sagte Julian grinsend.

»Dann nehme ich an, dass wir sie behalten?«, neckte sie ihn.

»Selbst wenn sie nicht so brav wäre, würde ich sie nicht wieder hergeben«, sagte Julian mit ernster Stimme. »Sie hatte nicht gerade einen guten Start ins Leben. Sie hätte sich gewandelt.«

Kristin stellte den Auflauf, den sie vorbereitet hatte, in den Ofen und wusch sich die Hände. »Woher weißt du das?«

Er zuckte mit den Schultern. »Ich habe mich verändert. Ich habe nur dich gebraucht, um mich zu lieben.«

Kristin spürte, wie ihr die Tränen in die Augen stiegen. »Du hast dich nicht verändert«, teilte sie ihm mit, während er die Hündin vorsichtig auf den Boden setzte. »Du bist immer schon ein guter Mensch gewesen.«

»Ich habe jahrelang falsche Prioritäten gesetzt. Aber ich glaube, dass ich jetzt weiß, was wichtig ist.« Er zog eine Augenbraue hoch und fügte hinzu: »Und ich bin nicht immer brav.«

Nein. Nein, das war er nicht. Seit letzter Nacht hatte er mindestens fünfzig Mal versucht, sie zu verführen, doch sie hatte ihn hartnäckig abgewiesen. Auch wenn sie sich danach sehnte, mit ihm zusammen zu sein, war die Situation mit seinen verletzten Händen doch genug, um sie davon abzuhalten, irgendetwas zu tun, das ihm Schmerzen bereiten könnte.

»Du musst diese Hände nicht benutzen«, sagte sie, auch wenn sie so ziemlich alles getan hätte, um seine Berührung zu spüren. »Wir können warten.«

Julian drückte sie gegen die Arbeitsplatte. »Ich kann nicht warten. Nicht auch nur eine verdammte Minute«, knurrte er, als sein Mund sich auf ihren senkte und eine seiner bandagierten Hände ihr Haar ergriff, um ihren Kopf stillzuhalten.

Bei dem Gefühl seiner Lippen und Hände auf ihrem Körper und seines dominanten Angriffs stöhnte Kristin auf und ihr Körper reagierte sofort darauf, von ihm berührt zu werden.

Sie schlang ihre Arme um ihn und erwiderte seinen Kuss mit all den aufgestauten Emotionen, die sie seit Tagen versteckt gehalten hatte. Ihre Zungen kämpften in einem Duell, bei dem es darum ging herauszufinden, wer von beiden sexuell am frustriertesten war.

Als er ihren Mund freigab, schnaufte sie: »Wenn du das mit mir anstellst, kann ich nicht denken.«

»Dann denk eben nicht«, sagte Julian. »Fühle!« Seine zärtlichen Küsse an der Seite ihres Halses trieben sie schier zum Wahnsinn.

»Julian«, wimmerte sie, denn sie wusste, dass sie ihn irgendwie aufhalten musste. »Ich liebe dich.«

F. A. Scott

»Scheiße! Ich liebe es, wenn du das sagst«, brummte er. »Wenn ich dich nicht sofort nackt vor mir habe und in dich eindringe, dann bekomme ich einen verdammten Herzinfarkt.«

Kristins Körper, Herz und Geist waren nicht mehr dazu imstande, ihm zu widerstehen. Seine Bedürfnisse waren ihre und sie wusste, dass er die gleichen, fordernden, rohen Gelüste verspürte, die auch sie umtrieben.

Sie blickte kurz zur Seite, wo Haven auf dem Boden eingeschlafen war und träumte.

»Komm mit«, forderte er, nahm ihre Hand und brachte sie mit dem Aufzug ins Obergeschoss.

Im Schlafzimmer angekommen half Kristin ihm wortlos dabei, sich seiner Kleidung zu entledigen.

Sie öffnete das Hemd, bei dem sie ihm am Morgen noch geholfen hatte, es zuzuknöpfen, und ihr Herz beschleunigte mit jedem Zentimeter, den sie von seinem steinharten Oberkörper entblößte. Endlich war das Hemd vollständig geöffnet und sie lehnte sich nach vorn und berührte sein Herz mit ihrem Mund, während er sich das Kleidungsstück vom Leib schüttelte.

Dann öffnete sie den Knopf seiner Jeans und zog den Reißverschluss nach unten, wobei sich ihr Bauch schmerzhaft zusammenzog, als sie seine harte Erektion unter ihren Fingern spürte. Würde die Tatsache, dass er sie so sehr begehrte, immer diese Wirkung auf sie haben?

Bei Gott, das wollte sie doch hoffen.

Sie bückte sich, zerrte an seiner Jeans und der Unterhose und freute sich, als sie endlich seinen Schwanz befreit hatte. Während Julian sich die Beinkleider ungeduldig von den Füßen strampelte, zog Kristin sich ihren Pullover aus und warf ihn auf den Boden.

Sie leckte sich über ihre trockenen Lippen und fuhr mit den Fingern über die samtene Haut seines aufgerichteten Schwanzes, bereit, ihn zu kosten.

»Oh nein, das wirst du nicht«, knurrte Julian, ergriff sie an den Schultern und zwang sie dazu, sich aufrecht hinzustellen. »Dieses Mal muss ich in dir sein, Scarlet. Wenn du diese wunderschönen Lippen über mich stülpst, werde ich es nicht aushalten.«

Rasch zog er ihren BH aus und umschloss ihre Brüste mit seinen bandagierten Händen. Seine Fingerspitzen begannen sofort, ihre Brustwarzen zu umkreisen.

»Julian.« Sie krümmte sich unter seiner Berührung, die an ihren empfindlichen, harten Knospen beinahe schon schmerzhaft war.

Er hielt inne und wanderte mit seinen Händen abwärts, wo er mit dem Knopf ihrer Jeans kämpfte. Sie half ihm, doch sobald ihr Reißverschluss offen war, schob er die Hose mitsamt ihrem Spitzenhöschen langsam nach unten. Beides erreichte nur ihre Knie, da befand sich sein Mund bereits zwischen ihren Oberschenkeln und seine Zunge leckte gierig ihre feuchte Spalte.

»Oh Gott!« Sie hielt sich an seinen Schultern fest und entledigte sich ihrer Hose, doch das hinderte Julian in keiner Weise daran, sich das zu nehmen, was er haben wollte.

Er ergriff ihre Hände und zog sie auf den Teppich hinunter, wo sie zwischen ihren Kleidungsstücken lagen, die in kleinen Haufen um sie herum verteilt waren.

Kristin bemerkte es nicht einmal. Sie konnte nur Julian sehen, wie er zwischen ihren gespreizten Beinen über ihr thronte und mit seinen Fingerspitzen über ihre Klitoris streichelte. Ihr Körper erzitterte, als sie seinen Blick fand, der so voller Verlangen war, dass Kristin ihn nicht abwenden konnte.

Ich fühle das Gleiche.

Ich brauche dich.

Jetzt!

Er setzte sich und zog sie auf seinen Schoß, damit sie rittlings auf ihm sitzen konnte. »Ich werde erst zufrieden sein, wenn ich dich ganz spüren kann«, sagte er heiser und hielt sie fest, bis ihre Körper perfekt miteinander verschmolzen waren.

Kristin seufzte, als ihre weiche Haut seinen harten Körper berührte, und ihre Brustwarzen rieben gegen seinen Oberkörper, als sie die Arme um ihn schlang. »Ich liebe dich so sehr«, flüsterte sie ihm ins Ohr und drückte ihre Wange an seine Stirn.

Er hob sie an und sie bewegte sich verzweifelt, um ihm dabei zu helfen, seinen Schwanz in ihr zu versenken. Die Wonne, die sie empfand, als er sie endlich ausfüllte, sandte einen Schauer über ihre Haut, als sie endlich verbunden waren und Julian mit seiner vollen Länge in ihr steckte.

»Oh Gott! Ich liebe dich, Baby!«, stöhnte Julian und presste ihre Pobacken fest zusammen. Er gab ihnen beiden Zeit, das Gefühl einzusaugen, dass sie endlich geradeheraus sagen konnten, was sie füreinander empfanden.

Er bewegte sich nicht, lediglich seine Arme waren um ihren Körper geschlungen und drückten sie fest an sich. Kristin begann zu stöhnen, sie brauchte mehr, wollte jedoch gleichzeitig den Moment genießen.

Julian gehörte ihr und sie spürte es mit jedem Schlag ihres stotternden Herzens, das von innen gegen ihre Brüste klopfte.

Sie lehnte sich zurück und küsste ihn. Dieser Kuss war eine langsame, sinnliche Bewegung, die ewig anzuhalten schien, nachdem er seine Hände ihren nackten Rücken hinaufgeschoben und seine Finger in ihren Locken vergraben hatte. So hielt er sie genau dort, wo sie war, und verschlang sie mit einem Hunger, der genauso groß war wie der ihre.

Als sie beide nach Luft schnappten, drückte Kristin ihn so, dass er auf dem Rücken lag, damit sie kontrollieren konnte, wie sehr er seine Hände belastete. Sie erhob sich langsam und ließ seinen Schwanz beinahe vollständig aus sich herausgleiten, bevor sie sich wieder absenkte und ihn in seiner vollen Länge erneut in sich aufnahm.

»Kristin«, stöhnte er. »Baby. Erlöse mich endlich. Fick! Mich!«

Seine Hände ergriffen ihre Taille und sie ritt ihn genussvoll, während sie spürte, wie sich ihr eigener Höhepunkt langsam anbahnte.

Um sie dazu zu bringen, sich schneller zu bewegen, stieß Julian von unten in sie hinein, wieder und wieder, und manipulierte ihre Bewegungen mit seinen Händen, die ihren Hintern fest umschlossen hielten.

»Komm für mich, Liebling!«, befahl Julian. »Ich werde das hier nicht länger überleben.«

Kristin nahm ihn weiter in sich auf, bis sie spürte, wie ihr eigener Körper auseinanderfiel. Sie zitterte bereits, als ihr Orgasmus sie durchfuhr, und gab sich den Wellen der Lust hin, die unter ihrem Wimmern und Stöhnen über sie hinweg wuschen.

»Du siehst so wunderschön aus, wenn du kommst«, knurrte Julian und stieß härter in sie hinein, bis er selbst zum Höhepunkt kam und sich heiß in ihr ergoss.

Vollkommen erschöpft sank sie auf seinen Körper herab.

Er schlang seine starken Arme um sie und hielt sie fest, um die Verbindung zwischen ihnen nicht zu unterbrechen. »Ich liebe dich, Kristin. Ich kann nicht glauben, dass du endlich mir gehörst.«

»Ich glaube, ich war niemals für irgendjemand anderen bestimmt«, sagte sie ihm, während sie versuchte, wieder zu Atem zu kommen. »Du bist mir immer schon unter die Haut gegangen.«

»Vorspiel«, erinnerte er sie scherzhaft.

Sie küsste seine Schulter und bemerkte den salzigen Geschmack seines verschwitzen Körpers. »Wir sind völlig fertig.«

Beide waren schweißnass und sie konnte den betörenden Geruch von heißem Sex in der Luft riechen.

Er hielt sie noch fester. »Das sind wir. Du und ich zusammen.«

Sie nickte an seiner Schulter. Jedes Mal wenn er diese Worte sagte, verstand sie. Sie waren zwei unabhängige Menschen, doch gemeinsam waren sie stärker, anders, unglaublich.

Es spielte keine Rolle, welche oberflächlichen Unterschiede zwischen ihnen bestanden. Sie waren zwei Menschen, die perfekt füreinander geschaffen waren. Julian war der fehlende Teil von ihr, nach dem sie sich immer gesehnt und den sie nie gefunden hatte.

Und sie war der Teil von Julian, nach dem er immer unermüdlich gesucht hatte, doch nie wusste, dass er existiert.

»Wir müssen echte Flitterwochen haben«, sagte er ernst. »Ich will, dass wir uns gemeinsam Erinnerungen schaffen. Wir hatten bereits eine Hochzeit, an die wir uns nicht erinnern können. Aber es würde mich freuen, mit dir auf eine unvergessliche Reise zu gehen. Kannst du bei der Arbeit einige Wochen Urlaub nehmen?«

F. A. Scott

Sie lächelte an seiner warmen Haut. »Ich denke nicht, dass das ein Problem sein wird. Sarah ist schwanger und Dante wird sich pausenlos Sorgen um sie machen. Sie bereitet bereits alles vor, um ihre Öffnungszeiten zu verringern. Ich habe mich nach einer Ganztagsstelle umsehen wollen.«

»Willst du das denn wirklich?«

»Nein. Mit Sarah zusammenzuarbeiten ist etwas Besonderes. Aber seit meiner Jugend hat es in meinem Leben nie eine Zeit gegeben, in der ich nicht jeden Tag gearbeitet hätte. Im Moment fühle ich mich, als hätte ich Urlaub, weil ich in der Bar nicht gebraucht werde.«

»Ich brauche dich«, entgegnete Julian mit Nachdruck. »Arbeite weiter bei Sarah, bis sie das Baby bekommt, und nimm dir dann frei, wenn sie die Praxis schließt. Es ist ja nicht so, als bräuchten wir das Geld.«

»Ich hätte keine Ahnung, was ich mit mir anfangen sollte, wenn ich nur noch halbtags arbeiten würde«, sagte sie nachdenklich.

»Ich werde dafür sorgen, dass du etwas zu tun hast«, antwortete Julian schelmisch grinsend.

Kristin rollte sich von ihm herunter und löste die Verbindung ihrer Körper. Sie besah sich Julian, der vollkommen nackt ausgestreckt vor ihr auf dem Boden lag. Sie konnte sich bereits so einiges vorstellen. »Wir müssen duschen. Ich kann mich später entscheiden, was ich in Bezug auf meinen Job mache.«

Er erhob sich und half ihr beim Aufstehen. »Nimm dir frei, Süße. Bitte. Du verdienst es, zur Abwechslung einmal dein Leben zu genießen. Verbringe etwas Zeit mit mir. Micah und ich teilen uns die Verantwortung, auf Xander aufzupassen, und meine Cousins helfen ebenfalls, obwohl wir sie gar nicht darum gebeten haben. Lass uns beide lernen, etwas anderem als unserer Arbeit den Vorrang zu geben.«

Sie wusste, dass sie diese wunderbare Gelegenheit niemals ausschlagen könnte. Weil sie sich nicht mehr um das Geld sorgen musste, war es ihr sehr wohl möglich, weniger zu arbeiten. »Mir könnte langweilig werden«, warnte sie scherzhaft.

Er gab ihr einen Klaps auf den Po, doch wegen seiner bandagierten Hand tat es nicht weh. »Ich werde es mir zur Aufgabe machen, dafür zu sorgen, dass es dir niemals zu viel wird, mit mir zusammen zu sein.«

Als ob das überhaupt möglich wäre. »Ich werde es versuchen«, stimmte sie zu.

»Ich kann nicht glauben, dass Dante ein Kind haben wird«, sagte Julian. »Sarah wird keine ruhige Minute mehr haben.«

»Das wird sicher interessant werden, denn Emily ist auch schwanger. Grady und Dante können dann gemeinsam verrücktspielen«, teilte Kristin ihm fröhlich mit. »Ihre Geburtstermine liegen nur zwei Wochen auseinander.«

»Ach du lieber Himmel! Wissen sie beide Bescheid?«

»Inzwischen vermutlich schon«, gestand Kristin. »Sie wollten es ihren Männern an diesem Wochenende erzählen. Beide sind wirklich überglücklich.«

»Ich bin mir sicher, dass Dante und Grady sich auch freuen werden. Aber ich beneide sie nicht. Ich wäre ebenfalls besorgt.«

Kristin hatte keinen Zweifel, dass Julian ebenso aufmerksam und überfürsorglich sein würde. »Willst du keine Kinder?«

»Doch«, antwortete er. »Ich würde nur gern die schwangere Phase überspringen, in der man sich so viele Sorgen macht. Oh verdammt, und dann ist da ja noch der Teil mit den Wehen und die Geburt selbst. Wie erträgt ein Mann es, mit anzusehen, wie die Frau, die er liebt, Schmerzen erleidet?«

Der besitzergreifende, beschützerische Blick, den er ihr zuwarf, gab Kristin einen Vorgeschmack darauf, was sie in der Zukunft erwartete, doch sie wusste, dass sie damit umgehen konnte. »Frauen bringen jeden Tag Kinder zur Welt, Julian.« Auf einmal schoss ihr ein anderer Gedanke durch den Kopf. »Oh Mist, dann wird der Fallschirmsprung der Frauen wohl erst einmal auf Eis gelegt werden.«

»Was?« Julian sah sie misstrauisch an.

»Wir würden alle gern eines Tages mit Micah einen Fallschirmsprung wagen. Aber ich bin mir sicher, dass Emily und Sarah jetzt damit werden warten wollen.«

»Du wirst ewig warten«, antwortete Julian mit Nachdruck. »Ich werde auf gar keinen Fall zulassen, dass du aus einem gottverdammten Flugzeug springst.«

Er zog sie hinter sich her ins Badezimmer, damit sie sich waschen konnten, und murmelte noch immer, dass er Micah umbringen würde, wenn dieser jemals auch nur erwähnte, sie auf einen Absprung mitzunehmen.

Kristin machte sich gar nicht erst die Mühe, ihm zu sagen, dass Micah *sie* gar nicht gefragt hatte, weil sie vorgehabt hatte, Julians älteren Bruder eines Tages selbst darum zu bitten. Weil ihre Liebe so frisch war, musste sie ehrlich gestehen, dass sie vermutlich ähnlich empfinden würde, wenn Julian irgendetwas tun würde, das seine Sicherheit gefährdet. Wenn die Zeit käme, würde sie ihren Standpunkt schon vertreten.

In diesem Augenblick jedoch wollte sie sich nur mit der Liebe umgeben, die sie von Julian erhielt, und mit ihm verschmelzen, bis sie beide befriedigt waren.

Nachdem Julian die Bandagen von seinen Händen entfernt hatte und sie darauf warteten, dass das Wasser die richtige Temperatur erreichte, warf sie sich ihm in die Arme. »Ich liebe dich«, sagte sie seufzend, bevor sie ihn auf den Mundwinkel küsste und fest an sich drückte.

»Ich liebe dich auch, Süße«, antwortete er zärtlich und erwiderte ihre Umarmung. »Aber du wirst trotzdem nicht aus einem Flugzeug springen.«

Sie tat das Einzige, das sie tun konnte, wenn ihr attraktiver, nackter Traummann versuchte, ihr Befehle zu erteilen.

Sie lachte so lange, bis er sie in die Dusche zog und sie alles andere um sich herum vergessen ließ.

Kapitel 26

Am nächsten Abend fühlte Kristin sich immer noch, als würde sie sich in einem unwirklichen Traum befinden, einem Traum, in dem sie *immer noch* mit einem Mann verheiratet war, den sie von ganzem Herzen liebte.

Und er liebt mich!

Dieses Wunder verblüffte sie noch immer, weil Julian und sie so unterschiedlich waren. Sie war sich sicher – ganz egal, was Julian sagte – dass sie im Hinblick auf ihr Aussehen und ihren übergroßen Hintern nichts als gewöhnlich war. Doch sie würde das Schicksal nicht herausfordern. Sie war ganz glücklich mit dem, was sie erhalten hatte.

An diesem Morgen war Julian mit ihr nach Amesport gefahren. Jede einzelne Sache, die sie morgens und nachmittags unternommen hatten, war ausgelassen gewesen und hatte Spaß gemacht. Nachdem sie einige Stunden in der Spielhalle verbracht hatten, hatte Julian darauf bestanden, ins Kino zu gehen und eine heitere Komödie anzusehen, die sie während ihres Aufenthalts in Las Vegas erwähnt hatte. Kristin war überrascht, dass er sich überhaupt daran erinnern konnte, da sie es nur beiläufig angemerkt hatte und den Film eigentlich irgendwann auf DVD anschauen wollte. Für gewöhnlich hatte sie gar nicht die Zeit, ins Kino zu gehen, und die alte Spielhalle hatte sie schon seit ihrer Kindheit nicht mehr besucht.

Später am Nachmittag hatte er sie zu einer Einkaufstour überredet und ihr vollkommen unnötige Dinge gekauft, wie einen riesigen Teddybären, bei dem sie den Fehler gemacht hatte zu sagen, dass sie ihn niedlich fand. Schließlich hatte sie ihn dazu zwingen müssen, die Main Street zu verlassen, um ihr nicht noch weitere Sachen zu kaufen, die sie nicht brauchte.

Am Schluss waren sie ins *Sullivan's* gegangen und hatten Hummerbrötchen gegessen, bevor sie auf dem Heimweg bei Micahs Haus angehalten hatten, um Haven abzuholen. Tessa hatte es nichts ausgemacht, auf den Welpen aufzupassen, da sie bereits Homer, ihren Assistenzhund, besaß und dieser sich über die Spielzeit mit Julians neuer Hündin gefreut hatte.

Jetzt saß Kristin zu Hause vor dem warmen Kamin, umgeben von Marshmallows und Schokolade, und fragte sich, warum Julian wohl so lange brauchte, um sich ins Wohnzimmer zu begeben. Er war nur ins Obergeschoss gegangen, weil er etwas hatte holen wollen.

Haven lag zusammengerollt neben dem Sofa und schlief friedlich.

»Hat Homer dich heute fertiggemacht?«, sagte Kristin lächelnd zu dem schlafenden Welpen.

Kristin selbst war angenehm müde, hatte sie doch einen der großartigsten Tage ihres Lebens damit verbracht, alles und nichts mit Julian zu tun, und sich dabei verhalten wie Verliebte, was sie ja auch waren. Sie seufzte und dachte darüber nach, wie süß er sein konnte. Er hielt ihre Hand, küsste sie, wann und wo immer er konnte, und erinnerte sie ständig daran, dass er sie liebte.

Und sie glaubte ihm. Sie glaubte aufrichtig daran, dass keiner von ihnen jemals bereuen würde, diese Wahl getroffen zu haben. Zusammen waren sie einfach zu glücklich.

Ihr Telefon gab ein *Ping* von sich, weil sie eine Nachricht erhalten hatte. Sie zog es aus ihrer Gesäßtasche und öffnete sie.

Julian: Ich liebe dich, Scarlet.

Sie kicherte und wunderte sich, warum er ihr eine Nachricht schickte, wo er sich doch im selben Haus befand wie sie.

Kristin: Ich liebe dich, Sportsfreund. Warum kommst du nicht einfach nach unten?

»Ich bin hier«, hörte sie eine heisere Stimme von der Wohnzimmertür aus sagen. »Ich wollte dir nur eine Nachricht schicken, wie ich es getan hätte, wenn wir die Chance gehabt hätten, miteinander auszugehen. Ist das nicht genau das, was ein Mann und seine Verlobte tun würden?«

Jedes Nervenende in ihrem Körper prickelte und Julians Stimme jagte ihr einen lustvollen Schauer den Rücken hinunter. Er sah so verletzlich aus, so unsicher, dass Kristin aufspringen und sich ihm in die Arme werfen wollte. Den ganzen Tag lang war er weder arrogant noch besserwisserisch gewesen und irgendwie vermisste sie das. Wenn er den aufmerksamen Liebhaber spielte, war das aber auch nicht schlecht.

Sie streckte ihre Hand nach ihm aus. »Ist alles in Ordnung?«

Er runzelte die Stirn. »Mir geht es gut. Warum denkst du, dass das anders sein könnte?« Er legte seine bandagierte Hand in ihre und nahm neben ihr Platz. »Gut. Ja. Ich bin etwas genervt, dass ich dir keine Blumen kaufen konnte. Ich bin nach oben gegangen, um zu telefonieren. Ich wollte Rosen haben. Doch der Blumenladen war geschlossen.«

Sie drehte sich, um ihn anzusehen, setzte sich wie er mit überkreuzten Beinen hin und ergriff zärtlich seine andere Hand. »Julian, ich brauche nichts anderes. Ich habe dich.«

»Ich habe dich auch. Aber ich hasse die Tatsache, dass du in Sachen Romantik beraubt worden bist. Ich bin niemals normal mit dir ausgegangen oder habe normale Dinge getan, die ein durchschnittlicher Mann tun würde, der verrückt nach dir ist. Du verdienst das alles und noch so viel mehr.«

Der unzufriedene Ausdruck in seinen Augen brachte Kristins Herz zum Schmelzen. »Darum ist es heute also gegangen? Du hast versucht, mir unsere Kennenlernphase zurückzugeben?«, fragte sie verblüfft.

Er zuckte mit den Schultern. »Ja und nein. Ich *will* mit dir zusammen sein und diese Dinge tun. Aber ja, ich bin ebenfalls der Meinung, dass du sehr viel mehr verdient hast als das, was du bekommen hast.«

»Weißt du eigentlich, wie glücklich du mich machst? Kapierst du nicht, dass mir das, was wir zusammen haben, alles bedeutet?«, fragte sie leise. »Vielleicht war unsere Beziehung ungewöhnlich, aber wir haben Zeit auf Hawaii und in Las Vegas verbracht. Du hast mir etwas ganz Besonderes gegeben. Warum würde ich etwas Normales wollen, wenn ich das Außergewöhnliche habe?«

Er grinste sie an. »Ich kann noch sehr viel besser sein.«

Bei seinem teuflischen Grinsen setzte ihr Herz kurz aus. »Allein die Tatsache, dass du mich liebst, ist perfekt«, antwortete sie seufzend und fragte sich, wie er nur denken konnte, dass die kleinen Dinge wichtig waren, wo sie jetzt doch so viel besaß.

»In der Vergangenheit war ich ein Arschloch, Kristin. Ich habe meine Mutter und meinen Vater sechs Jahre lang vertröstet, weil ich so besessen davon war, Karriere zu machen. Diesen Fehler kann ich nie wiedergutmachen. Den Großteil meines Erwachsenenlebens habe ich sie nicht gesehen, weil ich wollte, dass die Dinge nach meinen Vorstellungen laufen. Xander hatte Recht, als er mir damals gesagt hat, dass ich ein Wichser bin. Und am Schluss habe ich es bereut. Ich will es nie wieder so versauen. Ich will den Menschen, die mir wichtig sind, nie wieder *nicht* zeigen, dass ich sie liebe, und zwar jeden einzelnen Tag.« Er sah sie mit einem reuevollen Ausdruck an, der in den Tiefen seiner Augen zu erkennen war.

»Ich weiß, dass ich dir wichtig bin«, versicherte sie ihm leise.

»Du bist mir mehr als *wichtig*. Du bist mein Ein und Alles«, gestand er mit tiefer Baritonstimme, die vor Emotion vibrierte. »Ich wusste es sofort, als wir uns zum ersten Mal begegnet sind. Ich wusste, dass du für mich bestimmt warst.«

Wenn Kristin ehrlich war, hatte sie das tief in ihrem Inneren vermutlich auch gewusst. Julian hatte ihr Herz auf eine Art und Weise berührt, dass es nie aufgehört hat, sich nach ihm zu sehnen.

»Vielleicht wusste ich es auch. Vielleicht ist das der Grund, warum ich alles tun musste, um mich zu distanzieren. Du und ich – wir – war für mich unvorstellbar. Du warst Julian Sinclair. Ich war eine medizinische Assistentin und Teilzeit-Kellnerin, die in einer Kleinstadt wohnte und ums Überleben kämpfen musste.«

»Wenn ich mich damals nicht bereits einigen Projekten verschrieben hätte, dann wäre ich geblieben und hätte dich so lange nicht in Ruhe gelassen, bis du dich von mir hättest ausführen lassen«, gab Julian zu. »Aber ich musste warten. Jedes Mal wenn ich gehen musste, hat es mich fast umgebracht.«

Tränen stiegen ihr in die Augen, als sie seinen gequälten Ausdruck sah, und sie wusste, dass er jedes seiner Worte auch so meinte. »Dann hast du dich also dazu entschlossen, mich zu entführen?«

»Zu dem Zeitpunkt war ich schon ziemlich verzweifelt. Als ich hörte, dass du nicht nach Las Vegas kommen würdest, war ich fest entschlossen, einen Weg zu finden, damit du deine Meinung änderst«, erklärte er.

Kristins Herz begann zu stottern. »Da hast du dir aber sehr viel Mühe gemacht.«

Er warf ihr einen aufgeheizten Blick zu. »Glaub mir, du bist es wert.«

Sie seufzte, denn sie fühlte sich noch immer nicht würdig, solche Gefühle in Julian hervorzurufen. Doch langsam aber sicher gelang es ihm, die Art und Weise, wie sie sich selbst sah, zu verändern.

»Erzähl mir von unserer Hochzeit«, forderte sie ihn neugierig auf. »Ich versuche, mich daran zu erinnern, aber in meinem Kopf ist alles leer.«

»Das ist eine weitere Sache ... Du hättest eine großartige Hochzeit verdient.«

»Ich hatte fantastische Flitterwochen auf Hawaii. Das war viel besser. Erzähl schon.«

»Die Trauung war kurz und schön. Wir haben uns in der Kapelle die Ringe ausgesucht. Du hast mir gesagt, dass du keinen protzigen Ring bräuchtest, weil ich dein Gewinn bin und es sowieso nur ein Symbol sei. Du hast dieses sexy Kleid getragen und als du dein Ehegelübde gesprochen hast, war das der glücklichste Tag in meinem

Leben. Ich war etwas zu benebelt, um zu erkennen, dass die Dinge am nächsten Tag mit nüchternem Kopf eventuell nicht ganz so rosig aussehen würden.« Er machte eine Pause, bevor er fortfuhr. »Es tut mir leid, dass du keine Traumhochzeit bekommen hast.«

Kristin hasste es, Julian so niedergeschlagen zu sehen. Normalerweise benahm er sich nicht so und es brach ihr das Herz. »Ich bereue es nicht. Ich habe nie eine pompöse Hochzeit haben wollen. Ich ziehe es vor, mit dem richtigen Mann verheiratet zu sein.«

Er sah sie hoffnungsvoll an. »Und du bist der Meinung, dass du ihn gefunden hast?«

»Das weiß ich«, antwortete sie fröhlich. »Ich kann mich zwar nicht daran erinnern und werde es auch nie tun. Doch ich weiß genau, dass ich dich nicht geheiratet hätte, wenn es nicht etwas gewesen wäre, das ich gewollt hätte. Ich verstehe nur immer noch nicht, warum du es mir nicht schon eher gesagt hast.«

»Ich war betrunken, aber ich habe nichts getan, was ich nicht wollte«, sagte er heiser. »Irgendwie wollte ich dich davon überzeugen, dass wir auch im echten Leben ein Paar sein können. Als ich aufgewacht bin, war ich besorgt, dass du es nicht einmal in Betracht ziehen würdest, mit mir zusammenzubleiben und es zu versuchen. Ich habe die Ringe und die Papiere an mich genommen und inständig gehofft, dass du dich an nichts erinnern würdest. Das hätte mir eine Chance gegeben, den Film abzudrehen und nach Amesport zurückzukehren, damit wir uns unterhalten können.«

»Ich muss dir ein Geständnis machen«, sagte sie zögernd.

»Was?«

»Du hast mich nicht wirklich erpresst. Ich wollte unsere Ehe auch nicht beenden. Ich habe zwar nicht geglaubt, dass es funktionieren würde, doch ich habe so viel Zeit wie möglich mit dir verbringen wollen.«

»Ich dachte, du wolltest mir das Leben schwer machen«, erinnerte er sie scherzhaft.

»Wie hätte ich das tun können, wo es doch so schwierig ist, dir zu widerstehen?«, fragte sie ihn lächelnd. »Du bist vielleicht herrschsüchtig, aber manchmal bist du auch ganz süß.«

»Manchmal?«, fragte er mit gespielter Empörung.

Kristin lehnte sich nach vorn und berührte seine Stirn mit ihrer. »Meistens«, lenkte sie ein. »Julian, ich liebe dich genau so, wie du bist. Es gibt nichts, das ich an dir ändern würde. Und es gibt nichts, das ich an uns ändern würde und daran, wie die Dinge geschehen sind. Wenn ich das wollte, dann hätte ich auf diesem Weg vielleicht nicht so viel über mich selbst gelernt.«

»Ich habe gelogen«, sagte er voller Reue. »Doch zu meiner Verteidigung muss ich sagen, dass ich ein verzweifelter Mann war, Scarlet.«

»Ich vergebe dir ... dieses Mal. Tu das nicht noch einmal«, schalt sie ihn und versuchte, ernst zu bleiben. Eigentlich jedoch wollte sie sich nur in der Wärme seiner Liebe und ihrem Glück wälzen. »Ich war auch nicht gerade mitteilsam, was meine Gefühle betrifft. Es tut mir leid. Ich hatte einfach nur solche Angst davor, am Ende mit einem gebrochenen Herzen dazustehen, wenn all das vorüber sein würde.«

»Ich habe keine Ahnung, wie dir nicht klar gewesen ist, was ich empfunden habe«, sagte Julian verwirrt, lehnte sich zurück und küsste sie auf die Stirn.

Kristin setzte sich aufrecht hin und sah ihm in die Augen. »Weil mir noch niemals etwas passiert ist, das so gut war. Mein Leben war nie normal. Ich habe nicht davon geträumt, mich zu verlieben, ich wollte einfach nur den Tag hinter mich bringen. Ich habe nicht wie im Märchen an das glückliche Ende mit dem perfekten Mann geglaubt. Mein Leben ist nie in diesen Bahnen verlaufen. Du warst wie ein unerwartetes Geschenk, das mir Liebe geboten hat, die ich nie gekannt habe. Ich war verwirrt und ich habe mich gefürchtet. In Las Vegas habe ich meine Fantasie ausgelebt, doch ich dachte, es sei vorbei.«

»Mit uns beiden wird es niemals vorbei sein, Scarlet. Dein Leben war zu verdammt hart und viel zu ernst. Es wird Zeit, das zu ändern«, knurrte Julian und zog sie auf seinen Schoß.

»Manchmal war es hart, doch ich würde nichts ändern, selbst wenn ich könnte. Ich liebe meine Mutter und meinen Vater und unter diesen schwierigen Bedingungen haben sie das Beste gemacht«, sagte

Kristin, als sie ihre Arme um seinen Hals schlang und seinen herben, männlichen Duft einatmete. »Was du für meine Eltern getan hast ... Ich bin mir nicht sicher, wie ich dir jemals dafür danken kann.«

»Du brauchst mir nicht zu danken. Das war gar nichts«, sagte er. »Es sei denn, du willst mir kleine, sexuelle Gefallen tun. Da sage ich nicht Nein.«

Sie kicherte. »Ich würde dir alles geben, was du willst, weil ich dich liebe.«

»Sei vorsichtig mit deinen Versprechungen«, antwortete er heiser. »Mir gehen da einige ziemlich schmutzige Fantasien durch den Kopf, Süße.«

Kristin wusste, dass er das Thema gewechselt hatte, weil er nicht wollte, dass sie ihm dankte. Für Julian war es selbstverständlich, dass sie seine Frau war, und deswegen existierte auch nichts, das er nicht tun würde, um sie glücklich zu machen. Für ihn war es nichts gewesen, das sein Leben verändert hätte. Doch ihr bedeutete es einfach alles, dass er keine Mühen gescheut hatte, um ihren Eltern das Leben zu erleichtern.

Kein Mann hatte sich jemals um ihr Glück oder emotionalen Schmerz geschert. Doch *er* tat es und weil Julian eben Julian war, hatte er ihr Problem kurzerhand auf dem schnellsten Weg gelöst, ohne viel Aufhebens darum zu machen.

Sie sagte nichts mehr und akzeptierte die Tatsache, dass er immer ein beschützerischer Ehemann sein würde. Kristin hatte vor, sich ebenso gut um ihn zu kümmern, wie er für sie sorgte.

»Wie schmutzig?«, fragte sie atemlos und dachte daran, wie viele Dinge sie mit diesem Mann erkunden wollte, den sie so verzweifelt liebte.

In weniger als einer Sekunde hatte Julian sie unter sich begraben und hielt sie mit seinem starken Körper gefangen. »Wenn es um dich geht, gibt es nicht sehr viele Dinge, von denen ich nicht geträumt habe«, antwortete er. Seine blauen Augen durchbohrten ihre Seele, während er ihre Arme über ihrem Kopf festhielt. »Die meisten drehten sich darum, dich davon zu überzeugen, dass du zu mir gehörst, während wir beide nackt sind.«

»Schon überzeugt«, keuchte sie und ihre Augen trafen auf seine mit einer rohen Ehrlichkeit, die sie weder verstecken konnte noch wollte. »Aber wenn du es weiterhin versuchen willst, ist mir das auch recht.«

Der sinnliche, vereinnahmende Blick, mit dem er sie ansah, versetzte ihr einen harten Stoß in die Brust.

»Meine Güte, Weib, ist dir eigentlich bewusst, dass du jetzt mein Herz und mein gesamtes Leben in deinen Händen hältst?«, fragte er rau.

Das tat sie. Sie wusste es. Sie musste ihm nur einmal ins Gesicht blicken, um zu verstehen, dass er sie genauso sehr liebte wie sie ihn. »Genau wie du mein Herz und mein Leben hältst«, sagte sie ernst. »Ich liebe dich, Julian Sinclair. Ich werde dein Herz für den Rest meines Lebens behüten.«

Wie viele Menschen hatten jemals den echten, wunderbaren Mann gesehen, der sich hinter der Maske des Superstars verbarg? Kristin dachte darüber nach, wie viel die Menschen verpassten, wenn sie die Güte in seiner Seele nicht sahen, doch sie würde egoistisch sein und diese Information ganz für sich allein behalten. Niemand brauchte ihn so zu kennen, wie sie es tat. Sie würde der Öffentlichkeit ihren großartigen Superstar lassen. Diese sah Julian als attraktiv, aber gleichzeitig kühl und reserviert an. Ihr war es viel lieber, den echten Mann hinter dieser Fassade zu haben.

»Ich liebe dich, Baby«, sagte er schließlich. »Es wird nie einen Tag geben, an dem ich nicht versuchen werde, dafür Sorge zu tragen, dass du es weißt.«

Sein Versprechen ließ ihr die Tränen in die Augen steigen und sie antwortete: »Ich weiß, dass du das tust.«

Der Tod von Julians Eltern würde ihn immer noch ab und zu verfolgen, doch sie würde tun, was immer sie konnte, um ihm dabei zu helfen, sich die Erinnerungen zu bewahren und gleichzeitig den Schmerz und die Reue weniger werden zu lassen. Was geschehen war, hatte ihn offensichtlich sehr verändert und ihn zu dem Mann gemacht, der er heute war. Sie wünschte sich nur, dass er nicht solch einen schmerzhaften Verlust hätte hinnehmen müssen, um zu diesem Menschen zu werden.

Kristin wusste nicht, wie er vorher gewesen war, doch das spielte keine Rolle. Ihr war nur das Jetzt wichtig und die Tatsache, dass sie ihn liebte und alles an ihm akzeptierte, genau wie er es mit ihr tat.

»Ich habe dich jetzt genau dort, wo ich dich haben will«, teilte Julian ihr verrucht grinsend mit.

Sie lächelte spitzbübisch zurück. »Komisch. Ich bin zufälligerweise dort, wo ich sein möchte«, entgegnete sie mit verführerischer Stimme und ermutigte ihn absichtlich, noch weiter zu gehen.

Julian im Höhlenmenschen-Modus war das Schärfste, das sie jemals erlebt hatte.

»Bereite dich darauf vor, gründlich vernascht zu werden«, warnte er mit der dröhnenden Schauspielstimme eines Piraten.

»Tu dir keinen Zwang an und plündere mich aus«, lud sie ihn mit einem ungeduldigen Lächeln ein.

Julian brauchte keinen weiteren Zuspruch. Er beugte sich hinab und fing ihren Mund in einer heißen Umarmung ein, die beide für einige Stunden vergessen ließen, dass sie Marshmallows über dem Feuer hatten machen wollen.

Epilog

Einige Wochen später …

Das Jugendzentrum hatte sich dazu entschlossen, den Winterball der Sinclairs zu einer jährlichen Veranstaltung zu machen. Es schien der Stadt neues Leben einzuhauchen, wenn der Schnee, die Kälte und die dunkle Jahreszeit zu viel zu werden schienen.

Dieses Jahr erschien Kristin mit ihrem attraktiven Mann und ihren Eltern. Ihrer Mutter ging es gut, dank der Hilfe von Physiotherapeuten und neuen Medikamenten, die der Neurologe, den Julian für sie in Boston ausfindig gemacht hatte, ihr verschrieben hatte. Es war nicht so, als hätte sie keine schlechten Tage mehr, doch genau wie im letzten Jahr hatte sich ihre Mutter gut genug gefühlt, um erneut am Ball teilzunehmen.

Als Kristin mit Julian die Tanzfläche betrat, zog er sie an sich und sagte ihr ins Ohr: »Aschenputtel kann endlich zum Ball erscheinen?«

Kristin wusste ganz genau, wovon er sprach. Letztes Jahr hatte sie in der Bar gearbeitet, damit ihre Eltern den Abend für sich haben konnten. Ihrer Mutter war es an dem Tag gut gegangen und ihr Vater hatte den Winterball mit seiner Frau besuchen wollen.

Kristin hatte nicht gewollt, dass ihre Mutter zu Hause blieb, wo sie sich doch in Ordnung gefühlt hatte.

»Du hattest Recht. Letztes Jahr wollte ich gehen. Aber der Wunsch, dass meine Eltern dort sind, war stärker«, gestand sie.

»Das ist einer der Gründe, warum ich dich so sehr liebe«, antwortete Julian heiser, als er anfing, mit ihr über die Tanzfläche zu gleiten.

»Du hättest es genauso gemacht«, sagte sie, denn sie wusste, dass ihre Eltern für ihren Mann sehr wichtig geworden waren. Julian und ihr Vater verstanden sich sehr gut, nicht nur des Geschäfts wegen, sondern aus einem gegenseitigen Respekt und einer echten Freundschaft heraus, die sich zwischen den beiden entwickelt hatte. Und Julian schaffte es ebenfalls, ihre Mutter mit nur einem oder zwei Worten und einem Kuss auf die Wange zu bezaubern.

Er war seinen Cousins und Brüdern zugetan und besuchte Xander fast jeden Tag, damit Micah etwas Zeit mit seiner neuen Frau verbringen konnte. Tessa hatte für ihre Cochlea-Implantate grünes Licht bekommen und sie wusste, dass jeder in der Familie nervös war – ganz besonders Micah.

Julian zuckte mit den Schultern. »Vielleicht hätte ich das«, stimmte er zu. »Aber ich bin froh, dass wir dieses Mal alle gemeinsam hier sind.«

Kristin war ebenfalls glücklich. Ihre Mutter konnte zwar nicht tanzen, doch sie verbrachte Zeit mit ihrem Vater und beide sahen so viel fröhlicher und entspannter aus als noch vor einem Jahr.

»Ich kann nicht glauben, wie viel sich seit dem Winterball im letzten Jahr verändert hat.« Kristin hatte Julian an diesem Abend gesehen, doch nicht einmal in ihren wildesten Träumen hätte sie sich vorstellen können, eines Tages mit ihm verheiratet und so überglücklich zu sein, dass sie oftmals weinen wollte, weil er ihr jeden Tag zeigte, wie sehr er sie liebte.

»Herzlichen Glückwunsch, Liebchen. Ich wusste, dass ihr beide zusammen glücklich sein würdet.«

Die weibliche Stimme drang von ihrer linken Seite zu ihr und Kristin war überrascht, eine tanzende Beatrice neben sich zu entdecken, die sich sichtlich amüsiert in den Armen eines älteren

Mannes befand, von dem Kristin wusste, dass er ein Witwer aus Amesport war. »Danke«, antwortete sie aufrichtig. Sie musste Beatrices Treffsicherheit anerkennen, als sie vorausgesagt hatte, dass sie und Julian zusammenkommen würden. Die ältere Dame hatte bei jedem der Sinclairs Recht gehabt und vorhergesehen, wer die wahre Liebe jedes einzelnen sein würde.

Glück oder Voraussicht?

Kristin wusste es nicht mit Sicherheit, doch irgendetwas musste an Beatrices Verkupplungsaktionen dran sein.

»Hätten Sie gern Ihren Stein zurück?« fragte Kristin lächelnd.

»Oh nein. Behaltet sie ruhig. Ich habe Xander bereits seinen eigenen gegeben. Dieser Junge kann ihn gut gebrauchen«, antwortete Beatrice mit gerunzelter Stirn.

»Wer hat den anderen?«, fragte Kristin und platzte beinahe vor Neugier.

»Sie hat ihren noch nicht. Sie wird ihn aber erhalten«, sagte Beatrice geheimnisvoll. »Sie wird bald hier eintreffen.«

»Eine Touristin?«, riet Kristin und fragte sich, wie um alles in der Welt sich Xander jemals in eine Touristin verlieben sollte. Er ging kaum aus dem Haus.

»Es könnte noch eine Weile dauern, aber Sie werden schon sehen«, entgegnete Beatrice und tanzte mit ihrem energetischen Partner davon, bis Kristin sie in der Menge der Tänzer nicht mehr erkennen konnte.

»Ich hoffe wirklich sehr, dass sie bald hier auftaucht«, kommentierte Julian und wirbelte Kristin schwungvoll herum.

»Das hoffe ich auch«, murmelte Kristin. Sie wusste, wie sehr sich Julian um seinen zurückgezogen lebenden, traumatisierten kleinen Bruder sorgte.

Sie erblickte einige der anderen Sinclairs auf der Tanzfläche, jeder von ihnen trug einen Smoking und hielt eine elegante Frau in seinen Armen. Kristin hatte sich schnell in die Familie eingefunden und liebte es, mit Emily, Hope, Sarah, Mara, Randi und Tessa reden zu können, als seien sie ihre Schwestern. Als Einzelkind genoss sie es, Teil des ungestümen Sinclair-Clans zu sein. Vielleicht hatten sich alle etwas aus den Augen verloren, als sie alleinstehend gewesen waren, doch jetzt, da sie sich niedergelassen hatten, bildete sich eine feste Verbindung zwischen den Cousins und Brüdern, die niemand mehr trennen würde.

Als der Tanz vorbei war, hörte sie Micahs Stimme über das Mikrofon. »Dürfte ich um Ihre Aufmerksamkeit bitten?«

Mit einem Mal wurde es ganz still im Saal.

Er fuhr fort. »Ich weiß, dass wir bereits einen Empfang für meinen Bruder und seine Frau Kristin hatten, doch wir dachten, es wäre schön, wenn sie ihre Trauung wiederholen könnten, wo wir sie doch alle verpasst haben.«

Die Menge teilte sich plötzlich und Kristin war erstaunt, als sie neben der Bühne einen provisorischen, mit Blumen geschmückten Altar erblickte, hinter dem ein Friedensrichter stand.

Julian beugte sich zu ihr herunter und sagte: »Ich bin jetzt bereit für meinen Ring. Ich dachte, es wäre vielleicht ganz gut, wenn du dich dieses Mal daran erinnern könntest, dein Ehegelübde zu sprechen. Es ist nur eine kurze Erneuerungszeremonie, etwas, bei dem unsere Familie und Freunde dabei sein können.«

Kristin konnte ihre Tränen nicht aufhalten, als sie sah, wie ihre Eltern und alle Sinclairs freudestrahlend neben dem Friedensrichter standen. »Das hast du für mich getan«, schluchzte sie, öffnete den Verschluss der Kette, die sie um den Hals trug, und nahm den Ring ab, den sie Julian nie hatte tragen sehen.

»Für uns«, korrigierte er. »Hast du etwas dagegen?«

Sie schüttelte den Kopf und wischte sich eine Träne von der Wange. Es hatte ihr etwas ausgemacht, dass sie sich nicht an ihr Ehegelübde erinnern konnte. Es gab nichts, das sie mehr wollte, als diese Worte vor Julian, allen Freunden und der Familie laut auszusprechen. Und darüber hinaus wollte sie sich auch daran erinnern, wie ihr Ehemann sein Gelübde vortrug.

Kristin nahm Julians Arm, den er ihr hinhielt. »Solange in dieser Zeremonie niemand von Gehorsam redet«, sagte sie scherzhaft durch einen Tränenschleier.

»Das habe ich bereits streichen lassen«, teilte er ihr amüsiert mit. »Mir war schon klar, dass du niemals gehorsam sein würdest.«

Es spielte keine Rolle, dass es keine echte Hochzeit war. Es spielte keine Rolle, dass die Zeremonie kurz war, als die beiden sich ihre Eheversprechen gaben. Es spielte keine Rolle, dass sie ein Cocktailkleid trug und nicht wie eine traditionelle Braut gekleidet war.

Es zählte nur, dass die Gelübde mit Hingabe und Liebe gesprochen wurden, die Kristin in ihrem Herzen spüren konnte, als sie und Julian sich gegenseitig ihre Versprechen gaben.

Julian zu lieben hatte Kristin gelehrt, dass die oberflächlichen und belanglosen Dinge *wirklich* nicht wichtig waren.

Es ging einfach *nur* darum, was man im Herzen trug.

~Ende~

Biografie

J.S. Scott ist eine Bestsellerautorin pikanter Liebesromane. Sie ist eine begeisterte Leserin von Büchern und Literatur jeglicher Art. J.S. Scott schreibt, was sie selbst gern liest, und das sind zeitgenössische sowie paranormale erotische Liebesgeschichten. Sie handeln meistens von einem Alphamännchen und haben ein Happyend, denn so schreibt sie sie einfach am liebsten!

Besuchen Sie mich auf:
http://www.authorjsscott.com
https://www.facebook.com/J.S.ScottGermany/

Oder senden Sie eine E-Mail an:
JSScott_author@hotmail.com

Sie finden mich ebenfalls auf Twitter:
@AuthorJSScott

Bitte tragen Sie sich auf meiner E-Mail-Liste ein, um über Neuigkeiten, neue Veröffentlichungen und exklusive Textauszüge informiert zu werden: http://eepurl.com/b2DuYn

Bücher von J. S. Scott

Ein Milliardär voller Leidenschaft – Die Serie:

Entfesselte Leidenschaft (Buch 1)
Das Herz des Milliardärs:
Ein Milliardär voller Leidenschaft ~ Sam (Buch 2)
Die Erlösung des Milliardärs:
Ein Milliardär voller Leidenschaft ~ Max (Buch 3)
Der Milliardär und sein Spiel:
Ein Milliardär voller Leidenschaft ~ Kade (Buch 4)
Ein Milliardär außer Kontrolle:
Ein Milliardär voller Leidenschaft ~ Travis (Buch 5)
Ein Milliardär ohne Maske:
Ein Milliardär voller Leidenschaft ~ Jason (Buch 6)
Milliardenschwer und ungezähmt:
Ein Milliardär voller Leidenschaft ~ Tate (Buch 7)
Milliardenschwer und ungebunden:
Ein Milliardär voller Leidenschaft ~ Chloe (Buch 8)
Milliardenschwer und unerschrocken:
Ein Milliardär voller Leidenschaft ~ Zane (Buch 9)
Milliardenschwer und unerkannt:
Ein Milliardär voller Leidenschaft ~ Blake (Buch 10)
Milliardenschwer und unverhüllt:
Ein Milliardär voller Leidenschaft ~ Marcus (Buch 11)
Milliardenschwer und ungeliebt:
Ein Milliardär voller Leidenschaft ~ Jett (Buch 12)
(ab Mitte Mai 2018 erhältlich)

Die Sinclairs – Die Serie:

Kein gewöhnlicher Milliardär ~ Dante (Die Sinclairs, Buch 1)
Der verbotene Milliardär ~ Jared (Die Sinclairs, Buch 2)
Weihnachten mit dem Milliardär ~ Grady (Eine Sinclair-Novelle)
Der Milliardär mit dem gewissen Etwas ~ Evan (Buch 3)
Die Stimme des Milliardärs ~ Micah (Buch 4)
Der Milliardär geht aufs Ganze ~ Julian (Buch 5)
Die Geheimnisse des Milliardärs ~ Xander (Buch 6)
(ab Anfang Mai 2018 erhältlich)

Die Walker-Brüder – Die Serie:

Lass los!: Eine Geschichte der Walker-Brüder
(Die Walker-Brüder, Buch 1)
Vertrau mir!: Eine Geschichte der Walker-Brüder
(Die Walker-Brüder, Buch 2)
Rette mich!: Eine Geschichte der Walker-Brüder
(Die Walker-Brüder, Buch 3)

Obwohl die Serie »Die Walker-Brüder« zwanglos mit der Reihe »Ein Milliardär voller Leidenschaft« verbunden ist, stellt sie eine eigenständige Serie dar, die auch gelesen werden kann, ohne die Bücher von »Ein Milliardär voller Leidenschaft« zu kennen. Es handelt sich ebenfalls um eine heiße Liebesromanreihe mit Alpha-Milliardären.

Und auch die folgenden Bücher von J.S. Scott werden in Kürze auf Deutsch erhältlich sein:

Aus der Reihe »Die Sinclairs«:

Only a Millionaire (Buch 7)

www.ingramcontent.com/pod-product-compliance
Lightning Source LLC
Chambersburg PA
CBHW050015180626
46810CB00002B/427